水龍の軍神は政略結婚で愛を誓う

琴織ゆき

STARTS
スターツ出版株式会社

目次

水龍の軍神は政略結婚で愛を誓う

序幕　千桔梗の悪夢

静寂に満ちた宵を包む月華の下、青く、淡く光る無数の花々があった。

千年もの時を咲き続ける常盤の花——〝千桔梗〟だ。

揺らぐ小川の水面に反射し、儚い神秘を生む月光花。可惜夜の月明かりに乗せられ、地上に映し出された天の川のような青の螺旋は、ひどく幻想的で。

けれども、その幽玄さはどこか物悲しい。

生まれて初めて屋敷の外に出た紘は、その光景にいたく感動した。

涙が出そうだった。

外の世界は、こんなにも美しいのかと。

言いつけを破ってまで外に出た甲斐があった、と心から思った。

そうして罪悪感と共に胸の奥底に芽生えたのは、わずかな嫉妬と羨望。

なにしろ、自分以外のみなは、いつもこんなに綺麗なものを見ているのだ。

羨ましいし、ずるい。

自分は屋敷から出ることすら禁じられているのに。

——外界に憧れ、まほろばに魅せられた八歳の少女は、知らなかった。

己がどれほど危険な存在なのかも。

結界が張られた屋敷から出てはならない理由も。

だから、あんな悪夢のような地獄をもたらしてしまったのだろう。

「あ、ああ……っ」

ぽこ、ぽこ、こかん。おぞましい漆黒の闇が、地から湧く。

郷を包囲する結界は、とうに破られていた。

喰らおうとしているのか、あるいはただ殺したいのか。

どこからか現れた禍々しい異形〝妖魔〟が、腰を抜かしてへたり込む紘を囲みじっとこちらを狙っている。

そのうちの一匹。獣型の妖魔が、血濡れで倒れる母を踏んだ。

「い、や……やめて……かあ、さま……」

おびただしい数の妖魔に襲われ、対処しきれず怪我を負った母。

暗くてはっきりとはわからなかったが、身体のあちこちが喰われていた。倒れる母を中心に広がる赤黒い血溜まりは、徐々にこちらへ迫っている。妖魔が躊躇いもなくそれを踏むせいで、ぴちゃ、ぴちゃん、と全身が粟立つような音が響く。

――妖魔が、母と紘のあいだに倒れている弟と侍女を捉えた。

「だ、だめ……！」

たまらず紘は、ふたりのそばへ這い寄った。

その紘から距離を取るように、ざっ、と妖魔が後ろへ飛び退く。

「お、じょう、さま……」

倒れていた子どものひとり──侍女のお鈴が、弱々しく紘の手を握った。

「に、げて……」

お鈴は、腕を怪我していた。

紘を護るため妖魔に立ち向かった際、裂傷を負ってしまったのだ。かたわらで気絶しているもうひとり、弟の燈矢も、小さな背中を爪で深く抉られていた。

ほぼ力が入っていないお鈴の手を握り返しながら、紘は頭を振る。

「やだ……どうして、こんな……っ」

「にげ、て……お、じょう、さまだけ……で、も……」

ふ、と。お鈴の手から完全に力が抜けた。瞼は閉ざされ、届く声も失われる。

母も、お鈴も、燈矢も動かない。

ぴちゃん、とまた嫌な音がした。

──その瞬間、紘は自分のなかで、なにかがぶつりと切れる音を聞いた。

血ではないなにかが全身を駆け巡る。その耐えがたい熱さが視界を焼き、真白に染まった。甲高い耳鳴りが世界を支配し、もう前後左右すら不明瞭になっていく。

紘のなかで、生の感覚はいつしか消えていた。

自分が呼吸しているのかさえわからない。ただぼんやりと、時間そのものが止まってしまったのかと思った。

だって、なんの音もしなくなったから。けれど、そんなこと、もうどうでもいいような気がした。そうだ。このまま消えてなくなるなら、きっとその方がいい。

なのに、突然、闇を打ち破るように凛と透き通った声が響いた。

戻ってこい、と。知らない声だった。

それになんと答えたかはわからない。答えなかったのかもしれない。

なんとなく、ひとこと、ふたこと、会話をしたようなしなかったような。

たぶん、ひどく疲れていたのだ。

眠る寸前のように、感覚のすべてが曖昧だった。

されども、最後に届いたその言葉だけは、限りなく脳裏に焼きついた。

その声の主は、紘を抱き寄せ、言ったのだ。

「いつか必ず、迎えに行く」

――と。

壱幕　つつ闇の政略結婚

「縁談、ですか？」

戸惑いを隠せぬまま聞き返した紘に、対面していた兄の弓彦は頷いた。穏やかな表情だが、どこか気遣うような眼差しが紘を射抜く。

「相手は五大名家――冷泉家の次期当主。冷泉士琉殿だよ。紘も知っているね？」

「は、はい。お名前は存じ上げておりますが……」

三日月形の大陸から成る灯翠国は、大きく五つの州に分けられる。

各州を統治しているのは、紘が生まれた月代をはじめ、安曇、八剱、氣仙、そして冷泉の名だたる家々だ。これらの〝継叉〟の名家を総じて五大名家と称し、国の柱石、ひいては枢軸とすることで、現在この国の権衡は保たれている。

（冷泉家は、初めて継叉を生んだ家系だと言われているけれど……）

――継叉とは、かつて灯翠国に存在した〝あやかし〟の力を継いだ者のことを言う。

不可思議な能力を行使することができる彼らは、灯翠国において、なにかと特別視される存在だった。五大名家が華族として特段優位な立場を得ているのも、それぞれが優秀な継叉を輩出する家柄であるからに他ならない。

「恐れながら、兄さま……どうしてわたしなのでしょうか？　そのように立派な肩書を持つ方とわたしでは、とても釣り合いません」

「そんなことはないよ。五大名家における権力は同等だし」

「わ、わたしは例外です。兄さまだってわかっておられるでしょう？」

――継叉が尊ばれる社会において、古来より〝月代の血を継ぐ者は必ず継叉として生まれる〟という、不二の武器を掲げていた月代家。

だが紘は、その核たる部分を壊してしまった存在だった。

本家の出ながら、よりによって〝継叉として生まれなかった〟のである。それどころか、害悪の〝妖魔を引きつけてしまう呪われた体質の持ち主〟でもあった。

そんな娘に価値など存在するはずもない。だというのに、他家の次期当主に嫁ぐだなんて不相応にもほどがある話だろう。

（それにわたしは、この体質のせいで父さまと母さまから命を奪ってしまった身だもの……。償いきれない罪を背負っているし、人さまに嫁ぐ資格もない。もう二度とあの悲劇を繰り返さないためにも、ひとりでいなくてはだめなのに）

父に代わり月代の当主の座を継いだ弓彦とて、それは弁えているはずだ。

なのにどうして、と紘は理解に窮しながら唇を引き結ぶ。

「うーん。とはいっても、月代本家の娘は紘しかいないからねぇ」

「っ……ですが、わたしはこの結界から出るわけにはいかないのです。万が一、嫁いだ先であの日のような悪夢を招いてしまったら……」

――千桔梗の悪夢。

十年前のあの日以来、絃は己の体質による悪夢を再来させないために、本邸の離れに強固な結界を張り、今日まで引きこもり続けている。

千桔梗の郷をぐるりと囲む結界と、月代本家の本邸を護る結界。そのさらに内側の離れに精製された三層構造の結界だ。

このなかにいれば、さすがに妖魔を引きつけることはない。

絃にとっては、唯一安心して過ごせる場所なのだ。

ここを出る、だなんて考えたことすらなかった。

「言っとくけど、僕は反対だよ。姉上」

ふいに口を開いたのは、弓彦の隣に座していた弟の燈矢だ。兄によく似たその端正な相貌は、来月十五歳になる少年とは思えないほど不貞腐れている。

燈矢はいかにも苦々しく弓彦を見遣ると、ふんと鼻を鳴らして腕を組んだ。

「だいたい、兄上も兄上です。なに勝手に姉上の縁談なんか進めてるんですか。しかもよりによって外の人間とかありえないでしょう！」

「私は月代の当主だよ。ありえない、なんて言葉は知らないね」

「あーあーそういうところ！　そういうところですよ！　虫も殺さないような顔して誰より腹黒いの、本っ当にタチが悪いっ！　なんで僕が当主じゃないんだよ！」

声を荒らげる燈矢に対し、弓彦は素知らぬ顔で聞き流す。

（腹黒いというより、少し利己的なのですよね。兄さまは）

紘を挟んで九つほど歳の差がある弓彦と燈矢は、地の性格的には正反対と言ってもいい。そのせいか、基本的にふたりの会話は対立しながら進む節があった。

昔からよく見られる光景なので、これくらいでは紘も動じない。よほどひどくならない限り、兄と弟の口喧嘩は紘も口を出さずに見守るようにしているのだ。

下手に仲裁するより、その方が穏便に落ち着くと知っているから。

「僕だったらこんな縁談考えるまでもなく断って——」

「これはね、いわゆる政略結婚なんだ」

煩わしそうにひとつ嘆息しながら、弓彦は燈矢の声を断ち切った。

しん、と室内が静まり返る。まるで水を打ったような静寂のなか、紘は思わず両目を見開きながら、信じられない思いで口を開いた。

「政略結婚……ですか？　わたしが冷泉に嫁ぐことで、なにか月代に利益が？」

「当然あるとも」

それがなにかとまでは言うつもりはないのか、弓彦は微笑んだ。

「もちろん、紘が悩む気持ちもわかる。体質に関して懸念はあるし、私とて紘を月代から出すのは心配だよ。でもこの縁談は、そもそも冷泉の方から持ちかけてきたものなんだよね」

「冷泉家が？　姉上になにを求めて？」

「んー。向こうもいろいろあるだろうけど、いちばんは〝血〟かな」

「……血？」

紘と燈矢は、同じような顔で目を瞬かせる。

「あれ、ふたりも知っているだろう？　冷泉の次期当主は養子なんだよ。つまりは冷泉の血を継いでいないんだ」

「あー。そういえば、前にそんな話をどっかで聞いた気が」

「燈矢は本当に、よくその程度の知識で当主だなんだって言えるよね。――ともあれ、現状の冷泉家は五大名家としてとても危うい立場にあるんだよ。この世のなか、継叉を輩出できなくなれば地位が失墜するのは一瞬だからね」

確かに、多様なあやかしを祖先に持つ月代の血を引き入れれば継叉は生まれ続けるのかもしれない。だが、それはあくまで紘以外の者が嫁いだ場合だ。

「……お言葉ですが、兄さま。いくら月代本家の血を継いでいるとはいえ、継叉ではないわたしの子どもが継叉として生まれる可能性は低いのではないでしょうか」

「子どっ……⁉　はあっ？　つまり、嫁がせた姉上に継叉の子どもを産ませて冷泉家の立場を確立しようってわけ⁉」

「だから、そう言っているだろうに」

赤くなったり、青くなったり、どうにも忙しない反応を見せる燈矢を冷然と一蹴し、弓彦は緩慢に袖を払いながら立ち上がった。

「まあ、紘の言うことは尤もだけど。その心配はないと思うよ」

「どうして……」

「月代の血は強いから。それに、冷泉の血を継いでいないといっても、相手の士琉殿はこの国でたったひとりの〝水龍〟の継叉だ。仮に月代の血が効力を発揮しなかったとしても、ふたりのあいだに生まれる子は継叉である可能性が高い」

言いながら、弓彦は紘の目の前に片膝をついた。

伸ばされたしなやかな指先が、紘の白磁の頬を包むように触れる。正面に据えられた青藍色の瞳には、ひどく情けない顔をした自分が映っていた。

「無理をする必要はないのだけれどね。——どうする？　紘」

真っ直ぐに射竦められ、どくん、と心臓が妙に強く胸を叩いた。

（月代を出て、冷泉に嫁ぐ）

政略結婚。つまり、双方に利があるからこその契り。

その利がなんであれ、弓彦が縁談を断らずこうして紘に話を持ちかけてきたということは、彼自身、この縁談に対して前向きではあるのだろう。ならばこの問いかけの返答は、はなから肯定しか許されないものとなる。当主の命は絶対だ。

（そうよね……。わたしが嫁げば、他家に月代本家の血を残せるもの。それに、一族にとっては厄介者のわたしを公的に追い出せる好機にもなる――）

月代にとっては暗夜（あんや）の灯（ひ）にも等しいだろうそれを頭に巡らせたそのとき、ふいに弓彦が「ああ、紘」と紘の思考を両断した。

「言っておくけど、私は紘を追い出したいわけじゃないからね」

まるで心を読み取ったかのように告げられ、紘は冷や汗を流す。紘を見下ろす炯眼（けいがん）には『まさかそんなこと思ってないよね？』と言わんばかりの圧があった。

「あの、ですが、その……」

「なんだい？」

「い、いえ……お受け、いたします……」

なにか余計なことを口にしようものなら、笑顔で詰められそうだった。経験則で瞬時にそれを悟った紘は、なかば震えながら俯（うつむ）きがちに返答する。

燈矢が「は!?」とぎょっと目を剥くが、弓彦の表情は驚くほど変わらない。

「ちょっ……姉上、本気!?　僕、絶対嫌がると思ってたんだけど！」

「私はそう言うんじゃないかと思っていたよ。紘はとても優しい子だからね」

まさに対極的な反応をする兄弟に、紘は眉尻を下げた。

そして慎重に言葉を選びながら、おずおずと口を開く。

「……月代家の名を穢してしまっているわたしが、冷泉家との政略結婚でお役に立てるなら、と思いまして」

生まれたそのときから、この月代一族に紘の存在価値はない。

継叉でもなく、呪われた身を持ち、そのうえ償いきれない罪も背負っている。

一族の者たちから『おまえなど月代の娘ではない』と疎まれるのも当然――否、本当ならば今すぐにでも消えてしまわなければならない存在なのだ。

けれど、弓彦や燈矢、侍女のお鈴はそれを許してはくれない。

こんな厄介者など愛さず、一族の者たちのように突き放してくれればいいのに、彼らだけはいつだって紘を大切にしようとする。

紘はそれがずっと、苦しかった。

優しさを与えられるたび、慈愛を注がれるたびに、紘のなかに根差す罪が疼く。それを受け取る資格なんかないのだと、この罪が、痛みが訴えかけてくる。

愛されれば愛されるほど、罪悪感で押し潰されてしまいそうになる。

(でも、月代のためにできることがあるなら、せめてもの罪滅ぼしとしてお受けするべきよね。消えるのは、そのあとでもきっと遅くないもの)

弓彦は否定するが、むしろ紘はどこかほっとしている部分があった。

愛されるより、おまえなどいらないと冷たく捨て置かれた方がまだいい。

そう、罪悪感に苛まれるよりは、ずっと。

「……相手の冷泉家は絃の体質を知っているから、そこは安心して」

幼子を宥めるように頭を撫でられて、絃は頷く。

むしろこの体質を知りながら縁談を持ちかけてきたことには驚くが、ひょっとすると冷泉家にはそれほど対妖魔への余裕があるのかもしれない。

なにしろ、冷泉家が置かれているのは、軍都〝月華〟だ。

そして嫁ぎ相手である冷泉の次期当主——冷泉士琉という男は、灯翠国が誇る妖魔討伐のための特殊部隊〝灯翠月華軍〟の最強軍士だと言われている。

（怖い方、でなければいいけど……）

噂に聞く限りは、望み薄だろう。

なにせ、二十六歳という若さで総司令官の地位まで上り詰めた者だ。冷泉家の利点である〝血〟以外、絃のことなど興味も抱かないに決まっている。

役目を終えたあと、そう遠くない未来で捨てられると考えれば、それはそれで気は楽なのかもしれないけれど。

◇

縁談の話が挙がってから、ひと月後。

いよいよ冷泉の本邸が置かれている軍都〝月華〟への出立を明日に控えた夜、絃は鏡の前でこれからのことを考えていた。

離れの西端にぴったりと沿って設えられた欅の鏡台。年季による傷みは多少ありながらも、繊細な透かし彫りが美しい朱塗りの三面鏡だ。

昔から、紘はなにかあるとここに座り、気持ちを落ち着ける癖があった。

（こんなによく似た兄妹なのに……どうして、わたしだけ）

生まれながらの白皙も、白月を抱く長夜のような髪色も。とりわけ憂いを練り込んだような青藍の瞳は、たとえ取り換えても気がつかないほどにはそっくりだ。

同じ血が通う者。同じ両親から生み落とされ、誇り高き月代の血を継いだ者。

しかし、兄妹で紘だけが継叉の力を持っていなかった。月代一族が誇る破魔の力──霊力こそあれ、この厄介な体質では活かすこともできやしない。

ようするに、紘はこの月代において、限りなく無価値な存在なのだ。

いくら本家の娘とはいえ、一族から疎まれるのも致し方ないことなのだろう。

（本家に出入りする者たちもこの縁談に喜んでいたものね……。今日も、『やっと一族の恥知らずがいなくなる』って結界の外から吐き捨てていった方がいたし）

こうして結界に引きこもっていてもなお、〝声〟は届く。紘からは相手の顔も確認できないけれど、悪意はいつもそばに蔓延っている。いくら家族が大切にしてくれていても、そうして向けられる拒絶や否定がある限り、紘の在り方は変わらない。

「あっ……そうだわ。これも、忘れず持っていかなくちゃ」

ふいに思い出して、紘は鏡台の引き出しを開けた。

ここには、束になった大量の文が隙間なく綺麗に仕舞われている。その数、およそ百五十通以上。十年前から毎月一通必ず届く、匿名の文。紘の宝物だ。

(結局、最後までどなたが送ってくれていたのかわからなかったけど……。毎月この文が届くから、わたしも、もう少し生きようと思えたのよね)

どれも、内容は取るに足らない些細なものだった。

春になれば、桜が咲いたと報告がある。夏には、水分補給をしっかりして体調を崩さないようにと心配する内容が届き、秋は紅葉が包まれて送られてくる。冬はまた体調を案じ、次の春への思いを馳せる唄が綴られていたりした。

匿名ゆえに文は一方的で、一度たりとも紘は返せたことがない。それでも、確かにこの文は、紘にとって毎月の心の支えとなっていた。

この文だけが、いつも紘の存在を無条件に肯定してくれていたから。

「嫁いだら、この文も受け取れなくなってしまうのね……。もしこれからも届くようなら、兄さまに頼んで転送してもらうのも手かしら」

文を風呂敷に包みながら、紘はひとり頭を悩ませる。

そうして最後の文を仕舞おうと手に取ったとき、折られた紙の間からぽろりと一枚の花弁が落ちた。

部屋に差し込むひと筋の月明かりに反応し、その花弁は淡く青い光を放ち出す。

雪洞（ぼんぼり）の灯（ともしび）にも及ばない、蛍の光のようなそれ。意識せぬまま拾い上げた紘は、傷つけぬよう丁寧に手のひらに乗せて、伏し目がちに呟く。

「千桔梗の、花弁」

この文はちょうど先日届いたものだ。

綴られていたのは『ようやく約束を果たせる』という短い一文。

そっと一緒に挟まれていたのは、千桔梗の花弁だった。

「どうして、わたしにこれを……」

これまでも、桜や紅葉などの葉が挟まれていたことはあったのだ。けれどそれは粋な季節のお裾分けだろうと、とくに疑問を持つことなく受け入れていた。

だが、千桔梗となれば話は変わってくる。

なにしろこの千桔梗は、紘が生まれた月代州にしか自生しない花なのだから。

（文の送り主は、月代一族の誰かってこと？）

しかし、そうだとして、この『約束』とはいったいなんのことだろうか。

結界に引きこもって十年。兄弟と侍女のお鈴以外との関わりを持たない紘に、約束を交わすような相手などいるはずもない。

だからといって、弓彦たちがこんな回りくどいことをするとも考えにくいし、なんとなく、この文の送り主は近しい者ではないような気がするのだ。

もっと、ずっと遠く。どこか手の届かない場所にいるような——。

（そもそもわたしは、家族とお鈴以外の一族の者には疎まれているもの。やっぱり月代の誰かとは考えにくいわよね。なんにせよ、これが大切な宝物のひとつであることに、変わりはないのだけれど……）

花弁を文に挟み直して、風呂敷に仕舞う。纏めた荷物に風呂敷を添えて、聚楽壁に嵌め込まれた染煤竹の丸窓のそばへ歩み寄った。

格子の外には、小池の周りに千桔梗が溢れ咲く粋美な中庭が設えられている。月影に反応して光る千桔梗にそっと視線を落とし、紘は悄然として唇を引き結んだ。

（千桔梗ももう見られなくなってしまうし、なおさら大切にしなくちゃ）

中心の紫から外側に向けて、次第に青く変化していく淡色の花。

一度花を咲かせれば千年は枯れることはないという千桔梗は、月明かりを浴びるとこうして花弁が優しく発光するため、満月の夜にもっとも映える花らしい。

実際、かつて一度だけ見たことがある千桔梗の天の川は、本当に美しかった。まるでこの世のものとは思えないほど幻想的で、幼心に感動した記憶がある。

忘れられない、忘れたくない光景だ。

（あの悪夢も同時に蘇ってしまうから、複雑なのだけれど……）

それでも紘は、千桔梗を嫌いにはなれなかった。

いつでもあの光に、希望を追い求めてしまう。

もしも生まれ変わることができるのなら、千桔梗になりたいと思うほどに。

――ああ、こんなところに月代一族らしさが現れるなんて、なんて皮肉だろう。

いっそ紘の方から、月代のすべてを拒んでしまえたらよかったのに。そうしたら、もっと早く〝月代を出る〟決断ができていたかもしれないのに。

「……いい加減、覚悟を決めなくちゃ。自分で決めたことなんだから」

外に出るのはたまらなく恐ろしい。けれど、ここでただただ時間が過ぎてゆくのを見守っていたところで、己の罪が消えるわけではない。

だから、せめて。

せめて――最後だけでも。

◇

千桔梗の郷は、月代本家をはじめとした一族の者が集う秘境のことをいう。

険しい山々の中腹に開拓された小さな郷。言うまでもないが、この千桔梗という郷の名は、郷内に溢れ咲く花の名前からそのまま取られたものだ。

月代が祓魔師の一族であることも関係しているのだろう。

外部の者をいっさい受けつけず血族とその縁者のみで構成された地は、世界からも孤立しており、ひどく閉鎖的だ。民の大半が継叉であることも相まって、まるでここだけ切り取られた異空間のようでさえある。

――そんな特殊な郷をすべて見下ろせる位置に建つ月代本家では、いよいよ紘の出立準備が最終段階に移ろうとしていた。

(ああ……外の、空気が)

およそ十年ぶりに大きく開け放たれた離れの戸襖。結界の境がなくなり、秋初めの涼やかな風が室内に舞い込むなか、弓彦と紘は鴨居を挟んで見つめ合う。

「準備はいいかい？　紘」

「……はい、兄さま」

「うん。なんだか戦に向かうような重装備だけど、仕方ないね」

長時間の移動に備えて、今日の身なりは動きやすさを重視した和装だ。

しかし、両手には荷物を纏めた風呂敷を持ち、背には己の半身ほどはある弓を革袋に入れて背負っている。確かに重装備ではあるかもしれない。

「備えあれば憂いなしと言いますでしょう？　このなかに入っている結界札も、兄さまが用意してくださった護符も、破魔の弓も、わたしにはすべて必要なものです」

衣服の下に貼ってある護符は、簡易結界のような役割を担うものらしい。

はたして絃の体質にどれほど効果があるのかは不明だが、少なくとも弓彦が仕入れてきたものと考えれば上質な品ではあるのだろう。

「大丈夫だよ。まだ昼間だし、すぐになにか起こることはないさ」

弓彦は絃の持っていた風呂敷を纏めて片手で取り上げると、それとは反対の手で絃の手を掬（すく）った。そのまま誘い出されるように、絃は鴨居の外へ足を踏み出す。

「っ……」

「ほら、なにも起きない。ね？　当主の言うことは信じるものだよ」

一瞬だけ息を詰めた絃に、弓彦は昔から変わらない柔和な笑みを向けてくる。

（……本当に兄さまは立派なご当主になられましたね）

仕草も口調も流麗で、纏う雰囲気すら枝垂れ柳のように雅（みやび）な御仁。齢二十四とは思えぬほど常に悠然（ゆうぜん）としており、一見しただけならただの美青年だ。

事情を知らぬ者なら、まさか月代を背負う立場にあるものとは思うまい。

その絶対的な強さと圧倒的な理知で月代を導き続けている――否、それができてしまっているのは、やはり生まれながらにして上に立つ者だからなのだろう。

だが絃は、その弓彦が裏では血の滲むような努力をしてきたことも知っている。

『ねえ、絃。……どうして言いつけを破ったりしたんだい』

ゆえにこそ、突然当主の座を継ぐことになり心身共に疲弊（ひへい）した十四歳の弓彦からそう問われたとき、紘は己がどれほどの罪を犯してしまったのか自覚したのだ。

(兄さまは、優しい。でも、その優しさが、とても痛い)

弓彦が紘を咎めたのは、後にも先にもそれ限り。だがそのひとことは、まるで一種の呪いのように、いつまでも紘の心に深く杭を打ったまま。

じわじわ、じわじわと蝕んでいく。

「……ありがとうございます、兄さま」

ふたたび脳裏を過りそうになった思いから目を背けて、紘は無理やり口角を上げ笑ってみせる。これはあまり、悟られたくはないのだ。

「うん。行こう」

紘は幼子のように手を引かれながら、丸い白砂利が一面に敷かれた明媚な中庭へと降り立った。向かう先はどうやら本邸ではないらしい。

等間隔に並ぶ石灯篭を横切り、灰の飛び石を渡る。

角には蹲。そばには鯉が泳ぐ小池。中心に映える黒松の他には多様な老木が植えられているが、どれも絶妙な按排で配置され、壮麗な空間を生み出していた。

端には蔵へ繋がる道があり、飛び石が導く先には煤竹で作られた竹垣が並ぶ。そこに設えられているのは、大人が身を屈めてようやく通れるほどの小さな庭木戸だ。

前を行く弓彦は、迷いなくその戸口へ向かっていた。

（どこもかしこも生命の息吹に溢れていて……すごく、不思議な感じ）

運ばれてくる風の香り、枝葉の擦れる音、池水の透明感、生き物の波紋、空に羽ばたく渡り鳥のさえずり。なにもかも、知らないものだらけだ。

未知を前に世界が一変した気分に陥りながら、紘はそれらを視界に収める。

（わたしはずっと、本当に狭い世界で生きていたのね）

その感覚はいっそ恐怖を覚えるほどで、紘は弓彦と繋いだ手を強く握りしめた。そうしていないと、無意識に離れの方へ戻ってしまいそうだったのだ。

弓彦はなにも言わないまま庭木戸の前へ辿り着くと、閂を抜いて押し開いた。

「紘、覚えてるかい？　この道」

「覚えています。……わたしがあの日、屋敷を抜け出した道ですもの」

「ふふ、いっそ忘れてくれてたらよかったのにね。今からここを通るけど、あまり思い出さないようにしなさい。他のことを考えているといいよ」

あまりにもさらりと返されて、紘は頭が痛くなってくる。

（……兄さまは、意地悪ね）

わざわざここを通るのは、たんに外へ通ずる近道だからではない。

十年前のあの日——紘が屋敷を抜け出して、最悪の災いを引き寄せてしまったあの日の状況を再現するためだろう。十中八九、意図的なもの。

自身の呼吸が浅くなるのを感じながら、紘は俯きがちに重い足を進める。

（思い出すな、なんて。そんなの、無理に決まっているのに）

閉塞感の強い道であるうえ、こうも背の高い竹垣に両側を挟まれていると、自分がどこへ向かっているのかもわからなくなりそうで眩暈がしてくる。

実際ここは、緊急脱出用の通路のようなものなのだ。途中でいくつも道が左右に分かれているため、内部は軽く迷路と化している。出口もひとつではなく複数箇所存在するので、道順をしっかり覚えていないと目的の場所に出ることも難しい。

（この道は確か、裏門に続く道よね……。わたしはあの日、出口の直前に右へ曲がって裏山へ向かったけれど）

じわり、と額に嫌な汗が滲む。

呼吸の仕方を忘れてしまったようで、酸素がうまく入ってこない。

一歩、一歩と進める足が重かった。背負う破魔の弓が、まるで海底に沈められる鉛のようにどんどん重量を増している気がする。

（……ああ、でもわたし……あの日はもっと、楽しい気持ちだった）

現在と当時では、そもそも状況が異なる。異なるからこそ、当時の自分の浅はかさが罪として圧し掛かってくる。逃れられない、逃れてはならない罪として。

「紘」

名を呼ばれ、ふらつきながら顔を上げる。

立ち止まった弓彦は、どこか困ったような面持ちで紘を振り返っていた。繋いだ手はそのままで、一歩、引き寄せられる。

「大丈夫。なにも起きないよ」

「……わかって、います。ちゃんと、頭ではわかっているのです」

絞り出した声が、ひどく震えていた。

「でも、わたし……とても、怖いです。兄さま……」

「うん。だけどね、ほら見て。もう出口だから」

弓彦が視線を流した先には、またも小さな木戸があった。長らく使われていなかったのか、くすんだ緑の蔦が面妖に絡まっている。

その直前には、記憶の通り左右に分かれた道。あの日、紘がお鈴と燈矢に連れられて進んだ方角へは、さすがに目を向けられそうになかった。

「右は鬼門。左は本邸へと繋がる道。そして真っ直ぐ進めば目的地だ。今日の紘はあの日と違って、右へ曲がらず真っ直ぐに進むんだよ」

「真っ直ぐ……」

「そう、真っ直ぐ。だからあの日を繰り返すことはないね」

弓彦はふたたび歩き出しながら、紘の手を引いた。

そして身を屈めながら木戸を押し開けると、紘の手を離して自分は脇に避ける。

「今度は私が後ろにいるから。そうすれば怖くないだろう?」

「……ありがとうございます、兄さま」

優しいようで、とんだ鬼の所業である。これから月代を出て嫁ごうというときに、無理やり紘のトラウマを引き出そうとするだなんて。弓彦の目的はなんとなく理解できるけれど、さすがにこれはあんまりではなかろうか。

(でも、前に進むためには、確かに必要なことなのかもしれない)

――外に出たら恐ろしいことが起きる。

紘のなかに根づいたその意識を変えるには、あの日の出来事をなぞっても異なる結末に辿り着くことを覚えればいい。

そうして〝必ずしも恐ろしいことが起きるとは限らない〟と新たな認識を植えつけてしまうのが手っ取り早い。

あまりに荒療治だが、ようするにそういうことなのだろう。

ほんの少し歩いただけなのにどっと疲れてしまい、紘は眩暈を覚えながら、わずかに身を屈めた。小柄なため通るのに苦労はしないものの、背負う弓の先端が引っかかってしまわないように、細心の注意を払いながら外へ出る。

そうして屈めていた身を起こそうとした、そのときだった。

「あ……っ」

先に踏み出していた右足から、突然すべての力が抜け落ちた。全身の血が急激に地へ吸い込まれるかのような感覚に陥り、身体が前のめりに倒れる。

刀同士が擦れるような甲高い耳鳴り。同時に消え失せる、平衡感覚。

「――紘嬢！」

ふいに、焦燥まじりの声が空気を切った。直後、危うく顔面から地面に倒れ込もうとしていた紘の身体は、何者かにがっしりと受け止められる。

その衝撃で、一瞬遠のきかけていた意識が逆流するように舞い戻った。はっとして足を踏ん張り、なんとか身を起こして体勢を整える。

ふわり、と。優しく、ほのかに甘い白檀の香りが鼻腔をくすぐった。

（いったい、なにが起きて……）

混乱したまま顔をもたげると、全身を漆黒で染めた男と目が合った。

目深に被られた軍帽。顔の半分を覆う口布。薄手の革手袋。艶やかな革沓。纏う外套は前を紐釦で留めているため、身につけている衣服さえ窺い知れない。

ともあれ、すべてが黒い。

ただそのなかで唯一、こちらを見つめる澄んだ瑠璃の瞳だけは、闇に覆い隠されることなく鮮やかな存在感を放っていた。

それが妙に目を引いて、つい見入ってしまう。

すると、その反応を怪訝に思ったのか、彼はわずかに眉根を寄せた。

「大丈夫か？　どうした、ひどく顔色が悪い」

鼓膜を震わしたのは、低音ながらぞくりとするほど色香の漂う声音。思わず息を呑んでしまいながら、紘はおずおずと彼の腕のなかから離れた。

背丈は六尺近いだろうか。明らかに怪しげな身なりにもかかわらず、こちらを見下ろす瞳には案ずるような色が強く滲み出ていて、紘は困惑する。

（ど、どなた……？）

返事もできぬまま立ち尽くしていると、後ろからぽんと右肩に手を置かれた。

反射的にびくりと振り返る。

「大丈夫かい、紘」

いつの間に出てきたのか、紘の背後に弓彦が心配そうな面持ちで立っていた。

紘は自然と詰めていた息を吐き出す。

「だ……大丈夫、です。あの、少しふらついただけですので……」

「――少しふらついた、じゃないし！　なにやってるんですか、兄上っ!!」

そこに突然、大声で割り込んできたのは燈矢だ。

「ちょっと姉上、大丈夫!?　頭打ったりとかしてないよね!?」

全速力でこちらに駆けてきたかと思えば、燈矢は紘の両肩を勢いに任せてがっと掴み揺さぶった。

あまりの剣幕に気圧されながら、紘は両目を瞬かせて首を引く。

「だ、大丈夫よ。でも、あの、激しいから。やめて、燈矢……」

「どうせ鬼畜な兄上にトラウマを刺激されたんでしょ。表門じゃなくて裏門に来いって言われたとき、なんか嫌な予感がしたんだよ。ったく、ろくでもない！」

当主に対してさすがに失礼すぎる発言が飛び出した。が、弓彦にとっては日常茶飯事なのだろう。とくに気にした様子もなく涼しい顔をしている。

「だって、これがいちばん紘のトラウマ克服に効く方法なんだよ」

「馬鹿なんです!?　もっとトラウマになったらどうしてくれるんですかっ！」

「そうならないように、私も一緒にいたじゃないか」

やはり弓彦は、あえてこの道を通ることで、紘のなかに埋め込まれた潜在意識を変えようとしていたらしい。

効果があったのかはわからないけれど、確かに今度この道のことを思い出したら、一緒に今の光景が巡るかもしれない——と、紘は疲れ気味に思う。

「まあ、荒療治だったのは認めるよ。ごめんね、紘」

「い、いえ……」

まだ頭の中心は霞んでいるし、不安定な感覚も残っている。おそらく自覚しているよりも精神的な損傷が大きかったのだろう。

けれども、弓彦とて紘を思って取った行動だ。それがわかっているから怒る気にはなれず、多少げんなりしながらも首を横に振る。

「……すまない、状況が把握できていないのだが。紘嬢は体調が悪いのか？」

そんな紘たちを前に混乱した様子で問いかけたのは、漆黒の男だ。

彼に含みのある眼差しを遣った弓彦は、明らかに作り物の笑みを浮かべる。

「大丈夫さ。――紘、こちら駕籠舁さんね」

「駕籠舁さん？」

「そう、紘を軍都〝月華〟までお届けしてくれる方々のひとり。彼らは護衛も兼任しているから、なにかあっても護ってくれるはずだよ」

方々、彼ら。その複数形にふと疑問を覚えると、漆黒の彼はおもむろに裏門の方を振り返った。思わず紘も、その視線の先を追う。

（あれは……駕籠？）

そこには、長柄の華やかな姫駕籠が二台と四名の駕籠舁が待ち構えていた。

口布こそないものの、揃いも揃って漆黒の外套を身に纏っている。

そんな彼らは、紘の視線に気づくと、必要以上に恭しく頭を垂れた。やたらと統率された動きに圧されながら、紘も慌てて会釈して返す。

「話はわからないが、そういうことだ。俺とあの者たちが護衛として紘嬢を〝月華〟まで送り届ける。護衛という限りは必ず護り抜くから安心してくれ」

はっきりと断言され、紘はぱちぱちと目を瞬かせる。

口調は硬いが、その物言いは決して怖いものではなく、むしろどこか温もりさえ感じられるのが不思議だった。

「あ、ありがとうございます」

「ああ。――紘嬢」

「はい？」

こちらを見下ろす瑠璃の瞳が、どこか不安そうに揺らいだのがわかった。

「ひとつだけ、訊きたいのだが」

それがいつかの記憶の欠片と一瞬だけ重なって脳裏を横切り、紘は固まる。しかしその記憶を深追いするよりも早く、漆黒の彼に冷え切った片手を掬い取られた。

「月華へ行くのは、怖いか」

（っ……え？）

思いがけない問いかけに、思考までもが停止してしまう。

革手袋に遮られ、体温のない無機質な感触が伝わって。一方で、自分より二回り以上大きな手は、返答を促すことなく優しく絃の手を包み込んでいる。
(どうして、そんなことを……。わたし、怖がっているように見えた？)
意図の読めない質問に戸惑いを隠せないまま、絃は俯いた。
微風に、絃の長い髪が小さくなびく。
怖いか。怖くないか。
直視しないようにしていた現実が浮き彫りになっていくのを感じながら、反芻する
ように己へ問いかけてみる。
「そう、ですね……。怖くないと言えば、嘘になるかもしれません」
結界から出ること自体が恐ろしいのだ。
心臓が竦むような恐怖は常に纏わりついているし、気を抜いたらきっと今にも膝が
笑って立てなくなってしまうだろう。
けれど、そうなることなど、絃ははなからわかっていた。
(それでも、こんなわたしがお役に立てるというのだもの。ただ怖いからって突っぱ
ねられるわけがない。そんなことをすれば、本当にわたしは——)
これは、双方に利があるゆえの政略結婚だ。
そこに絃の心など、想いなど、必要ない。
月代のためになるのなら、己の心身くらい、いくらでも犠牲にできる。

「……月華へ赴き、嫁ぐ。それは、これまで一族の枷でしかなかったわたしが初めて与えられたお役目です。月代本家の娘として、そこにわずかでも価値が見出されるのなら、わたしはわたしのすべてを以ってお役目を全うしたいと思っています」

漆黒の彼は、わずかに双眸を細めて「価値、か」とぽつりと呟いた。

なにか懸念があるのだろうか。

そもそも、どうして駕籠舁の彼からそのようなことを問われたのかわからず、紘は小さく首を傾げる。

だが彼は核心には触れぬまま、なにかをぐっと飲み込むように紘の手を離した。

「──承知した。ならば、行こう。軍都〝月華〟へ」

「は、はい。よろしくお願いいたします」

「……ああ、そうだ。君の侍女にはもう駕籠のなかで待機してもらっているから、心配しないでくれ。紘嬢の準備ができ次第、出発しよう」

侍女とは、お鈴のことだろう。

たとえ嫁入りしても変わらず紘の専属侍女でありたい──そんな本人の希望で、彼女も月華までついてきてくれることになったのだ。

当主の弓彦が『紘のためなら』と特別に許可を出してくれたらしい。

（いよいよ、千桔梗の郷を出るのね……）

なんとはなしに見上げた蒼穹には、雲ひとつない。

見送られる立場としてはこの上ない晴天だが、清々しいほどの天の海は絃の心情にはどうにも嵌まらず目を逸らす。

やはり、余計なことは考えない方がいいのだろう。

お役目だと割り切っていればつらいことなどないのだから、なにが起きても受け入れる覚悟だけ持っていればいい。

「……では、行ってまいります」

後悔はしない。

この政略結婚が、絃の〝存在理由〟になるのなら。

◇

月代州の大部分を支配する山脈内を移動中、絃は姫駕籠のなかで強い不安を募らせていた。外の様子が窺えないせいで、なおのこと気がそぞろになる。

「妖魔境（ようまきょう）……無事に越えられるといいのだけど」

――千桔梗の郷は、常に結界が張られ、確実に護られた状態だった。

なぜなら千桔梗の郷は、異常なまでの妖魔発生地帯にあるから。そうまでしないと民が安心して暮らせないのである。

通称〝妖魔境〟と呼ばれているこの山脈は、本来、人間が暮らすことのできる環境ではないのだ。当主の弓彦は、『むしろこれほどの悪環境だからこそ得られるものがある』と口にしていたが、紘はどうしても理解に窮した。

妖魔がどれだけ危険なものかわかっているからこそ、あえてこの地を拠点にする考え方は受け入れがたい。

（月代が祓魔の一族として成り上がったのは、この妖魔境で生き抜くのに必死だったからだって兄さまは仰っていたけれど……）

捉え方を変えれば、こんな場所に一族の拠点を作った月代の先祖にはすでに、この地獄のような環境を生き抜けるほどの力があった、ということだろう。

当代までその力が衰えずにいるのは、月代が血統を重んじてきたからか。

（改めて考えてみると、月代家ってすごいのね……。継叉の力と霊力を武器に、祓魔師という無二の力を確立した一族。五大名家として立場を得るのも納得だわ）

霊力は、おおむね陰に属するモノを祓うことができる力だ。

言うまでもないが、かつてこの灯翠国に存在していた人ならざる者――あやかしの陰の気から生まれた異形〝妖魔〟も、陰のモノである。

それを踏まえれば、月代一族がこの地で生き抜いていくために祓魔師の道を究めたのも道理なのかもしれない。

端的に言えば、状況を逆手に取った、ということなのだろう。

(それにしても……本当に、月代の護衛がなくて大丈夫なのかしら。この妖魔境を越えられる人は限られると思うのだけど)

あの弓彦が一任する相手だ。月代一族の者ではないにせよ、きっと彼らはよほどの手練れ集団ではあるのだろう。だが、かつての悪夢で妖魔の恐ろしさを身をもって知っている絃は、やはりどうしても不安を拭えなかった。

憂慮を禁じ得ないまま、落ち着かない心地で両手を握り合わせる。

ずっと緊張しているせいか、指先は氷のように冷え切ってしまっていた。

(もうすぐ日が暮れる時間よね。わたしが貼っている護符は妖魔が現れやすい時間帯でも問題ないって兄さまは仰っていたけど、やっぱり心配……)

千桔梗を出てから、はたして何時間が経過したのか。途中で一度だけ昼餉のために駕籠から降りたが、以降は一度も休憩を取ることなく移動し続けている。

体勢的にも、少々きつくなってきた頃合いだ。

どうにも落ち着かず、もぞもぞと狭い空間で身を捩っていると、やがて前を走る馬の蹄の音がゆっくりと音を消した。

駕籠の揺れも収まり、とすん、と地に降ろされたような軽い衝撃が走る。

「お嬢さま、大丈夫ですか？」

外から引き戸が開かれ、ひょっこりと顔を覗かせたのはお鈴だ。一瞬構えて固まってしまったものの、慣れ親しんだお鈴の顔を見て、ほっと胸を撫で下ろす。

顔を丸く包むような樺茶色（かばちゃいろ）の髪、ぱっちりとした栗梅色（くりうめいろ）の瞳。幼い頃からそう変わらない顔立ちは十五になった現在もあどけなく、笑顔がとても可愛らしい。

「このあたりで一度、休憩するそうです。外に出られますか？」

「ええ。ありがとう」

お鈴に手を支えられながら外に出ると、ひんやりした空気が頬を撫でた。

ずっと閉鎖的な空間にいたせいか、肺に流れ込む空気がとても新鮮に感じられる。

「……ねえ、お鈴。本当によかったの？　郷から出てしまって」

羽織の胸元を手繰り寄せながら、絃はずっと気になっていたことを尋ねた。

十歳の頃から本家に住み込み、絃の専属侍女としてそばにいてくれているお鈴。

燈矢と同い歳であることもあり、絃にとってお鈴はただの侍女ではなく、親友のような、妹のような、家族も同然の存在だ。

だから『嫁ぎ先にも一緒に行きたい』とお鈴の方から進言されたときは、驚きながらも嬉しかったのだ。これからも共にいられる、と。けれど一方で、彼女の人生を考えたら本当に受け入れてよかったのか不安もあった。

「郷にはお鈴の家族もいるのに……。今からでも戻っ――」

戻った方がいいんじゃない？

そう言いかけたところで、紘はお鈴の手に口を塞がれた。電光石火の勢いに思わず言葉を呑み込み、目を丸くして正面のお鈴を見つめる。

「お嬢さま、いいですか。お鈴にとって、いちばん大切な人はお嬢さまなんです」

むっとしたような、いかにも不満たらたらの表情で、お鈴は言い募る。

「もちろん家族も大事ですけど、お鈴は専属侍女としてお嬢さまが幸せになるまで見届けるって心に誓っているんです。それが、お鈴の夢なんです。たとえお嬢さまでも文句は言わせません」

慈愛に満ちた瞳の隙間には、過去を映す色がわずかながら混ざりこんでいた。その正体に気づいてしまった紘は、手が離されてもなお二の句が継げなくなる。

「だから、そんな暗い顔をしないでください。慣れない場所、慣れない環境で不安も大きいでしょうけど、大丈夫です。お鈴がいます。お嬢さまのことは、絶対にお鈴が護ります。今度こそ、信じてください」

「……お鈴のことは、いつだって信じてるわ」

「えへへ。お嬢さま、大好きですっ！」

無垢な笑顔を向けられ、紘は少し心苦しく思いながらも微笑んで返した。

（そうよね……。お鈴が自分で決めてついてきてくれたのだもの。お鈴だって、わたしの選択を受け入れてくれたのだから）

その意志を、選択を、主人としてちゃんと尊重してあげなければ。

「わたしも、お鈴のことが……――」

喉に突っかかってしまう言葉を、どうにか口にしようとしたそのときだった。

――ぞわり、と怖気が背筋を伝い、全身が粟立った。

お鈴も感じたのだろう。瞬時に笑みを消し去り、紘を背に庇う。そのお鈴ごと囲むように、控えていた駕籠舁の者たちが俊敏な動きを見せた。

「隊長！」

そのうちのひとりが裂帛と共に振り返った先には、出先で紘を受け止めてくれた彼がいた。

駕籠舁の頭役なのだろうか。ひとり馬に乗り、二台の駕籠を先導していた彼は、注意深く周囲に目線を走らせると、軽やかに馬を飛び降りた。

同時に右手を太刀へかけ、鯉口を切る。かと思えば、指の先まで洗練された無駄のない動きで抜刀。地から湧き出たおぞましいソレを、容赦なく両断した。

息つく間もなく背後に現れたモノをも華麗に身を反転して捌き、横薙ぎに重たい刀を打ち込む。その一閃により、空間にわずかな間が生まれた。

ぽこ、ぽこ、こかん。

彼が斬ったモノをひとことで表現するのなら、〝闇の凝塊〟だろうか。

自然には発生し得ない不気味な音が絶え間なく響くなか、ふたたび地から湧き出したソレは、みるみるうちに形作っていく。

四つ足の獣形のモノ。とぐろを巻いて宙に浮かぶモノ。地面から生えたまま蛇のようにうねるモノ。

姿形はひとつに囚われないが、地から湧き出たそれらは共通して全身を闇で染めたように黒々しい。地に生まれる影とは異なり、しっかりと実体がある。

――妖魔だ。
十、十五、二十……いや、もう三十近い。
「あ……あ……っ」

臓腑の底から湧き上がるような恐怖に耐えきれず、喉から言葉にならない引き攣った声が漏れる。思わず口を押さえて後ずさると、背が駕籠に当たった。

かくんと膝から力が抜け、紘はその場に崩れ落ちてしまう。

「お嬢さま！」

空はもう暗い。鮮やかな黄昏が色濃い群青に染まり始めた、宵の口。

妖魔は光が苦手だという。それゆえ太陽が沈み、世界の闇が深くなればなるほど現れやすい。とりわけこの逢魔が時は、妖魔たちの活動開始時間とされている。

「大丈夫です、お鈴がいます！　お鈴がお護りしますから……っ！」

振り返ったお鈴は、へたり込んだ紘をぎゅっと強く抱きしめてくる。

だが、その頼もしい言葉とは裏腹に、紘の肩に回った手はこちらに伝わるくらい震えていた。恐れを隠しきれないまま、それでも紘を置いて逃げようとはしない。

（あのときと、同じ……悪夢が、また）

一方、紘はお鈴の手を握ることもできなかった。

脳裏（のうり）を凄（すさ）まじい勢いで駆け巡る過去は、現在の光景と重なって視界を焼く。

『どうして、かあさま……どうして』

『かあさま、かあさま……っ！　おきて、おきてよぉ……！』

『わたしの、せいだ……わたしが、いとが、わるいこだったから……だから、かあさまも、とうさまも……とうやも、おすずも……ごめんなさい……ごめ……なさい』

幼い子どもが泣いている。

遠い遠い記憶のなかで、幼い自分が泣いている。

だが途中で、ぶつりと記憶が途絶えた。

そうだ、いつもここで途絶える。妖魔に囲まれながら、喪（うしな）った母と倒れた燈矢、お鈴を前にして泣いていたはずなのに、以降の記憶が残っていないのだ。

「お嬢さま？　お嬢さま、しっかりしてください！　お鈴がわかりますか!?」

記憶の濁流（だくりゅう）に呑まれて、感情が滅茶苦茶だった。

今は千桔梗の悪夢のなかにいるわけではない。けれど、今朝方思い出してしまったトラウマの続きを、またここでも繰り返しているような気がした。

幼い自分と今の自分が重なって、涙が次から次へと頬を流れていく。だが、あのときとは違って声は出ない。静かに涙を流しながら茫然とするばかりだ。

そんな絃の前に、数体の妖魔を倒しながら近づいてきた漆黒の彼が膝をついた。

「絃嬢」

頭にぽすっと乗せられたのは、彼が被っていた軍帽。それは絃の頭にはいくらか大きくて、なにもせずとも目許まで軍帽のなかに埋まってしまう。

一瞬、視界から光が失われたおかげか、記憶の濁流が止まった。

はたしていつから呼吸を止めていたのだろう。急に体内へ流れ込んできた酸素に溺れかけ、はく、と口を動かす。指先から全身にかけて、痺れが広がっていた。

「ゆっくり呼吸しろ。お鈴の呼吸に合わせて。……ああ、いいぞ」

痺れる手で軍帽を持ち上げ、おずおずと声の主へ視線を向ける。

だがその瞬間、絃は己の視界に映りこんだものに、刹那のあいだ、時を忘れた。

(え……)

混沌とした場にはいささかそぐわない、柔らかな夜風が吹く。

まるで絹糸で紡がれたかのごとく美しい白銅色の髪がそよいだ。その下には、長い睫毛に縁取られた宝玉のような瑠璃色の瞳がある。

「あな……たは……」

「大丈夫だ。君はなにも見なくていい」

こんな状況だとは思えぬほど悠揚迫らぬ声音で告げ、彼は外套を素早く取っ払うと、お鈴ごと紘を包むようにかけてきた。ついでと言わんばかりに口布も外し、外套の下から現れた白練の軍服の腰紐に引っかける。

露わになった彼の相貌に、紘はつかの間、恐怖すら忘れて見入ってしまった。全身を覆い隠していた漆黒を取り去った彼は、あまりにも美しかったのだ。

「すぐに片づけるから、目を瞑って待っていてくれ」

紘の頭を軍帽の上から軽く撫でつけ、彼は颯爽と立ち上がった。

そうして、気づいた。彼が身に纏っているのは、ただの軍服ではない。

――灯翠国の者なら誰もが知る〝灯翠月華軍の軍隊服〟だと。

胸元に掲げる三日月の国章がその証だ。

これは灯翠月華軍の軍士にのみ授けられるもの。とりわけ、彼が持つ三日月の二重紋は〝継叉特務隊〟所属の者であることをも示していた。

継叉特務隊は、灯翠国において王家や五大名家に次ぐほどの権威を持ち、同時に軍都〝月華〟の砦とも言われている特殊部隊のことだ。少数気鋭で所属するには多様な条件が必要となるうえ、継叉として群を抜いた実力を持っていないと難しいと聞く。

「おまえたちは下がっていろ。この程度、俺ひとりで十分だ」

加勢しようとしたのだろう。それぞれ構えながら刀を抜いた駕籠舁の者たちに淡々と告げると、彼は一度は戻した太刀をふたたび抜き取った。

月明かりが反射して、鋭利な刃が光る。

同時に、その場の空気が震撼した。

彼を中心に生み出されたのは、激しくもしなやかな水流。渦を巻くように宙を優雅に泳ぐそれは、いつか読んだ本に記録されていた伝説の龍を彷彿とさせた。

（……違う。この、力は）

夜霧のごとく微細な水粒が、晩刻の翠緑のなかに舞い上がる。

「いざ、お相手願おうか」

次の瞬間、玲瓏にそう発した彼は、妖魔の大群へ身を投じた。

いっさい無駄のない華麗な動きは、いっそ美しくさえ感じられるほど。

瞬きをするあいだに、跋扈する妖魔が次々と斬り倒されていく。

同時に宙を泳ぐ水流は、暗雲を切る龍の如く、湧き始めたばかりの妖魔までも呑み込み、たったの一匹も取り逃がすことはない。

背後から襲いかかってくる妖魔の攻撃ですら、まるで見えているかのように必要最低限の動きで避ける。斬り裂くときでさえ目を向けてはいなかった。

纏う水流が羽衣(はごろも)に見えてくる。

狩る、なんて言葉はあまりに野暮(やぼ)だった。

そうしてあっという間に最後の一匹を仕留め終わった彼は、しかし何事もなかったかのように刀を鞘(さや)に納め、「ふむ」と妙に憂いた呟きを落とす。

「夜のあいだは、またいつ襲われるかわかったものではないな。やはり早々に月代州を抜けてしまわねば」

いつしか黄昏は群青を超え、夜闇に移り変わっていた。

水をはらんだ月の霜は皮肉なほど美しく、紘は途方に暮れながら彼を見つめる。

色香を感じさせる見目麗しい顔立ち。佇まいでさえも絵になる風雅(ふうが)さ。

弓彦や燈矢も綺麗な顔立ちをしているけれど、こうまで完成された美を持つ人がこの世に存在することが、ただただ信じられなかった。

「……紘嬢」

そんな超越(ちょうえつ)した美のなかに惑いを浮かべた彼が、紘のもとに近づいてくる。

「終わったぞ。もう大丈夫だ」

彼は紘の頭から軍帽を取り、自身の頭に被り直した。顔の半分を覆ってしまうほど目深ではなく、今度はきちんと表情が窺えるほどの形で。

そうして完成された正装を見てしまえば、もう確信する他ない。

「冷泉さま……」

　思わずぽつりと落とした紘の言に、彼は驚いたように双眸を見張った。だが、すぐに苦笑しながら「君も、冷泉になるんだろう」と返される。

　冷泉になる。

　わかっていたはずなのに、いざそう言われると不思議な心地がした。自分の在り方がその瞬間、かちりと変わったかのような——枠を外れたかのような。

「ここまで黙っていてすまなかった。改めて名乗らせてくれ」

　地にへたり込んだまま見上げていた紘と、視線の高さを合わせるためだろうか。衣服が汚れることも厭わず片膝をついた彼は、紘を正面から見つめ、告げる。

「俺は、士琉。冷泉士琉という。君の結婚相手となる者だ」

　今まさに、紘が嫁入りのために向かっている先にいるはずだった相手。そんなはずはないと疑いたくなるが、疑いようのない事実を紘は見てしまった。

（灯翠国で、水龍の継叉はひとりしかいない……）

　水龍は数多に存在するあやかしのなかでも、極めて上位に位置するモノだ。

　妖怪、物の怪と云われる類に属しながら、その存在は神にほど近い。水の守り神の化身、といっても過言ではないという。実際、五大元素のひとつである〝水〟を自在に操ることができるのは、水系の力を有する継叉でも水龍の継叉だけだそうだ。

現在の灯翠国で、水龍の継叉はたったのひとり。

くわえて最強軍士としても名を馳せている彼は、こう呼ばれている。

――水龍の軍神、と。

「どうして、あなたさま自ら、わたしを迎えに……？　冷ぜ……いえ、士琉さまは軍士としてのお仕事で多忙を極めていらっしゃるはずでは」

「君を他の者に任せたくなかったからな」

迷いもせず返された言葉に、紘は狼狽える。

「道中なにかあったらと思うと、心配だった。到着を待つあいだ、ずっと気が気じゃない思いをするよりは、自ら迎えに出た方がいいと判断したんだ」

士琉はどこか気まずそうに目を逸らしながら、肩を竦めた。

「そうしたら、なぜかうちの――継特の者たちが、自分たちも護衛に行くと言い出してな。結果的にこのような形になった」

継特とは、継叉特務隊の略称だ。

となると、やはり駕籠昇とは仮の姿であったらしい。

継叉特務隊の軍士ならば、弓彦が護衛として任せるのも納得だった。

なにせ継叉特務隊は、妖魔を討伐するために結成された特殊部隊。祓札ではなく霊刀を用いて戦うため月代の祓魔師とは戦い方が異なるが、対妖魔戦においては専門職である彼らの右に出る者は存在しない。

「俺だけでも十分だと言ったんだが」

「隊長の奥さんですよ！　絶対にお護りしなきゃいけない方じゃないですか！」

話を聞いていたのだろう。それまで一度も口を開かなかった駕籠舁のひとりが、あっけらかんと笑いながら割って入った。

その彼の隣に立っていた駕籠舁も、ひょいっと肩を竦める。

「いやまあ、どう考えても俺らは要らなかったけどな」

「いいんだよ。年中休みも取らず仕事してる隊長が、初めて休暇申請したんだぞ。それほど大事になさってる相手の護衛なら、何人いたって足りないくらいだって」

「少なくとも足としては役立ってるしね。完璧な隊長へ恩返しできる機会なんてなかなかないから、俺らは逆に幸運だったよ」

あえて喋らないようにしていたのだろうか。一度口を開いたら止まらない三名の駕籠舁たちを、いちばん年若く見える駕籠舁の少年が「ちょっと」と睨んだ。

「仕事中です。私語は厳禁ですよ、先輩方」

首の後ろでひとつに括った長髪を揺らしながら諫言し、彼は深く嘆息する。

「隊長、今後のご指示を」

「ああ。――今宵はこのまま行こう。おまえたちには無理をさせるが、妖魔境で野宿はあまりに危険だからな。なるべく早く抜けてしまいたい」

「御意」

少年の返事に頷くと、士琉は改めて絃に向き合った。どこか千桔梗に似た瑠璃色の瞳は、宵のなかでも不思議なほど鮮やかに浮かび上がっている。

(なんだか、頭がふわふわわす……――!?)

いまだ状況を呑み込みきれずにいた絃は、しかしふいに抱き上げられ、おおいに面食らった。驚いている間もなく、姫駕籠のなかにそっと降ろされる。

狼狽えながら見上げると、士琉の大きな手に優しく頭部を包み撫でられた。

「絃嬢。言うまでもないが、先のアレを自分の体質のせいだと思わないでくれ」

「えっ……」

「ここはそもそもそういう場所だろう。時刻的にも現れて当然なんだ。君が貼っている護符はちゃんと効果を発揮しているし、なにも問題ない」

まるで心を見透かしたような言葉に、絃はなにも返せず俯いた。

その反応を見てようやく我に返ったのか、かたわらでずっとぽかんとしていたお鈴が「そうですよ！」と慌てたように続く。

「お嬢さまのせいじゃありません。そもそも夜は妖魔の活動時間帯ですし！」

「そ、れは……」

確かにそうだ。妖魔の発生原因が必ずしも自分の体質によるものではないことくらい、紘とて理解している。だが、それ以上に己への不信感の方が大きかった。

(もし、今の妖魔による襲撃がわたしのせいではなかったとしても、次はわからない……。この引き寄せてしまう体質のせいで、また、誰かを)

だから、出たくなかった。

結界のなかにいれば、少なくともあの日のような悲劇を招かずに済むから。

けれど、今さら引き返すことなどできやしない。こうなることを覚悟したうえで受け入れた縁談なのだ。紘は己の危険性をきちんと理解して、ここにいる。

ならばせめて、周囲に余計な心配をかけぬように。

紘のことで気を揉ませないように、振る舞わなければ。

でなければ、要らないと言われてしまう。

やはり面倒だからと、縁談を流され、捨てられてしまう。

そうなったら、またも月代に迷惑をかけてしまうことになる。仮にも月代本家の娘として嫁に出されている以上、それだけはなにがあっても避けたい。

「……お気遣いありがとうございます、士琉さま。お鈴も。ですが、そこまで気にしていただかなくても、わたしは大丈夫ですよ」

当たり障りのない言葉を選んで返答すると、ふたりはなんとも言えない顔で黙り込んだ。どう声をかけたらいいのかわからない——そんな表情だ。

気の毒に思っているのか、あるいはこちらの考えを見透かしたうえでのだんまりか。ともかくこちらの心情を悟られる前に話を変えようと、絃はなるべく表情に出さぬよう意識しながら、駕籠から少しだけ顔を覗かせて尋ねた。

「ところでみなさまは、お休みにならなくてよいのですか？　さきほど休憩を取らずに行くと仰られていましたが、さすがに夜通しは厳しいのでは……」

「いや、鍛えているからな。俺は問題ないが。おまえたちはどうだ？」

士琉が振り返ると、駕籠舁の者たちは揃って拳を胸に当て、敬礼して見せた。

「問題ありません！　正直、日頃の鍛錬の方がきついくらいです！」

「右に同意です！」

「右とその右に同意です！」

今朝はあまりにも揃いすぎた動きに驚いたが、なるほど。確かに継叉特務隊の軍士だとわかれば納得できる。すべて日頃の訓練の賜物なのだろう。

湿っぽい空気を吹き飛ばすような快活な返事に淡々と頷きながら、唯一、他の三名に続かなかった少年軍士に士琉は目を向けた。

「海成はどうだ」

「僕も問題ありません。ここで夜通し妖魔の相手をするのも僕らにはいい鍛錬になりそうですが、今はお嬢さま方がいらっしゃいますからね」

どうやらこの少年軍士は、海成という名らしい。

従容たる返しに紘が感心していると、海成は注意深く周囲を観察しながら続ける。

「なんにせよ、一刻も早く妖魔境を抜けて宿屋を見つけた方がお嬢さま方のお身体的にも最善だと思います。明日中に月代州を抜けてしまえれば、月華まで三日四日で到着できるでしょうから」

「ああ。おまえたちには無理を強いるが、やはりその方がいいだろうな」

士琉と海成の会話からは、互いへの信頼感が強く感じられた。

立場的には士琉の方が上なのだろうが、部下のことを蔑ろにしない士琉の姿は、紘の目に好意的に映る。他の三名の様子を見ていても、士琉が仲間内から慕われているのが伝わってきて、どうにも紘は胸をそわつかせてしまった。

(怖い方ではなさそう、だけれど……。そ、想像と違いすぎるわ)

いっそ虐げられる覚悟すらしていたのに、現状からはとてもそんな雰囲気はない。

「お嬢さま」

「っ……うん？」

「旦那さまが素敵そうな方でよかったですね。お鈴は少し安心しました」

複雑な心境に追い打ちをかけるかのような発言に、思わず紘は黙り込んだ。

紘のことになると過激なくらい周囲に厳しいお鈴がそういうのだから、この感覚は間違っていないということだろう。

（……わたしの、旦那さまになる御方）

ちらり、と部下たちと言葉を交わし合う士琉を盗み見る。だがしかし、横顔でさえ美麗な彼に、なおのこと紘の胸中はざわつきを増すばかりだった。

弐幕　在りし日の約束

──軍都〝月華〟。

そこは、その名の通り、灯翠国軍事の要都市である。

冷泉州に在りながら王家の属領地であり、灯翠月華軍の者以外にも民間の妖魔狩りや祓魔師が多く集う場所だ。

外れの方では一般庶民も居を構えているため、軍都といえど軍の拠点が多く置かれているだけではないところが月華最大の特徴だろう。

とりわけ栄えているのは、中央を十字に切る大通りだ。

ここには食事処や茶屋、酒屋をはじめ、呉服屋や古書店、変わり種では骨董品屋などの店が豊富に並ぶ。

全体的に照り屋根が二重三重と幾重にもなる豪奢な高楼が多いうえ、建物同士の隙間もほぼない。亀甲模様が続く石畳の歩道も決して幅があるわけではないので、要所はそれなりに繁栄しながらも雑然とした印象を受ける街並みと言える。

(……ふむ、いつもより人が少ないか？)

士琉はゆっくりと馬を走らせながら、数日ぶりに都の街並みを注視する。

無事に月代州を抜けてから、計三日と半日。

ようやく到着した月華は相も変わらず栄えていたが、どこか空気が重い。街を行き交う人々の顔にもときおり不安が見え隠れしていて、士琉はひとり思案する。

後ろに続く二台の駕籠を振り返ると、駕籠舁に勤しんでくれている士琉の部下たちも同様のことを感じていたのか、それぞれ神妙な面持ちで頷いた。

(俺が留守にしているあいだに、またなにかあったか……あるいは例の件か。なんにせよ早いうちに手を回せねば、せっかくの軍都の空気が落ちてしまうな)

街行く民は誰もが怪訝に二台の姫駕籠を眺めるが、先頭にいるのが士琉だと気がつくと、慌ててその場で頭を垂れる。

そこまでせずともいい、と士琉が思っていても、冷泉の跡取りかつ灯翠月華軍総司令官、及び継叉特務隊隊長という肩書がある以上は致し方ないのだろう。

なににおいても、五大名家の名は影響してくるのだ。

そういう世ゆえ呑み込まねばならぬことはあるものの、本来はその資格すら持たない自分が誰より恩恵を受けてしまっている状況は、なんとも度し難いものがある。

結局のところ、その重荷に潰されぬよう日々研鑽を積むしかないのだが。

「多少道は狭いが、ここから中道を通って小通りへ抜けるぞ」

ようやく外へ繋がる裏道まで辿り着き、士琉は振り返りながら告げる。

幾重にも連なる緋色の灯篭に導かれるように、一本脇へ外れた通り。東西南北の四方向を囲む中通りは、主要な店が集う大通りと比べると、空気が一変する。

中通りはおもに専門街だ。

東中は紅灯の巷――遊女や芸者が夜を賑わす花街である一方、南中は庶民向けの店が多様に立ち並ぶ。

対する西中は下宿屋通りで、外から来た客人が寝泊まりする他、民間の妖魔狩りなどが仮拠点を置いていたりもする。

なかでも特殊なのは、北中だろうか。

北中は、庶民が立ち入りを禁じられている灯翠月華軍の活動拠点だ。駐屯地の他、さらに一本外れた小通りも含めて、生活拠点の軍士寮や鍛錬場などが集まっている。最北部の高所には王家の宮殿が繋がるため、実質ここは王族を護るための砦区域なのだろう。

そして、中通りからさらに一本外れた小通りには、居宅が並ぶ。

東南は質素で慎ましやかな長屋が連なり、それほど貧窮していない庶民たちがのんびりと生活を送っている。十五夜の際に開催される十五夜市のときは、軍士たちも興味本位で立ち寄るため賑わうが、基本的には閑静な通りだ。

ちなみに、今向かっている西の小通りは冷泉本家が占めているため、他家は一軒も存在しない。実際は通りと呼べるかどうかも曖昧なうえ、大門から石垣に囲まれた敷地内は冷泉家が所有する領地なので、厳密には月華でもない。

なにはともあれ、これが不夜城と名高い軍都〝月華〟の全容だ。

裏道を抜けて西の小通りまで出た士琉は、内心ほっと安堵していた。

昔から、どうにも大通りのような喧喧囂囂とした空気は苦手なのだ。活動拠点ゆえに受け入れているが、本来の士琉は閑寂とした場所の方が好みであったりする。

（いや、むしろここからだな。何事もなく挨拶が済むといいが）

軍都は、国内外問わず、よくも悪くも知恵と情報が流入する地。他州と比べても栄えやすいのは道理で、とりわけ閉鎖的な千桔梗とは真逆の様相である。

人の質も、月代一族とはまったく異なるだろう。

このような俗世で紘が暮らしていけるのか、正直不安を覚えずにはいられない。

「士琉さま、お帰りなさいませ！」

「お戻りを我ら一同お待ちしておりました！」

冷泉本家。
四、五歳のときに拾われてから我が家となった広大な屋敷を前に、士琉は改めて己が背負うものの重さを実感する。あれからとうに二十年以上が経過しているにもかかわらず、いまだこの重圧には慣れそうにない。
大門の前で軽やかに愛馬を降り、門番たちにひとまず会釈して返すと、彼らはばたばたと出迎えの準備をし始めた。

後に続いて地に降ろされた二台の姫駕籠を振り返り、士琉は息を吐く。

(この婚姻が、灯翠国の柱石である冷泉の名を守るか否かはわからんが……。たとえどうなったとしても、彼女だけは護らねばな)

◇

ようやく到着した冷泉州の軍都は、予想の何倍も喧騒に包まれた場所だった。

聞き取れぬほどの人々の声がこだまし、自然が齎す風音や鳥の声はいっさい聞こえてこない。かき消されてしまっているのか、あるいは存在しないのか。

(わたしの知る世界とは、まったく違う……)

月華に入ってからずっと、両手を重ねて握りしめていたせいだろう。

目的地に辿り着いたときには指先が氷のように冷え切っており、紘は軽い眩暈を引き起こしていた。自然と呼吸が浅くなり、ひどく気分が悪い。

「紘嬢、着い――大丈夫か？　顔色がよくないな」

姫駕籠の引き戸を開けてなかを覗き込んできた士琉は、瞬時に紘の異常に気がついたらしい。眉間に皺を寄せ、心配そうに手を伸ばしてきた。

「…………っ」

一瞬びくりと肩を跳ね上げてしまったが、頬に触れた革手袋のひんやりとした冷たさはむしろ心地がよくて、すぐに全身の力が抜ける。

うまく答えられないままおずおずと視線だけ返せば、士琉の表情がさらに険しいものへと変わった。

「吐き気はあるか？　なにがいちばんつらい？」

「いえ……大丈夫、です。少し、緊張してしまった、だけなので」

軍帽と口布を外した士琉は、漆黒の圧がないおかげか、幾らか受け入れやすかった。

声を絞り出した紘は、外から流れ込んできた新鮮な空気に浸る。

狭い空間で、極度の緊張に晒されていたせいだろう。一度気持ちを落ち着けるために深呼吸をしてみると、わずかながら気分の悪さが和らいだ気がした。

「すまない、無理をさせたな。これから父上……冷泉家の現当主のところへ顔見せに行こうと思っていたんだが、日を改めた方がいいか」

「も、問題ありません。もう大丈夫ですから」

「いや、しかしな」

「どうかお願いいたします。わたしのことは、本当にお気になさらず」

むしろ、嫁入り先の現当主への挨拶を疎かにする方が心臓に悪い。

場合によっては月代当主である兄の顔に泥を塗ることになりかねないし、今後の関係のためにも顔合わせはこの段階で済ませておくべきだろう。

「……そこまで言うなら、致し方ない。早めに済ませよう」

「はい。ありがとうございます、士琉さま」

「だが、本当に無理はしないでくれ。君に倒れられたら、俺の寿命が縮む」

冗談ではなく、と重々しく付け足した士琉は、苦い茶を無理に飲み込んだような渋面をこしらえていた。どうやら相当しぶしぶ受け入れてくれたらしい。

（士琉さまは、やっぱり怖い方ではないのね）

感情もそこまで豊かに表現する方ではないのだろうが、朴念仁（ぼくねんじん）のような印象は受けない。まあ、その端麗な容姿ゆえに、機微（きび）がわかりづらい部分はありそうだが。

「立てるか」

そう差し出された手に頷き、ありがたく己の手を重ねて補助をされながら、紘は駕籠から出る。立ち上がる際に一瞬ふらついたが、すぐに士琉が支えてくれた。

「お嬢さま、大丈夫ですか⁉」

同じく背後で海成に支えられながら外に出ていたらしいお鈴は、瞬時に紘がふらついたことに気づき、血相を変えて駆け寄ってくる。

「だ、大丈夫よ。お鈴は平気？　酔ったりしてない？」

「お鈴は丈夫ですし、なんの不調もありませんけど……」

心配そうな顔をするお鈴を宥めつつ、紘は目の前に聳（そび）え立つ冷泉本家を見る。

立場的には対等であるはずだが、屋敷の趣きからまず月代とは異なった。

（これが、冷泉本家）

さすが都に置かれている名家だけあり、敷地面積からして比べものにならない。

月代本家は紘が暮らしていた離れも含めて三棟構成であったけれど、西の小通りを丸ごと支配する冷泉家なら、ゆうにその倍以上はあるだろう。

（わたし、本当に冷泉家に嫁ぐのね……）

いざこうして対峙してしまうと、現実が嫌というほど圧し掛かってくる。

またも呼吸を浅くしながら息を呑んでいると、そばで支えてくれていた士琉が察したのか「そう緊張せずともいい」と穏やかに口を開いた。

「父上はこの結婚に好意的だからな。紘嬢の事情も知っているし、なにも取り繕わずそのままの姿を見せて大丈夫だ。枯淡な方ゆえ、むしろその方が喜ばれる」

「そ、うなのですか？　ですがわたし、こんなぼろぼろで」

「そんなことはない。今日も綺麗だ」

さらりと放たれた褒め言葉に、紘は思わず両目をぱちぱちと瞬かせた。隣ではお鈴が「あらあら」と口許を押さえて、あどけない顔をにやつかせている。

そんな紘たちの反応を怪訝に思ったのか、士琉は戸惑ったように片眉を上げた。

「……なにか変なことを言ったか、俺は」

「い、いえ」

士琉が自覚なく『今日も』と言ったことを悟った紘は、じわじわと恥じらいに襲われた。己の頬が赤らむのを感じながら、忙しなく視線を彷徨わせる。

（綺麗、だなんて……）

　胸中を支配するのは、引きこもり生活のなかでは知り得なかった感情。どう処理すべきかわからず混乱していると、かたわらでお鈴が感嘆にも似た息を吐いた。

「いやあ、旦那さまはわかっておられますねえ。まあ、お嬢さまのお美しさは誰が見ても天下一品ですけど。お鈴はやっと世界にお披露目できて嬉しいです！」

　なぜか両手で頬を押さえながら愉悦に浸るお鈴を見て、士琉は苦笑した。

「お鈴は紘嬢が好きなんだな」

「そりゃあ、お嬢さまはお鈴のすべてですからっ。――というか、旦那さま。いつまでお嬢さまを『紘嬢』って呼ぶおつもりですか？　奥さまになられる方なのに」

「っ、いやそれは」

「まったく、じれじれですねえ。お鈴はむずむずして仕方がないですよ」

「………。お鈴は、俺の知る侍女によく似ているな……」

　やりづらい、と士琉は苦々しく呟いて前髪をかき上げた。

　ついそれを凝視してしまった紘は、またも変な動悸に襲われて不自然に目線を行ったり来たりさせてしまう。

「ああ、このような場所で立ち話をしている暇はないか」

それをどう勘違いしたのか、ふたたび近くに寄った士琉に右手を掬い取られる。

こちらを見下ろす眼差しは至極穏やかだ。

「早く父上に挨拶を済ませて、家に帰ろう。冷泉の本家では気も抜けないだろうから、これから生活する家はべつに用意してあるんだ」

そうして大門に向かい歩き出した士琉に、紘は面食らいながらついていく。どうして手を繋ぐ必要があるのかはわからないけれど、それを訊ねる勇気はなかった。

（でも、士琉さま、とても優しく握ってくれている……？）

そういえば、弓彦や燈矢も、よく手を繋いでくれた。

されど士琉の手は、彼らとはまた違う感触がする。

手袋越しでもわかる、無骨で硬い、戦う者の手だ。

（……すごく安心するのは、どうしてかしら）

慣れないはずなのに、どこか結界に似た安心感があった。

ああ大丈夫だ、と心が勝手に油断してしまう。

それがまた不思議で、歩きながら悶々と理由を考えていた紘は知らなかった。

「……折れてしまいそうだな」

耳の淵をほんのりと赤く染めた士琉が、ぽつりとそう呟いていたことを。

◇

紘が通されたのは客間ではなく、冷泉家の現当主——冷泉桂樹の私室だった。

最初こそ驚いたものの、部屋に入ってすぐその理由を察した。桂樹は、部屋の中心に敷かれた褥で横になったまま、こちらを出迎えたからだ。

頬骨や手首の筋がはっきりと浮き出るほど、痩せ細った体躯。血の気が窺えない土気色の顔。縁が黒く落ち窪んだ目。ひび割れた唇のあいだから漏れる、隙間風に似た呼吸音。

どこからどう見ても、彼がなにか重い病を患っているのは明白だった。

(とても、つらそう……。冷泉家のご当主がご病気だなんて知らなかった)

「——お初にお目にかかります。月代十七代当主の妹、紘と申します」

動揺をどうにか呑み込みながら、紘は市松の畳に座して丁寧に頭を下げる。すると桂樹は、こちらが心配になるほどよろつきながら上背を起こした。

「ああ、当主の冷泉桂樹だ。……こんな見苦しい状態ですまないね。遠路はるばるよく来てくれた。月代のお嬢さん」

「あの、どうかそのままで……。こちらのことは気にせず、休まれていてください」

「はは、優しい子だ。ありがとう。最近は、ただ起きているだけでもきつくてな」

そう言いながら、桂樹はふたたび身体を横たえる。

しわがれた声には覇気がない。命の気配が、限りなく薄い。紘は胸を締めつけられるような感覚を覚えて、知らず唇を横に引き結ぶ。

（もうずっと寝たきり、ということよね……？）

檜の床柱で構成された格式高い真の座敷だ。

しかし、繊細な南天柄が施された鶯色の畳縁にところどころ解れが窺えることから、長らく桂樹がここで過ごしてきたことが察せられる。

床の間に飾られた六つの瓢箪が描かれた掛け軸は、この状態の桂樹を前にあまりに皮肉的だった。さすがに直視できず、すぐに目を逸らす。

（この部屋は桂樹さまの状態を色濃く映しているから……少し、苦しい）

おそらく、焚かれているのは白檀の香なのだろう。白檀の香りには精神の安定を促す効果の他、血行促進や鎮静作用の効能もあると言われている。

士琉から感じた香りと同じものが鼻腔をくすぐり、そこに親子の繋がりを感じ取る一方で、少しでも桂樹の状態をよくしようという切実な思いが伝わってきた。

「絃さん、と呼んでもいいかな。——死ぬ前に、君と会えてよかった」

絃がはっと息を呑んだ隣で、眉間にきつく皺を寄せた士琉が「父上……！」とわずかな怒気をはらんだ声を上げた。

「そんな縁起でもないことを仰らないでいただきたい」

「そう怒るな、士琉。私の命がもう残り少ないのは事実なのだから」

「ですから、あなた自身がそれを受け入れてはならぬと申しているのです」

士琉の膝に乗せられた両の手指は、あらゆる感情を抑え込むように強く内に握り込まれていた。

それを横目で見遣った紘は、士琉の心の内を思って無性に悲しくなる。

「紘さん」

「っ、はい」

思わず俯きかけたところで名を呼ばれ、紘は慌てて顔を上げた。

桂樹は至極穏やかな金色の双眸を紘に向けていた。だが、その眼差しの奥深くにはこちらの真意を隅々まで覗くような底知れぬ鋭さがある。

その炯眼は、やはり士琉とよく似ていた。背筋にひやりとしたものが走り身を硬くすると、桂樹は核心を突くように口火を切った。

「君も知っているだろうが、士琉は跡取りのために引き取った養子だ。つまり私とは血が繋がっていなくてね。まあ、包み隠さず言ってしまえば、君と士琉の結婚は冷泉に継叉を途切れさせないために持ち掛けさせてもらったわけだが」

「は……はい、存じております」

冷泉家には、正統な跡取りがいない。現在次期当主とされている士琉は、冷泉の血を継いでいない養子である——。

それ自体は世にも公言されているし、おそらく誰もが耳にしたことのある話だ。

「……しかしな、五大名家同士の婚姻はこれまでの常識からすれば言語道断——御法度とすらされていた所業だ。正直この政略結婚には納得しない者もいるだろう」

紘は思わず息を詰めて、桂樹を見つめた。

「とりわけ、古くからの慣習に囚われた上の者たちからの非難は免れない。ともすると、最悪の場合は五大名家の天秤が傾くかもしれないな」

「五大名家の、天秤」

「……君は、そうなったときのことを覚悟しているかい？」

思いがけないことを尋ねられ、紘は数拍ほど固まった。

（わたしなんかが士琉さまの妻になるなんて、身の程知らずだって……。そういう覚悟を問われるのかと思ったのに）

しかし、桂樹の懸念は尤もで正鵠を射ていた。

紘でさえ、よく耳にするのだ。

たとえ継叉であっても、肝心な冷泉の血を継いでいない者が、はたして冷泉と名乗れるのか——と、名家の老輩たちが不満を抱いている話は。

だからこそ、今回の〝月代と冷泉の政略結婚〟は、五大名家をはじめとして世に衝撃を与える縁談だったと聞き及んでいる。

桂樹の言う通り、紘と士琉のあいだに生まれた子によっては、現在釣り合いが取れている五大名家の天秤が傾いてしまうのでは、と噂も立っているらしい。

（でも、それ自体は正直どうなるかわからないもの。兄さまは継叉の子が生まれる可能性が高いと仰っていたけれど、代々続くとも限らないし）

そもそも紘と士琉の婚姻に限らず、な話ではあるのだ。

露の世とはよく言ったもので、目まぐるしく継叉の文化や常識が変化し、衰退の一途を辿っている現状、五大名家もいつどうなるかわからない。

たまたま冷泉が一番手に血統存続の危機を迎えてしまっただけで、他家もいずれはその問題に直面する日がきっとやってくる。

そうなったときに優先されるのは、やはり五大名家の天秤や斜陽ではなく、いかに後世に継叉を残すかという点であろう。

なにせこの世は、継叉がいなければ成り立たないのだから。

世間の事情に疎い紘でさえそれがわかるというのに、正直なところ、老輩から向けられる反感はそこまで問題ではないように思えた。

――それに。

「お言葉ながら……桂樹さま。わたしはすでにこのような身ですので、外からのあらゆる目には慣れております。多少種類が増えたところで問題はございません」

「……ふむ」

「なによりわたしは、月代のためにここにいますので、拒否の意は……」

桂樹も言った通り、これは政略結婚だ。弓彦は結局紘が嫁入りすることで齎される利を教えてくれなかったけれど、月代のためになると断言してくれている。ならば、たとえこれが浅慮な選択だったとしても、紘は構わないのだ。

（だって、少なくともそこには存在価値が生まれるもの）

生まれて初めてできた己の使い道を示された今、心に迷いはない。この価値を失くしてしまわぬように抗うことこそ、紘が下した選択なのだから。

「──わたしはわたしの役割を果たすのみです。なにも心配はいりません」

それに、なにを懸念したところで、人という生き物は勝手だから。

事実とは異なることを、容易に真と思い込む。軽い気持ちで偽を作り、真と仕立て上げようとする。それが間違っているか否かなどどうでもよくて、ただ話題性に便乗したいがゆえに尾鰭をつけて泳がせていく。

そんな不確かなもので溢れる世界では、真偽の見分けを求めたところで無意味だ。

（わたしは、もう二度と人を傷つけないために自ら望んで結界に引きこもったけれど……。どうしてか一族の者たちは、わたしが月代の恥さらしだから屋敷に封じられていると思っていたみたいだし）

むしろそうだったならどれほどよかったか、と紘はずっと思っていた。

なにはともあれ、そんな根も葉もない噂話が広まるほどの禍がようやく月代の名から外れのだ。一族にとってこの縁談は光明なのである。

今さら紘がどうこうと言えることではない。

「ふむ……なるほど、そうか。君の答えはわかった」

桂樹は小さなため息と共に答えると、おもむろに士琉に目を遣った。

「士琉、私ができることはしたつもりだ。あとはおまえ次第だぞ」

「……わかっています。まあ、はなから苦心する覚悟はできていますので」

頭痛を堪えるように返答した士琉は、ふいに立ち上がり、紘に手を差し出した。

いったいなんの手だろう、とその手と高い場所にある士琉の顔を交互に見ると、どうにも痺れを切らしたらしい。

いきなり身を屈ませた士琉に、軽々と抱き上げられる。

「へっ……!?」

あまりにも突然のことになにが起きたのかわからず、士琉の首に縋りつく。すると士琉はふっと花が綻ぶような微笑を滲ませて、紘を片腕に座らせた。

「し、士琉さま、これは……っ？」

「なに、そろそろお暇しようと思ってな。そのまま楽にしていてくれ」

お暇するとしても、どうして運ばれる必要があるのだろう。頭のなかが混乱で満ちるなか、さっさと部屋を出ようとした士琉に桂樹の声がかかる。

「あまり紘さんを戸惑わせるんじゃないぞ、士琉」

「父上に言われたくはありません」

「まあ、否定はせんが。——紘さん、最後にひとつ」

抱えられながら振り返った紘は、桂樹の眼差しに驚いた。そこにはさきほど感じた鋭さはいっさい残っておらず、ただただ柔らかな温もりが浮かんでいたのだ。

「君の芯の強さはお父上に、月代の千桔梗を体現したような儚い美しさはお母上にそっくりだ。まるで故友の若き頃と再会したような気がするほど」

「え……」

「この命が尽きる前に、君と会えてよかった」

予想もしていなかった声掛けに、紘は返す言葉を失って唇を引き結ぶ。

（……わたしが、父さまと母さまに似てる——？）

紘にとっての両親の姿は、喪った日に見た最後の姿で止まっている。

平和で、ただ幸福で、きっといつかはと未来に希望を持つことができていた日々の記憶は、もう幾星霜（いくせいそう）に紛れて掠（かす）れてしまった。

遠い遠い過去。在りし日のどこかでは、心から紘を愛してくれていた両親を知っているはずなのに、思い出すのは、いつも。

「紘」

哀しい思考の波にざぶんと囚われそうになった瞬間、氷のように冷え切った手を優しく握られた。同時に鼓膜を揺らした声は、紘の意識を自然と現実へ引き寄せる。

(今、名前を……)

憂慮が浮かぶ眼差しは、紘と視線が絡み合うと、ほっとしたように和らいだ。

「君はすぐに迷子の目をするから、心配になる」

そんなことをしみじみと口にした士琉は、桂樹の部屋を後にしてからもしばらく手を離さずにいた。まるで己に繋ぎ止めるように、柔く、強く。

たったそれだけのことが、とても痛くて、温かくて。

思わず零れそうになった涙を、紘は慌てて目を瞬かせて押し留めたのだった。

◇

冷泉本家を後にし、ふたたび駕籠へ。

そこから数分ほど揺られて到着したのは、士琉が所有するという小屋敷だった。

西の小通りから、南の小通りへ抜けた先。

華やかな大通りとは正反対で、長屋が整然と並ぶ閑静な通りの角区域に建つ。背の高い大門と野面積みされた石垣。その向こうには、緩やかな稜線の棟が見える。

全体を通して清洒な雰囲気は、どちらかと言えば月代本家に近いだろうか。

「本当なら新居を用意してやりたかったんだが、いろいろと難しくてな。月華内の空いている屋敷で、条件的にいちばんよさそうな家がここだった」

「条件、ですか？」

「第一に、君を護ることができる家だ。もう気づいているだろうが、この屋敷は全体に結界を張っている。といっても月代の離れほど強固なものではなく、あくまで妖魔をはじめとした邪や穢れの侵入を禁ずる程度のものだが」

確かに、屋敷を囲む石垣には結界術に用いられる呪が書き込まれていた。おそらくこの呪で屋敷を囲うことで、その内部を結界として確立させているのだろう。

大門の支柱や吊り灯篭の裏など、ところどころに魔除けの護符も見られる。玄関口にはこんもりと盛り塩が設えてあり、まさに万全な妖魔対策だ。

「なんというか、一見お化け屋敷みたいですねぇ」

一瞬だけ紘も思ってしまったことを、お鈴がなんの遠慮もなく口にする。

「お、お鈴、だめよ。そんなこと言ったら」

「いや……。実際、護りを強固にしたぶん景観が損なわれているのは否めないしな。どうにかならないかと模索中だから、今は見逃してくれると助かる」

苦笑いで「すまない」と謝った士琉に、紘はとんでもないと首を振った。

「むしろ、わたしなんかのためにここまでしていただいて申し訳ないです。結界ならこれまで通り一室でもよろしかったのに……」

「しかし、それだと行動範囲が狭まるだろう？　せっかくなら、のびのびと過ごしてほしいからな。妻になるべく不便はかけたくない」

「っ……」

自然と発せられた〝妻〟という言葉に、紘はどぎまぎしてしまう。

（そ、そうよね。まだ正式に婚姻を結んだわけではないけれど）

士琉と正式に契りを交わすのは、紘がこちらでの生活が慣れてからという話になっている。つまり、現在の状態を正確に言うと婚約者となるわけだ。

それでも、やはりまだ、実感は湧かない。自分が士琉の妻になるのだと思うと、どうにも雲を掴むような非現実さの方が勝ってしまって。

（ちゃんとしなくちゃ……。ここでのお役目をしっかり果たすためにも）

必要とされなくなることだけは、なにがなんでも避けたい。

──そう、まずは、士琉が求める〝完璧な妻〟にならなければ。

「紘がこちらでも安心して暮らしていけるよう、この屋敷の他にも随所に手は回しているんだが。まあそれはおいおいだな。ひとまず、なかに入ろうか」

「は、はい。士琉さま」

士琉に先に入るよう促され、絃は緊張で身を硬くしながらぎこちなく門を潜る。

（あっ……すごい）

一歩、敷地に足を踏み入れた瞬間、絃はぶるりと全身を粟立たせた。

澄みきった空気。いっさい淀みのない空間。

陰の気がわずかも感じられない。隅々まで満ちる清らかな気に反応したのか、自分の身体に流れる霊力がじわりと熱を帯びた気がした。

（士琉さまは強固な結界ではないと仰っていたけれど……違う。邪や穢れに特化しているからこそ、むしろ妖魔には強い効果を発揮する結界なのね）

月代では、陰の気だけではなく、すべてを遮断する結界を張っていた。

それは十年前──幼き頃の絃が、対妖魔だけではなく、完全に外界との接触を絶ちたいと願ったからだ。

望んだのは、人も、人ならざるモノも拒絶できる結界。結界術ではもっとも高度だとされるそれを、弓彦は独学で取得して施してくれた。

けれど、今は状況が違う。

お役目のために外へ出ると決意して、この月華までやってきた。

人との関わりを受け入れて、生きていく覚悟を決めた。

そんな絃にとって、この仕様の結界はまさに最適とも言えるものだった。

「この結界は、どなたが……？」

「氣仙の次期当主だ」

「氣仙……結界術の家系ですね」

「ああ、個人的に少々縁があってな。結界術に関しては氣仙の上に出る者はいないから、頼んで施してもらったんだ」

五大名家の一端――氣仙家は、古（いにしえ）より結界術に精通する家系として有名だ。

月代家が祓魔師の家系であるように、継叉の名家でありながら真価を異なる部分に持つ家系なのである。

そして記憶が正しければ、確か氣仙家は女系で一族の八割が女性であったはず。

次期当主も女性で、ちょうど士琉と近い年頃の女性ではなかっただろうか。

（あれ……？）

そこまで考えたとき、なぜか一瞬、胸の奥がちりっとした。

まるで静電気が走ったかのような微かな痛み。同時に形容しがたい靄（もや）つきが喉の奥にべたりと貼りつく。初めて感じる不快さに、紘は戸惑いながら眦（まなじり）を下げる。

「なにかしら、これ」

「お嬢さま？　どうされました？」

「あ、ううん。なんでもないの。大丈夫よ」

思いがけず、心の声が勝手に口から零れ落ちてしまっていたらしい。そのことに自分で驚きながら、紘は慌てて感じた違和を振り払った。

そう、気のせいだ。妙な痛みはすぐに引いたし、この靄つきも長く駕籠に揺られていたせいだろう。あるいは、慣れない場所にまだ緊張しているのかもしれない。

「日も暮れ始めたから、だいぶ冷えてきたな。遠慮せず、なかへ入ってくれ」

立ち止まっていた紘の手を取り、士琉は自ら玄関扉を開けた。

広々とした土間だ。白の沓脱石に、長式台と上がり框。取次から先は、そのまま長い廊下に繋がっている。脇に垂れた花鳥の掛け軸が空間の清廉さを底上げしているが、そのすぐそばにはまたも護符が貼られていた。

（うう、ありがたいのだけれど……。なにかしら、この複雑な気持ち）

三和土で草履を脱ぎ、おずおずと板の間へ上がる。

邪魔にならない位置へ草履を揃えようと身を屈めたところで、廊下の奥から小柄な女性がしずしずと歩いてきた。

七十代くらいだろうか。背筋はぴんと伸びているが、独特な威圧感がある。

急いで草履を揃えると、紘は背筋を正して彼女に向き直った。

「士琉坊っちゃま、お帰りなさいませ」

「ああ、トメか。ただいま戻った……が、坊っちゃまという呼び方はよせといつも言っているだろう？　俺はもう二十六だ」

「あらま、わたくしは坊っちゃまがこぉんなに幼い頃からお世話しているんですよ？　今さら呼び名を変えろと言われても無理がございます。——と、わたくしもいつも答えているではありませんか。ちなみにわたくしはもう七十三になりますけどね」

早口なうえ、ずいぶんと口が達者なご婦人だ。

紘が思わず目を丸くしていると、彼女は紘と士琉が繋いでいた手をたっぷり数秒ほど凝視したあとに紘の方を向いた。

しかしその面差しは、まるで検分するかのようにずいぶんと鋭利だ。

「月代紘さまでございますね」

「は、はい」

声が震えそうになるけれど、なんとか自分を奮い立たせる。

「申し遅れました。月代家現当主の妹、紘でございます。本日よりこちらでお世話になります。どうぞ、よろしくお願いいたします」

紘は最大限の敬意を込めて、深々と頭を下げた。本来は膝をつくべきなのだろうが、士琉が繋いだ手を離してくれそうになかったので、致し方なくそのままだ。

「……わたくしは、冷泉家に長らくお仕えする女中でございます。そのように頭をお下げにならなくてもよろしいのですよ」

返ってきたのは、思いのほか柔和な声。

そっと顔を上げてみれば、いつの間にかトメの顔からは厳しい色が消え、朗らかな笑みが浮かんでいる。

「怖がらせてしまいましたね。申し訳ございません。士琉坊っちゃまの奥さまとなられる方の人となりを把握しておきたかったのですわ」

「い、いえ、そんな」

「こちらでは、坊っちゃまの身の回りのお世話をさせていただいております。今後は奥さまも。なにかありましたら、なんなりとお申しつけくださいね」

「あ、お待ちください。それはお鈴のお仕事ですので」

するっと割って入ってきたお鈴は、紘の半歩後ろでぺこりと頭を下げた。

「お嬢さまの専属侍女のお鈴と申します。今後はお鈴もこちらに住み込みで働かせていただきますので！　どうぞ！　よろしくお願いしますっ！」

「あらまあ、活気のあるお嬢さんだこと。若いっていいわねえ」

トメはオホホホホと笑いながらも、お鈴を見る目はどこか据わっていた。

「ならば、あなたはわたくしと同じ立場ということね。いろいろと教えなければならないことがたくさんあるわ。まああなたが不出来でも、わたくしが奥さまのお世話をさせていただくので、べつによろしいのだけれど」

「あははは、なにを仰いますか。お鈴はこれでも十歳から専属侍女なんですよ。お鈴以上にお嬢さまを知り尽くしている人間など存在しませんし、トメさんのお手を煩わせるまでもありません。どうぞご遠慮ください」

　バチバチバチッと、ふたりのあいだに火花が飛んでいるような気がして、紘ははらはらする。

　お鈴はなにかと過激なところがあるのだ。まさかトメ相手に着火したりしないだろうと信じたいが、この様子だと危ういかもしれない。

(でも、トメさんも、けっこう容赦がない……)

　士琉は士琉で、頭痛を堪えるように額を押さえて項垂れていた。

目の前で繰り広げられる従者同士の煽り合いに、どうにか呆れを噛み殺しているようだった。なるほど、お鈴に似ている侍女とはトメのことであったらしい。

「ふたりとも、頼むから仲良くやってくれ。せっかくの新婚生活を険悪な雰囲気で邪魔してくれるな」

「「言われるまでもございません」」

　ある意味、息はぴったりなのかもしれない。

　ふたりの答えが綺麗に重なり、しばし沈黙の帳(とばり)が降りる。

　さすがの紘も気まずさというものを味わいながら、おずおずと切り出した。

「……ええと、ではその、改めまして。お鈴ともども、これからよろしくお願いいたします。トメさん」

「はい、こちらこそでございますわ」

紘に対しての棘は完全に消え去り、トメはにこやかに返してくれた。なかなか癖は強いが悪い人ではないのだろうと察して、紘は内心胸を撫で下ろす。

「そういえば、トメ。気になっていたんだが」

「はい、どうされました？」

「あの履物は誰のだ」

尋ねた士琉の視線の先には、土間の隅に並べられていた男物の履物があった。

形状的には士琉が履いていたものとよく似ていたため、紘はてっきり士琉の予備の私物かと思っていたのだけれど、どうやら違ったらしい。

「そうでした、そうでした。お客さまがいらっしゃっているのですよ。数刻前から客間で士琉さまのお帰りをお待ちになっています」

「……あいつか？」

「ええ、そうでございます。言うまでもありませんが」

即答したトメに、士琉はふたたび眉間を揉みながら天を仰いでしまった。

あいつ、と気軽な呼び方をしていることからして知り合いではあるらしい。

しかし、士琉のこの反応は絃も不安を覚える。もしや、あまり歓迎されないような相手なのだろうか。

「士琉さま？」

「着いて早々すまない。少々、疲れさせることになるやもしれん」

意味を測りかねる返答に、絃とお鈴は思わず顔を見合わせた。

◇

「あ、どもども。隊長、おかえりなさーい」

「はあ……」

稲穂のような亜麻色の髪。ややつり気味の眦と黄金の瞳。笑ったときにちらりと見える八重歯が、そこはかとなく猫を彷彿とさせるその男——千隼を視界に捉えた瞬間、士琉はくらりと眩暈を覚えて深いため息を吐いた。

「……なぜいるんだ、おまえは」

千隼は張り替えたばかりの客間の畳に両足を伸ばし、醤油の芳ばしい香りが漂う煎餅を口いっぱいに頬張っていた。

口端には食べかすがついているし、まるで我が家の様相である。士琉にとっては見慣れた光景だが、何度目撃してもげんなりするのは変わらない。

「なぜと言われても、隊長がそろそろ帰ってくるってんで報告義務を果たしにきたんですよ。ついでに月代のお嬢さんにご挨拶ってね」

そう言うと、千隼は手を使わず腹筋だけで跳ね上がるように起立した。

「しっかし、まあ」

士琉の後ろからそろっと顔を出した絃を見て、千隼は猫目を丸くした。そして絃の顔を覗き込むように近づいたかと思えば、顎に指を添えしげしげと見つめ出す。

「なんちゅうべっぴんさん。お人形さんかな」

「……それ以上近づけば外へ叩き出すぞ、千隼」

「いや、褒めてるだけでしょーに。——んま、最初だし、ちゃんとご挨拶はさせていただきますよ」

姿勢を正し、千隼はにっこりと笑う。

「やあやあはじめまして、月代のお嬢さん。灯翠月華軍継叉特務隊所属、副隊長の安曇(あずみ)千隼でーす」

放り投げられていた軍帽を被り直し、千隼は慣れた仕草で敬礼してみせた。この国の軍士は、握った拳を胸に当てることで敬意を示すのだ。

平均よりやや低めの背丈と、中性的な顔立ちゆえ外見からはわかりにくいが、継叉特務隊では士琉の次位に就く存在である。

齢二十二にして現在の地位まで上り詰めただけあり、実力は相当なものだ。上司である士琉も、その点に関しては私情も含めとくに評価していた。

「ちなみに猫又の継叉だから、たまに猫耳やら尻尾やら生えちゃったりするけど驚かないでね。どーぞ、よしなに」

「よ、よろしくお願いいたします。月代紘と申します」

千隼相手にも丁寧に頭を下げつつ、紘はやや思案気に首を傾げた。

「あの……失礼ですが、もしかして五大名家の方でしょうか？」

「うん、そーだよ。安曇ね。まー、おれは次期当主でもなんでもないんだけど。正確には次期当主の従兄弟になるのかな？　ごめん。あんまキョーミなくて」

軍士とは思えないほど軽い口調だが、千隼は常にこの調子だ。

飄々としていて、この男を形作るものを掴めない。転がすだけ転がして、相手を自分の領域に引き込み、思うがまま呑み込んでしまう。

ある意味、その奇矯さは継叉特務隊の者として武器にはなるのだが、ひとりの人間としては扱いに困ることが多々あった。士琉とて、いまだに振り回される。

「それにしても、隊長にはもったいないくらいの美人さんだね〜。いやほんと、こんな可愛い子に会ったの初めてだよ。ねね、今からおれに乗り換えない？」

「はい？」

紘がぽかんとしたのと同時、士琉はぽき、と指の骨を鳴らしていた。それはほぼ無意識であったが、己の目が据わっていくのは嫌味なくらい感じられる。

「家柄も地位的にも同じくらいだし、お給料もそこそこ。ついでにおれ、顔だって悪くないでしょ？　……ま、どれも隊長には及ばないかもしれないけどさ」

「え……」

「でもほら、好みとか波長って大事だし？　なにはともあれ、きっとおれでもそれなりに満足させてあげら」

「天誅——!!」

急に口説き始めた千隼が、あろうことか絃の手を取った瞬間、絃の背後に控えていたお鈴が突如、宙を舞った。

鋭い爪が、千隼の頭上から一直線に振り下ろされる。

だが千隼はさすがの反応速度を発揮し、宙返りで後方へ避けた。

突然の襲撃に、継叉の力を使わざるを得なかったのだろう。ぴょこんと現れた耳と尻尾を忙しなく左右に揺らしながら、千隼が戦慄する。

「え、なになになに？　怖っ、なに？」

「黙って聞いてりゃペラペラペラペラペラと！　うちのお嬢さまを口説くだなんて百万年早いんですよ！　満足させてあげられる？　無理ですね！　うちのお嬢さまを任せられるのは、旦那さま以外にいらっしゃいませんっ！」

「いや待って。君、誰よ」

「お嬢さまの専属侍女ですっ！　あなたが猫ならお鈴は狸、さあいざ尋常にお相手してさしあげましょう！」

髪と同じ樺茶色の耳を生やし戦闘態勢に入ったお鈴が、全身につむじ風を纏わせ始める。生易しいものではない。突風を小さく丸めたような風だ。

床の間の掛け軸がばたばたと波打ち、士琉が身につける外套の裾がはためいた。

背後では、紘の長い髪が扇のように舞い上がる。それに驚いたらしい彼女がよろめいたのを見て、士琉はとっさに自分の方へ引き寄せた。

（風狸（ふうり）か、お鈴は）

侍女職に勤しむお鈴は祓魔師ではないが、やはり月代の血を引く者。

あえて追求はしてこなかったものの、なにかしらの継叉ではあるのだろうとは予測していた。

加えて月代は、風にまつわるあやかしとの縁が強いと聞く。

現当主である弓彦や次男が有する〝天狗〟も然りだ。

まあ、自在に操ることができるとまではいかずとも、五大元素を司（つかさど）る力を行使できる者は継叉のなかでも上位に値する存在だ。

さすが五大名家内で頭角を現す一族とでも言うべきか、本家の者でなくとも優秀な継叉が揃っているらしい。

それは素直に賞賛できるとして、さすがにこの室内で暴れられては困る。

そう思い、士琉が止めに入ろうとしたそのときだった。

「お鈴、やめて」

紘の短い声が波立つ空気を切った。

決して声量があるわけではないにもかかわらず、どこまでも広がる鈴の音のように透き通った声。

怒気もない、ただ静かな命令——否、お願いだった。

その途端、息巻いていたお鈴は、つむじ風を鎮めて鋭い爪も仕舞い込む。

振り返りながらしゅんと肩をすぼめたお鈴からは、いつもの快活な気風も覇気も消失していた。しかし上目がちに紘を見る彼女の表情には、不満も垣間見える。

「……でも、お嬢さま。あの男はお嬢さまに触れやがりました」

「大丈夫よ、危害を加えられたわけではないもの。それより、こんな狭い空間で暴れてはだめ。せっかくのお屋敷が壊れてしまったら大変でしょう？」

「はい……。ごめんなさい、お嬢さま」

幼子を窘めるように叱られたお鈴は、どんよりと士琉の方を振り返った。さきほどの威勢はどこへやら、今にも泣きそうな顔でぺこりと頭を下げる。

「士琉さまも、すみませんでした。畳をだめにしてしまって」

「ああ、いや。畳一枚などすぐに替えられるし、気にしなくていい。もとはと言えば悪ふざけをした千隼に非があるしな」

そろ〜っと逃げようとしていた千隼の首根っこを掴みながら、士琉は睥睨する。

「畳の弁償はこいつにさせる」

「ええっ、なんで⁉」

「なんでもなにもあるか。お鈴があの瞬間出て行っていなければ、おそらく俺はおまえを殴り飛ばすか……いや、危うく刀で喉元を斬り裂いていたやもしれない」

「いや、物騒！　なんでみんなそう暴力的なわけ？」

逃走は諦めたのか、千隼はぶら下がりながらぶつぶつと文句を口にする。

そんな千隼の前に、士琉の腕から抜け出した紘が進み出た。いったいなにをするのかと思えば、彼女はどこか困ったような顔で続ける。

「うちのお鈴が申し訳ございません。お怪我がなくて、なによりでした」

「え」

「それから、さきほどのお話ですが……。わたしには士琉さまがおりますので、ごめんなさい。不釣り合いだと自覚はあるのですけど、もうわたしは士琉さま以外のお相手を考えられないんです。士琉さまでなければいけない理由もあります」

千隼は「へ」と固まりながら、両目を瞬かせた。

さきほどからひと単語しか発していないが、そばで聞いている士琉でさえ同じ心象だったので気持ちはわかる。紘の発言は、すべてが予想の斜め上をいっていた。

「冷泉家に、士琉さまに嫁ぐことこそ、わたしの使命ですので……」

「あ、ソウデスカ……」

さすがの千隼も、まさかこの混沌とした状況でそんな返事をされるとは思っていなかったのだろう。士琉もまた思いがけない流れ弾を食らって、呼吸が乱れかける。

「とはいえ、五大名家の方と知り合えるのは純粋に嬉しいことです。不束者ではありますが、どうぞこれからよろしくお願いいたしますね」

「あ、ハイ」

紘の天然ぶりに、千隼が敗北した音が聞こえたような気がした。

まるで魂をごっそりと抜き取られたかのように小さくなる部下に同情しつつも、あえて労いはしない。士琉が支えているのをいいことに、全体重をかけて身を預けようとしたため、容赦なく片手で廊下の板の間に放り投げた。

「いって！　ちょ、隊長ひどい！」

「喧しい。仕事をしに来たのではないなら早く帰れ。言っておくが、俺はまだ〝休暇期間中〟だ」

「や、お休みを邪魔したのは悪かったですけど、一応ほんとに仕事なんですって。隊長の執務室に報告書置いときましたから、ちゃんと読んどいてくださいよ。隊長がいないあいだに、そりゃもういろいろあったんですから」

千隼の含みのある発言に、士琉は眉を寄せながら聞き返す。

「いろいろ、とは？」

「大きな声では言えないことです。正直、だいぶ厄介なことになってきてまして」

これまでのものぐさな態度から一転、すっと真面目な顔に切り替えた千隼は、周囲を気にしてか声を潜める。

（千隼がそう言うということは、よほどのことだな）

この男はこう見えて、仕事にはいっさい手を抜かないのだ。だからこそ士琉も、なんだかんだ言いつつ己の片腕として信頼しているのだが。

「ともかく、隊長がいないとうちは回りませんからね。新婚生活を満喫したい気持ちはわかりますけど、こっちも忘れないでください」

「心配するな。むしろこれまで以上に励む心意気ではある」

「いや、そこはこれまで通りでいいんで。それ以上働いたら倒れますよ」

じゃあ帰ります、と踵を返した千隼を見送りつつ、士琉は深く息を吐き出した。

そんな士琉の様子に不安を覚えたのだろう。しずしずと歩み寄ってきた紘が、共に千隼を見送りながら躊躇いがちに問いかけてくる。

「あの、大丈夫なのですか？」

「ん？　ああ、問題ない。それよりも改めて屋敷を案内せねばな」

もしや聞こえていたのかと、一瞬ひやりとする。

継叉特務隊――ひいては灯翠月華軍が保有する情報は、どれも極秘事項。報告書の内容などはとくに、一般の民へ聞かせられるようなものではない。

思い種になってしまわないか懸念はあるが、余分な情報を知ることで危険に巻きこまれる可能性もあるのだ。

いくら紘相手でも教えることはできなかった。

「紘、君はまずここでの生活に慣れることに専念してほしい。この屋敷内ならばひとまず安全だから、しばらくは好きに過ごしてくれ」

「好きに、でございますか？」

「ああ。気の向くままに。俺は明日から仕事に出なければならないから、どうしても日中は共にいられないのだが……。家のなかに慣れてきたら、護符を貼って近場を散歩してみるのもいいと思う。月華は目新しいものがたくさんあるからな」

「……近場」

無意識なのか、紘の声が憂いを帯びてわずかに低くなる。

試しに言ってはみたものの、やはり護符を貼っていても結界から出るのはまだ恐ろしいのかもしれない。

（いや、当然だな。あまり焦らず、ゆっくり慣らしていかねば）

紘の事情は、おおかた把握している。ゆえに彼女が極端に外の世界を恐れていることも知っているし、嫁入りしたからといって無理をさせるつもりはなかった。

むしろ、いかにその恐怖と不安を和らげてやれるかが問題だろう。

日頃安心して過ごせる場として万全な妖魔対策を施した屋敷を用意したのも、紘が過ごすであろう主要箇所にトメのような信頼のおける者を配置したのも、すべては紘を想ってのこと。迎える前にできることは、手を尽くしておきたかった。

「あ、あの、士琉さま。ひとつ伺ってもよろしいでしょうか」

「ん？」

平静を装って返答しながらも、内心どきりとする。なにか不快なことをしてしまったかと焦るが、続いた問いかけは大きな衝撃を士琉に与えた。

「士琉さまは、どのような〝妻〟を求めておられますか」

「……は？」

「士琉さまが描く理想の妻像を教えていただきたいのです。その……なるべく、そうあれるように心がけるためにも」

　こちらを懸命に見上げる瞳はあまりにも健気で、見るからにか弱い。瞬刻でも目を逸らせば、水沫のように一瞬で消えてしまいそうで。

　そんな紘を前にすると、つい触れて存在を確かめたくなってしまうのだが、今それをしてしまったら、今後警戒されてしまうかもしれない。

　さすがにそれは困るので、ぐっと堪えて思考を急速に巡らせる。

（理想の妻、か）

　正直なところ、どれだけ考えたところで、この問いかけに対する答えの正解など絶対に導き出せないとわかっていた。しかしせめて、言葉を選ぶ必要はある。

　誤解をさせぬように。そして、政略結婚ゆえの嘘だと思われてしまわぬように。

「そう、だな……。ただ」

「ただ？」

「……ただ、そばにいてくれるだけでいい。いや、せめて手の届く範囲に……俺が君を護ることのできる場所にいてほしい。それで俺は十分、幸せだ」

　このようなことを言ったら、また戸惑わせてしまうことはわかっていた。

　だが、士琉の心がまことに望んでいるのは、昔も今もそれだけなのだ。

　理想の妻、など人生で一度も考えたことがないくらいに、士琉のなかには常に紘の存在がある。それを愛と呼ぶのか恋と呼ぶのかは、わからないけれど。

「まあ、なんだ。俺にとっては今この状況こそがすでに理想だからな。紘が目の前にいて、触れることができて、君が生きていることを直接感じられる〝今〟ほど、望むことはない。むしろこうなるために、俺は今日まで生きてきたんだ」

「そ、れは、どういう」

──冷泉家に、桂樹に拾われてから、ひたすら冷泉のために尽くしてきた。養子だからと侮られないよう、どんなことでも己にできうる限りの努力を重ねてきた。

血の繋がらない跡取りである自分が、冷泉の名を貶めてしまわぬように。

だが、その裏には常に暗澹とした思いと葛藤があった。懊悩は尽きず、重圧に圧し潰されそうになったのも一度や二度の話ではない。

それでも挫けずに来られたのは、かつて交わした約束があったからだ。

風口の蝋燭のごとく曖昧なものではあったけれど、約束を思えばどんな苦境でも乗り越えられた。強くなりたいと、ならなければと、必死だった。

継叉特務隊に入隊したのも、その一環。

結果的にその選択が士琉の不安定な立場を強固にしてくれたというだけで、最初から国のために、民のためにと模範軍士のような高い志を持っていたわけではない。

不純な動機、なのだろう。

たったひとりの心恋う相手のために、軍士になるなんて。

無論、民を護りたいという思いが強くあるのも嘘ではないし、今や立場的にそういった私情を挟めぬほどの責任も背負っている。

けれども、やはりその核たる部分は変わっていないのだ。

たったひとりを護れぬ者が、多勢を護れるわけもない。入隊したあの日から胸に据えているその信条こそ、まさに士琉が戦う理由であり、目的だった。

（……紘と出逢わなければ、きっと今の俺はいなかったからな）

彼女の存在は、士琉にとって運命そのもの。たとえ一方的な想いから成り立つものだとしても、今さらなかったことにはできやしない。

この十年で取り返しのつかないほど人生を綾なしたそれは、きっと一生絡みついたまま解けることはないのだろう。

だからこそ。

「すまない、紘。君が俺を好きになってくれるまで、少々足掻かせてもらう」

——どうか覚悟していてくれ。

真っ直ぐに瞳を見据えそう告げた士琉に、紘はようやく反応を示した。人形のようにぴくりとも動かなくなっていた彼女は、俯いて小さく肩を震わす。

「わ、わた、わたし、あの……っ」

「いや、大丈夫だ。なにも言わなくていい」

「でも」

「いいんだ。これはただ、俺の心を伝えておきたかっただけだから」

瞬く間に頬を赤らめたその様子が愛しくて、ああやはり幸せだと思う。

思わず抱き寄せようと伸ばした手を寸前で自制し、ぽすんと軽く頭を撫でるだけに留め、士琉は改めて心に誓った。

（──絶対に君を護ってみせる。もう二度と、あんな顔をさせやしない）

脳裏に蘇るのは、遠い遠い、過去の記憶。

まるで鋭利な硝子屑のように、士琉の深い部分に突き刺さっている記憶の欠片。

すべての、始まり。

『……し、にたい……いと、も、しな……せて……』

『そんなことを言うな……っ。せっかく君は生きているのに』

『や、だ……もう、いらない……いと、なんて、もう、いらない……』

『……わかった。なら、君の命は俺がもらう』

『…………え……？』

『いらないのなら、俺がもらう。〝いと〟の人生を、俺にくれ』

真っ赤に染まった血の海のなかで、誰もいなくなってしまったと彼女は壊れた人形のように静かに泣いていた。

ひとりは嫌だと。

自分もあちら側に逝きたいと。

なにかに、誰かに懇願するように、ただただ泣いていた。

その涙が、痛かった。ひとりぼっちの淋しさを知っていたから。

ヘマをして怪我を負った手の甲の傷よりも、痛くて。痛くて。

だから、士琉は決めたのだ。

『……きっと、今すぐは難しい。だから、俺がもっと強くなって、〝いと〟の人生を丸ごと護れるようになるまで待っててくれ。いつか、必ず』

『かなら、ず……？』

そう、そのときが来たら。

『いつか必ず、迎えに行く』

──それから月日は流れ十年が経ち、現在がある。

幼い少女だった彼女は、まるで夜闇に咲く美しい千桔梗のように成長した。どうやら〝いと〟はあの日のことを憶えていないようだが、それでも構わなかった。

士琉は、憶えているから。

あの日、彼女に対して抱いた想いは、消えていないから。

（叶うなら、俺は君と一緒に生きていきたい）

いまだに死にたいと、消えてしまいたいと思っているらしい紘が、はたしてどうしたら自ら生きたいと願ってくれるのか、士琉はわからない。

けれど、幸いにも手の届く場所にやってきてくれた。

ならばまずは、己のすべてを賭けて愛し抜こう。

愛して、愛して。

自分が愛されていることを受け入れざるを得ないくらいに、愛し尽くして。

そして、ひとりぼっちになることを諦めてもらおう。

そのためなら、なんだってやってやる。

(だから、どうか。……俺の前で死にたいなんて思わないでくれ、紘)

参幕　昏冥の月華

屋敷の朝は、まだ世界が夜の色を残している黎明と共に始まる。

朝まだき、宵が薄れゆく群青と青白磁の境。外気に触れれば、思わず袂を引き寄せたくなるくらいの冷え込みのなか、紘は玄関先で出勤する士琉を見送っていた。

「そう毎日起きてこなくていいと言っているのに。ゆっくり休んでいていいんだぞ」

「わ、わたしがお見送りしたいのです。どうか気になさらないでください」

月華に到着してから、早半月。

ようやく生活の流れが見えてきたこの頃、とりわけ日の出と同時に屋敷を出る士琉の見送りは、紘の日課になりつつあった。

正式な婚姻はまだ結んでいないとはいえ、いずれ旦那さまになる相手。すでに同じ屋根の下に住んでいるのだし、妻としてできることには手を尽くしていきたい。

(士琉さまは『ただそばにいてくれるだけでいい』と仰ったけど……。こうして、わたしがなにかをすることが嫌なわけではなさそうなのよね)

士琉は出勤時、口布と外套を纏わず、月白の標準軍服のみを身につけている。

なんでも、あの暗黒色の恰好は、一見軍士だとわからないようにするための変装仕様なのだそうだ。動きやすさと実用性を兼ねながらも、繊細な装飾が施された軍服は、まるで士琉のために作られたようでよく似合っていた。

ちなみに、戦闘用の霊刀はそれぞれ特注しているものらしい。

士琉が太刀を用いるのは、水を操る力にうまく調和させられるからなのだという。

「いってらっしゃいませ、士琉さま」

「ん、ああ……」

紘が小さく微笑みながら告げると、士琉は歯切れ悪く返事をして頷いた。

だが、一向に扉の方へ向かう気配がない。どうしたのかと不思議に思っていれば、士琉はひとつ息を吐いて、眉間を揉み解しだした。

「……だめだな俺は。君を前にすると、とんでもなく腑抜けになる」

「ふ、腑抜け？」

「最近、痛感しているんだ。仕事に行きたくない、と思う気持ちを」

苦々しく答えた士琉は、しかしどこか熱をはらんだ瞳で紘を見つめてくる。白銅色の髪の隙間から覗く耳の先は、ほんのわずかに赤みを帯びていた。

はたしてそれがなにを示しているのかわからないまま首を傾げると、士琉は苦笑して肩を竦めた。伸ばされた彼の手が頬に触れ、紘は身を硬くする。

「なんて言われても、紘は困ってしまうな。すまない」

「い、いえ、そんな」

「早朝出勤であるうえ、帰宅も遅い。夜間に急な出動も多いし、休みという休みもほぼないような職だ。……こんな男が旦那など、嫌にならないか？」

「嫌……!?　そんなことはございません」

どこか不安を織り交ぜた口調で問われ、紘は驚きながらもすぐに首を横に振る。

総司令官でもある彼は、確かに日々多忙を極めている身であろう。

一応日勤の扱いにはなっているが、軍全体を把握して司令を出さなければならないため、事件が発生すれば、たとえ夜中だろうが出動せねばならない現場だ。

士琉の睡眠時間などわずかなもので、明らかに自宅よりも職場にいる時間の方が多かった。そういう意味では、確かに紘と過ごす時間は少ないのだけれど。

(でも、それは士琉さまが民のために頑張ってくださっているからだもの。嫌だなんて思うはずもないのに)

そもそも、そんな傲慢なことを思える立場でもない。

なにより最近の紘は、そんな士琉に尊敬の念を抱くようになっていた。

「士琉さまのお仕事は、とてもご立派だと思っています。灯翠月華軍の方々がいるからこそ、灯翠国の民は妖魔に怯えず暮らしていけるのですし……」

どう答えるべきか逡巡しながら、慎重に言葉を選んで返す。

ここは、常日頃から妖魔の脅威が蔓延る世だ。

昼夜問わず彼らと対峙し、力なき民を護るために命を賭けて戦ってくれる軍士がいなければ、この月華だってここまで繁栄しなかっただろう。

みなが安心して生活できるのは、そこに〝なにかあっても必ず彼らが護ってくれる〟という信頼があってこそ。

しかしながら、その信頼を得るまでには、途方もないほどの歳月をかけて軍士たちが地道に積み重ねてきた日頃の献身があるに違いないのだ。

実際、国のため、民のためにと身を粉にして奔走する軍士の存在は、とても眩しくて格好いい。士琉を見ていると、なおのことそう感じられる。

「たとえ朝が早くとも、お帰りが遅くとも……お休みがなくとも。士琉さまが無事に帰ってきてくださるなら、わたしはそれで十分です」

「っ……そうか」

「はい」

返した言葉が間違っていなかったか不安を覚えていると、士琉は数拍置いて軍帽を被り直しながら、なんとも神妙な顔をした。けれど、やや眉尻の垂れた複雑そうな表情のなかにはどこか嬉色も混ざっていて、紘はほっとする。

「軍士は命懸けの仕事ゆえ、紘には今後もなにかと心配をかけてしまうことがあるだろうが……。それでも、約束しよう」

「約束、ですか？」

「ああ。──必ず、君のもとへ帰ると」

深く沁み入るような声で言い、士琉は伏し目がちに紘を見つめてくる。

玄関土間に立つ士琉と、上がり框に立つ紘は、いつもより身長差が少ない。

そのせいだろうか。ずいぶん近い距離に士琉の存在があるように感じられて、ついどきりとしてしまう。

「紘が俺を待ってくれていると思えば、それだけで頑張れる。君を置いて行きたくない気持ちは変わらないのに、人の恋心とはなんとも難儀なものだな」

「あ……えっと、ではあの……お、お帰りをお待ちしております」

しどろもどろにそう答えると、士琉はふっと穏やかな笑みを浮かべて頷いた。

「ああ。行ってくる」

そうして今度こそ屋敷を出て行った士琉の背中を見送った紘は、玄関の戸が閉まったあとも、しばしその場にぼうっと立ち尽くした。

相次いだ衝撃の言葉がぐるぐると巡って、頭がついていかない。

だが今、なんだかとんでもないことを士琉に言われたような気がした。

(こ、恋……心……？)

聞き違いでなければ、確かに士琉はそう発していた。話の流れ的に関係しているのは紘以外ありえないだろうが、士琉が言い間違えるとも思えない。

恋心。恋をした心。

――誰が、誰に？

（士琉さまは、以前わたしに〝ただそばにいてくれるだけでいい〟って仰った。それから、わたしが士琉さまを好きになるまで足掻くって）

その言葉たちと〝恋心〟を掛け合わせて導き出される結論は『まさかそんな』のひとことでしか表せない。紐解いてしまうのが、いっそ恐ろしい答えだけれど。

だが、もしも。もしも本当に、そうなのだとしたら。

「え……えっ……？」

ぶわり、と急速に熱せられたように全身が熱くなる。瞬く間に火照った頬は、とても信じられない事実を前に、あまりにも素直な反応を示してしまっていた。

◇

士琉が仕事に出ている日中、紘はトメやお鈴と共に家事に勤しみながら過ごす。

掃除や洗濯、三度の食事の用意。

月代にいた頃はどれも専属侍女のお鈴がやってくれていたことだが、紘も花嫁修業の一環としてひと通り教えられてはいるのだ。

しかし、まさか自分が本当に嫁入りすることになろうとは思っていなかったからだろうか。そういう時間が少し不思議で、半月が経過してもなかなか慣れずにいた。

（月代にいた頃はわたし、毎日どう過ごしていたっけ）

居間でお鈴と洗濯物を畳みながら、絃はぼんやりと考える。

こちらでの生活には徐々に慣れてきているけれど、絃はまだ結界の張ってあるこの屋敷からは一度も出たことがなかった。それでも月代の離れに比べれば広範囲を動くことはできているし、トメやお鈴の存在も近いため〝孤独〟はどこにもない。

ただただ、平和だった。

思っていたよりも……否、不安になるほど何事もなく日々が過ぎてゆく。それが妙に落ち着かないのは、己の存在意義がまたわからなくなりそうだからだろうか。

「お嬢さま？　大丈夫ですか？」

ふいに目の前に顔を覗かせたお鈴が、こてんと小首を傾げた。

「っ……え？」

「今日は朝からずっと心ここにあらずって感じなので、お鈴は心配です。トメさんが帰ってきたら、お医者さまにかかりましょうか？」

「だ、大丈夫よ。体調が悪いわけではないから」

「ですが、環境の変化もありますし……。弓彦さまからも気をつけるよう言われているんですよ？　これまでずっとこもって生活していたぶん、外に出たら少なからず負担がかかるからよく見ておいてって。お嬢さまも知らないうちに負担がかかっているのかもしれませんし、やっぱり一度、診ていただいた方が──」

心配で堪らないらしいお鈴が、そこまで言ったときだった。突然、がしゃん！という激しい音が玄関の方から響き、紘とお鈴は揃って肩を跳ね上げる。

「な、なにかしら」

「……わかりませんが、ちょっと見てきますね。結界がありますし妖魔ではないと思いますけど、悪いやつだったら大変ですから。お嬢さまはここにいてください」

さっと顔を強張らせたお鈴が素早く立ち上がり、早足で部屋を出て行く。

「ちょ、お鈴……っ！」

ここにいろと言われても、それほど危険かもしれないのなら、なおさらお鈴をひとりで行かせるわけにはいかない。

慌てて紘も立ち上がり、後を追いかける。

しかし、お鈴が戸を開ける音が聞こえた直後、「きゃあ！」という悲鳴が続いた。

「お鈴⁉」

紘は転がりそうな勢いで駆け出し、廊下を曲がる。

「えっ……⁉」

開いたままの玄関の先には、大門のそばで倒れるトメと、彼女を抱き起こすお鈴の姿が見えた。

裸足のまま外へ飛び出した紘は、ふたりのもとへ駆け寄る。

大門の内側——結界の境を超える際はさすがに数瞬ほど躊躇したものの、このときばかりは外に対する恐怖よりも心配の方が勝っていた。

「お鈴、お鈴はなんともありません。ですが、トメさんがここに倒れられていて」

「お鈴、大丈夫……っ？　トメさんはどうしたの⁉」

ぐったりとしたトメは、どうやら意識を失っているようだった。お鈴も急なことに動揺しているのか「どうしようどうしたら」と涙目で繰り返している。

（お、落ち着かないと。見たところ怪我はしていないみたいだけど、倒れたときに頭を打っているかもしれないし、あまり動かさない方がいいわよね）

思考が散乱しそうになるが、ここで取り乱してはいけないと自分に言い聞かせる。

ひとまず呼びかけて意識の確認を、とトメの体に触れたそのときだった。

「いたっ……⁉」

バチン！と、強い静電気のような痛みが触れた先に走り、同時にトメの体が一度びくっと痙攣する。

その直後、紘は全身に怖気が這うような感覚に襲われた。

トメの体の下——正確には影になった部分から、黒い塊が這い出てきたのだ。

「ひっ……！」

大きさはせいぜい子犬ほどだろうか。

造形も四足の獣のようだが、全身は深淵を丸めて生成されたような黒一色。

そこまでは妖魔とよく似ているものの、しかしそのなかでひとつ、妖魔にはないはずの特徴があった。

ふたつの赤い瞳だ。不吉な満月のようにぎろりと浮かんだ赤と目が合ってしまった紘は、恐怖に腰を抜かして、その場に尻もちをついてしまう。

声にならない悲鳴が喉を掠れ落ちるが、それは思いがけず紘たちから逃げるように駆け出した。思わず目で追う。しかし、そのまま斜め前に建つ家から伸びる影のなかに身を潜めた瞬間、それは視認できなくなってしまった。

「え……!?」

雲を霞と消えた妖魔らしきモノに、紘は混乱を募らせる。

(影のなかに、潜っていった……?)

確かに、陰の塊である妖魔は、闇や影から湧くとされている。だが生まれてこの方、一度湧いたものがふたたび影に潜って消える妖魔など聞いたことがない。

いや、そもそもあれが妖魔なのかも怪しいところだが――。

「い、今のは、なんですか？　妖魔……？　こんな昼間に？」

紘と同じように一連を目撃していたらしいお鈴は、ぎょっと目を剥いて硬直している。この反応からして、お鈴もまたあれが妖魔だという確信が持てないのだろう。

ひとまず妖魔による危機は去った、と考えていいのか。あるいは、すぐに灯翠月華軍へ通報するべきなのか。否、優先すべきはやはりトメの容態確認か。

「なにやらお困りのようだな、お嬢さん方」

混乱と動揺を抑えきれないまま逡巡したそのとき、ふいにザッとそばから足音が聞こえ、低くも艶やかな声が降り注いだ。

はっとして振り向くと、そこに立っていたのは見知らぬ軍服の者。

長身痩躯、肩につかない程度の短い深紅の髪。端麗な容姿が目を惹くが、切れ長の双眸はどこか怜悧な印象を受ける。

身に纏う軍服は、灯翠月華軍のものだ。胸元の紋章が一紋であることを見ると、継叉特務隊ではなく通常部隊に所属する者だろう。

そこまではよかった。絃とお鈴が思わず言葉を失うほど驚いてしまったのは、その者の体の線が、どこからどう見ても〝女性〟のものだったからである。

「お嬢さん方、トメさんが倒れた瞬間に居合わせたか？」

絃もお鈴も頭を振る。それを見た彼女はそばまでやってくると、迷う様子もなく地に片膝をついて、素早くトメの状態を確認し始めた。

「意識はないが、呼吸は安定しているし脈も問題ないな。外傷もない。頭を打ったというわけでもなさそうだ。そこまで急を要するわけではなさそうだが……」

ふむ、と思案気にトメを数秒見つめた彼女は、次の瞬間、いとも容易くトメを横抱きにして立ち上がった。

紘とお鈴がぽかんと見上げれば、彼女は目許を和らげて見下ろしてくる。

その明眸（めいぼう）に鋭さはなく、むしろ労るような優しさが感じられた。

「名乗り遅れたが、私は氣仙茜（あかね）という。士琉とは〝次期当主〟繋がりで少々縁があってな。決して怪しい者ではないから、お邪魔してもいいだろうか」

「あ……は、い……」

「ありがとう」

――五大名家のひとつ、氣仙家。

先日、士琉との会話に出たばかりの相手だ。

士琉の頼みで屋敷に結界を張ってくれたという、氣仙家の次期女当主。

まさかこんなにも早く対面することになるとは思っておらず、紘はしばし状況を呑み込めないまま、呆然と茜を見つめた。

「お嬢さま、氣仙家の次期当主の方って軍士だったんですね。なんというか、すべてが格好よくて見入ってしまいました。同じ女性だとは思えませんっ」

「そ、そうね……」

興奮したように言うお鈴に、紘は曖昧な会釈をするのが精いっぱいだった。

どこか慣れた様子で屋敷へと入っていく彼女の後ろ姿を見ながら、どうにも落ち着かない気持ちで、紘は服の上から胸元をきゅっと握り込む。

心臓が妙にざわついていた。決して気のせいなどではなく、初めてここに来た日以来感じていなかった不快な靄つきが、ふたたび胸中を覆い始めている。

(……なんだか、すごく苦しい)

彼女の軍服を見たとき、一瞬、士琉が来てくれたのかと思った。けれどそうではないとわかってから、どうしてか彼女の隣に立つ士琉の姿ばかりが頭を過る。

格好よくて、美しくて、まるで絵画のようなふたり。その光景を見たことはないはずなのに、容易に想像できてしまうくらい、お似合いの男女。

「お嬢さま？　やっぱり体調が──って、なんで裸足なんです!?」

思わず俯いた紘の表情を覗き見たお鈴が、ふいに紘が裸足であることに気づいた。

とっさのことで履物まで頭が回らなかったのだ。妙に足裏がちくちくするのは、砂利かなにかが刺さってしまったのだろう。

「大丈夫よ。……大丈夫」

着物から覗く足先は、細く頼りなかった。

長年の引きこもり生活で日差しを知らない肌は陶器のように白いが、それがなおのことか弱さを引き立てる。彼女のような、力強い美しさはない。

今さらながら、こんな自分が士琉の隣に立つ人間でいいのかと、どうしようもない羞恥心が生まれ出す。

じわり、と頬が赤くなって、紘は唇を引き結んだ。

（……士琉さまは、わたしになにか求めたところでなにも返せないと最初からわかっているから、ただそばにいるだけでいいって仰ったのかもしれない）

やはり、今朝のあれは勘違いだったのだろう。すべてにおいて完璧な士琉が、なにも持たない厄介者の紘に、よりにもよって〝恋心〟を抱くわけもない。

もし本当にそう言っていたのだとしても、きっと彼なりの気遣いだろう。

仮にも紘は、妻になる相手だから。

（政略結婚だもの。それを肝に銘じておかなくちゃ）

たとえ釣り合わなくとも、相応しくなくとも、月代の娘という存在自体に〝利〟があるのなら、士琉の言う通りそばにいるだけで十分だ。

むしろ、それ以上は望まないと暗に伝えてくれていたのかもしれない。

ちゃんとわかっている。

期待なんてしていない。最初から。

なのにどうして、こんなにも胸が痛むのだろう。

どうしてこんなにも、心が哀しくざわついてしまうのだろう……——。

◇

トメを私室の褥に寝かせたあと、紘たちは茜に経緯を話した。

経緯といっても、紘たちが伝えられるのは『トメの帰りを待っていたら大きな音が聞こえて、駆けつけたらトメが倒れていた』というくらいのもの。

問題は、むしろそのあとだろう。

「妖魔らしきものが、トメさんの陰から現れて逃げていった、ねえ」

話を聞き終えた茜は、思案するように顋へ指を添えた。

「なるほど……。例のアレか」

「な、なにかご存じなのですか？」

「いや、うちの管轄ではないから、詳細はわからないのだけどね。――まあ、それはさておき、お嬢さん方が無事でなによりだ」

双眸を眇め、茜はなにかを確認するように天井を見上げる。

「結界のなかならまだしも、外ではなんの意味も成さないからな……。下手したら三人纏めて襲われていた可能性もある。そうなっていたら最悪だった」

「そうですね……。あの、氣仙さまはどうしてこちらに？」

「ああ、私は今日、半休でな。時間ができたから、結界の具合を見るために立ち寄ったんだ。月代のお嬢さんに挨拶をしておきたかった、というのもあるけれども」

壁に背中を預けていた茜は、トメのそばに座していた紘の対面に移動し、腰を下ろした。その折り目正しい所作からは、確かに良家の出であることが感じられる。

（ど、どうしましょう）

眠るトメを挟んで向かい合う形になり、紘は内心冷や汗をかく。

もてなしの準備をするとお鈴は厨に行ってしまったし、トメは変わらず目覚める気配がない。茜の見立てでは命に別状はないようだが、この状態のトメを前にしてのうのうと名家同士仲よくする――というのも違う気がした。

それでも最低限は、となんとか自分を奮い立たせ、紘は茜に頭を垂れた。

「あの、こんな状況ではありますが……わたし、月代紘と申します。このたび、冷泉家に嫁いでくることになりました。よろしくお願いいたします」

「こちらこそ。しかし、紘さんは本当に弓坊にそっくりだな。さきほどもひと目見た瞬間、すぐに弓坊の妹さんだとわかったよ」

「弓坊……？」

十中八九、兄のことだろうが、瞬時に結びつかず紘はぽかんとしてしまった。

すると「しまった」と苦笑した茜は、おどけるように肩を竦める。

「内緒で頼む。紘さんに知られたとわかったら殺されるかもしれん」

「は、はあ……」

「いやなに、私は今年二十八になるんだがこの世代では年長でね。昔から親しみを込めて周囲を坊と呼んでいたのだけど、どうにも最近は嫌がられるんだ」

二十八、ということは士琉よりも二つ上。紘とは十歳差だ。紘も成人した身ではあるが、彼女からしてみたらまだまだ〝お嬢さん〟なのかもしれない。

（……こんな素敵な方がそばにいるのに、わたしなんかが士琉さまの妻だなんて）

圧倒的な差を見せつけられ、ますます身をもがれるような心地になる。

「……氣仙さまは、格好いいですね」

「うん？」

「その、すごく眩しくて。わたしとは全然、違うから」

はっとして口を押さえるも、すでに遅い。気分を害してしまったかと恐る恐る茜を見れば、彼女はなぜかきょとんとして不思議そうに紘を見つめていた。

「変なことを言うなあ。私の男勝りさを嫌厭しないのか？」

「え、そんな……。お鈴も格好いいって言ってましたし、とても憧れます」

「ふうん。そうか、ありがとう」

可憐な花が綻ぶように、茜はくすくすと笑った。

男勝りだと言いつつ、いっさい無駄のない所作は指の先まで洗練されていてすべてが美しい。同じ女性である紘でさえも見惚れてしまうほどだ。

返答もさっぱりしているし、知れば知るほど好感を抱くしかない相手だった。

「私のことは茜でいいよ、絃さん」

「っ……は、はい」

「それでさ。もしかして、私と士琉の関係になにか懸念があったりする？」

ずばりと図星を指されて、絃はたじろいだ。

思わず視線を泳がせてしまったことで、是と捉えたのだろう。茜は「ほお」と興味深そうに腕を組んで、口許をにやつかせた。

「私はてっきり一方的なものだと思っていたんだが、なるほど。そうでもないと」

「えっ？」

「いや、なんでもない。──なんでもない、が」

茜は満足げに立ち上がると、絃の隣までやってきておもむろに膝をついた。

かと思えば、長い指先に顎を掬い取られて、絃は上向かせられる。

（な、なに……っ？）

狼狽する絃を間近で覗き込んできた茜は、妖艶に切れ長の双眸を細めて、にやりと口角を上げた。藤色の瞳が妖しく光りを帯びる。

「なあ、絃さん。そんなふうに君を不安にさせる男なんてやめて、うちに来ないか？」

「は、い？」

「君のその自信のなさは、己の価値を知らないからだろう。悲しいことだな、他人と比べて卑下するほど落ちぶれていないし、むしろ君にしかないものを多く持っているというのに。きっとその様子では、誰もそれを教えてくれなかったんだろうが」

どうしてか、滔々と告げられる茜の言葉が頭に入ってこない。

思考の深い部分がなにかに覆われるようで、ただただ紘を間近で射竦める藤色の妖美な瞳に惹きつけられる。

「知っているか？　女子がもっとも美しく可憐に花を咲かせるのは、己の真価を受け入れたときなんだ」

「しん、か……」

「そう。そして、君が持つ本当の価値を私は知っている。周りの過保護な男たちは紘さんを護ることばかり考えて、あえて燻ぶらせたままにしているようだが……。なあ、どうだろう。私なら君の力を存分に引き出してやれるし、あわよくば——」

そのとき、ふいに部屋の襖がぴしゃんと勢いよく開いた。叩きつけるようなその音に紘がはっと我に返った瞬間、背後から回った腕に強く引き寄せられる。

「離れろ、茜……!!」

体勢を崩した紘をかき抱くように受け止めたのは、珍しく切羽詰まった様子の士琉だった。なぜここに、と疑問に思う一方、その押し殺したような怒号に驚く。

痛いくらいに、後ろからぎゅうっと抱き締められた。

紘はおおいに戸惑いながら、思わず自身の胸元に回った腕に手を添える。

「ありゃ。なんだ、来たのか。琉坊」

「その呼び方はやめろと何度言えば——いや、そんなことはいい。よりにもよって紘を誑(たぶら)かすなど、ふざけた真似を……！」

「べつに、ふざけてはいないけどな」

「ならばわけを話せ。くだらない理由で術中に嵌めようとしていたのなら、いくら茜が相手でも許すわけにはいかない」

どうやら茜は弓彦のみならず、士琉のことまでも坊呼びしていたらしい。

（……ちょっと待って。術に嵌めようと？）

聞き捨てならない言葉が耳をついて、紘は戦慄する。

確かに、やたらと思考が鈍っていた感覚はあった。妖艶に光る藤色の瞳を向けられてから、茜以外のものがなにも見えなくなって——そう、まるで世界でふたりきりになってしまったかのような、ふわふわした感覚に支配されていたのだ。

もしあのまま引きずり込まれていたら、『うちに来ないか？』という問いかけに頷いてしまっていたかもしれない。

そう思うとぞっとして、紘は思わず士琉の服を掴んでしまう。

「くだらんかどうかは知らないが、少なくとも私は本気だぞ？　素晴らしい才能が潰される前に、うちへ招こうと思っただけの話さ」

「なにを……」

「人の心とは移ろうものだからな。将来を見据えて選択肢を提示しておくのは悪いことじゃない。——まあ、少しやりすぎた自覚はあるけれども」

意外にもあっさり引いた茜は、悪びれることもなく、けろりとした顔で立ち上がりながらくびれた腰に手を当てた。

「で？　継特の隊長と副隊長が揃って勤務時間中になにをしてるんだ？」

茜の目が向いた先には、苦虫を噛み潰したような顔で立つ千隼の姿があった。戸襖に手をかけてはいるが、室内に入るのを躊躇っていたらしい。

しかし次の瞬間、後ろからドンッと押されるように体勢を崩した千隼は、「うわっ」という叫びと共に勢いよく前のめりに倒転(とうてん)した。

だが、さすがの反射神経で体勢を整え、華麗に前転し立ち上がる。

「ちょっと！　お鈴ちゃんなにするの⁉」

「入口で突っ立ってられたら邪魔なんですよ！　お嬢さま大丈夫ですかっ⁉」

どうやら、千隼を容赦なく突き飛ばしたのはお鈴であったらしい。

途端に騒がしくなったことで、一触即発だった空気が霧散する。

さすがにこれには茜も「うるさ」と苦笑いだ。

士琉も毒気を抜かれたのか、紘を抱擁する力を緩めた。かと思えば、そのまま抱き上げられ、紘はさすがに辟易しながら立ち上がった士琉を見る。

「し、士琉さま」

「……その足はどうした、紘」

包帯が巻かれた紘の両足を見咎めながら、士琉は険しい顔で問う。

「あの、これはさっき裸足で外に飛び出してしまって……。そのときに砂利を踏んでしまったのか、少しだけ皮膚が剥けてしまったんです。全然歩けますし、本当に大したことはないのですけど、お鈴が菌が入ったら大変だと聞かなくて」

「お鈴が正しい」

即答した士琉はやや脱力して紘の頭に顔を埋めると、唸るように続ける。

「……あまり、危ないことはしてくれるな。心配で俺の寿命が縮む」

「すみません……。ですが、本当にどうなされたのですか？　千隼さんまで」

もしやお鈴が通報したのかと目を遣るも、お鈴はふるふると首を振る。

千隼の表情は言い表せないほど気まずそうだし、士琉もまたその問いかけには答えづらそうだった。

いくら紘でも、この状況には疑念を覚えずにはいられない。

「ここに来るまでの道中、継特の軍士たちを何人か見かけた。それから、火事だなんだと噂してる民の声も聞いたな。君らの様子を見るに、それ関係だろう？」

もうなにかを確信しているような口ぶりで、茜が小首を傾げる。

「火事、ですか？」

「んーあー。もー……。どうして言っちゃうかなあ、茜姐さん」

さすがにこれ以上は誤魔化せないと察したのだろうか。千隼がどこか諦観（ていかん）したように「しょうがないけどさ～」と投げやりに言って嘆息した。

「どちらにしても紘ちゃんたちには隠せることじゃないし、いいですね？　隊長」

「……ああ。詳細はあとで改めて俺から話す」

「そうしてください」

千隼は神妙に頷いて返すと、紘、そしてお鈴を順に見る。

そして、数拍の間（ま）ののち、重々しく告げた。

「――先刻、空き家への放火の疑いで、トメさんに軍から逮捕状が出たんだよ」

◇

あれから駐屯所に戻り、忙しなく日中に勃発した事件の後処理に追われた士琉たちがようやく腰を落ち着けることができたのは、日付が変わろうという頃だった。

「ひとまずよかったですね、トメさんが目覚めて」

「ああ。自分に逮捕状が出ていると知って、また気絶しそうになったらしいがな」

「当然でしょ。目覚めたら身に覚えのないことで捕まってんだから。俺だったら絶対に騒ぎまくりますよ。冤罪だーって」

逮捕状が出されているとはいえ、意識を失っていたトメは、いったん継叉特務隊預かりの重要参考人として保護することになり、駐屯所内の医療所へ運ばれていた。

医者の報告によれば、幸いにも身体に異常は見られないらしく、さきほど目覚めてからは意識もしっかりしているらしい。

それはなにより、なのだが。

「しかし、まさかトメが件の犠牲者になるとはな……」

「そういや、茜姐さんが言ってましたよ。紘ちゃんたちが見つけたときに意識を失っていたのは、隊長の屋敷に張られた結界に弾かれた衝撃だろうって」

「……まったく、結界がなかった場合のことを考えると恐ろしいな」

眉間を指先で揉みこみながら、士琉はげんなりと瞑目する。

「ですねえ。んで、冷泉家としては大丈夫なんです？　トメさんの逮捕は」

「無傷というわけにはいかないが、幸いにも前例があるからな。事件の真相が明らかになれば、どうにか……といったところだろう。今回火事になった場所が空き家で怪我人が出なかったのは、不幸中の幸いだった」

ここ最近、月華では不可解な放火事件が相次いでいる。

そもそもの事の発端はひと月前、月華西小通りに店を構える甘味処『紅香』にて起こった小火騒ぎだった。

小火の原因は〝突然暴れだした店主が灯篭を倒したから〟という、一見して不注意とも取れそうなものである。

本来なら、事件として処理するほどでもない。

だが、不可解な点があった。

暴れ出した直後、なんの前触れもなく突然意識を失った店主が、目覚めたとき〝なにも覚えていなかった〟のだ。

自分が暴れていたことも、灯篭を倒したことも、小火騒ぎになっていたことも記憶にない。なんなら、その前後の記憶さえも曖昧ときた。

店主は『大切な自分の店に火をつけるわけがない』と反論したようだが、実際にその様子が目撃されている。結局、最初に対応した警吏は、医者からの助言も得て店主がなんらかの病を患ったがゆえの異常言動だろうと処理したらしい。

まあ、もしもこの件だけで終わっていたなら、それで済んでいただろう。

だがその日を境に、似たような事件が月華内で多発するようになった。

そうなれば、さすがに悠長にしていられない。

何件か相次いだ妖魔らしきモノの目撃証言を踏まえ、継叉特務隊で総力を上げ調査したところ、どうにも妖魔が関連する事件らしいという結論に至った。

——らしい、というのは、今回問題となっている妖魔が、士琉たちの知る妖魔と異なる生態をしているからである。

(今回、絃たちが目撃したらしいモノも一連のやつらと同じようだった)

奴らは個体によって造形こそ異なるが、基本的に闇の凝塊(ぎょうかい)だ。知性が著しく低く、本能的に敵を認識し襲おうとする。本来、逃亡することはない。

だが、一連の事件で目撃されている妖魔は、まず第一に赤い目を持っていた。

加えて、人に憑く。憑くというのも継叉特務隊の見解に過ぎないが、どうにも奴らは人を乗っ取っているようなので、言い回しとしては適切だろう。

ひとまず妖魔との区別のために、継叉特務隊では新たな脅威を〝憑魔(ひょうま)〟と呼ぶことに定めたものの、その実態はいまだほぼなにも解明されていない状況だ。

まあようするに、一連の事件で〝放火犯〟となってしまった者たちは、この特異な妖魔に憑かれ心身を操られた犠牲者ということになる。

今回、トメは不運にもその一員となってしまったわけだ。

「トメさんって、しばらく拘置所(こうちじょ)に留まってもらうんです？」

「ああ。さすがに、トメだけ特別措置というわけにはいかんからな」

「いくらトメさんに過失がなくとも、便宜上は放火犯として逮捕状を出さなくちゃいけないってのがつらいですね。軍の面目もあるし、しょうがないけど」

しかし、憑魔の犠牲者には比較的寛大(かんだい)な対応がなされている。事件がなんらかの形で終着するまでの辛抱ではあるが、はたしていつになることやら。

なにはともあれ、これ以上被害を拡大させないためにも、可能な限り早く解決させたいところだ。

「紘ちゃんたちは大丈夫なんですか？」

「食事などはお鈴もいるし問題ないはずだ。だが、ふたりとも今回の件で不安を強めただろうし、護衛を雇おうか検討している」

「護衛ねぇ……。でも、茜姐さんみたいな人は防げないでしょ。本気だって言ってましたけど、どうするんです？　油断してたら取られちゃいますよ」

昼間のことを思い出し、士琉は思わず眉間に深い皺を寄せる。

(あれは、久しく不快だった)

感情に制御が利かなくなったのは、はたしていつ以来だろうか。冷静になってから己の言動に驚くほど、士琉はあのとき、ひどい焦燥(しょうそう)のなかにあった。

「……紘は俺の妻だ。誰にも渡すつもりはない」

氣仙家の次期当主、氣仙茜。

彼女とは次期当主という立場同士、幼い頃からの付き合いがある。灯翠月華軍の通常部隊に所属しているため、普段はそこまで関わることはないものの、やはり五大名家絡みのことがあるたびに顔は合わせていた。

茜は〝飛縁魔〟というあやかしの継叉だ。

溢れ出る色香で相手の思考を鈍らせ惑わす――それは、なまじ容姿端麗な茜にやらせると厄介な能力で、対人間にこそ真価を発揮する。

（茜の術に魅了されていた絃の表情は、完全に陶酔していた。一歩遅ければ、思うがままに陥落していたかもしれない）

……正直、思い出すたびに頭痛がする。

（悪戯でそういうことをする性質ではない、というのが恐ろしいな）

茜自体は決して悪い人間ではないが、とにかく扱いにくい相手ではあるのだ。

目的を果たすために必要なら、敵も味方も見境がなくなるから。

もし本当に茜が絃を自分のもとへ引き入れるつもりなら、今後彼女とは絃の件で対立することになってしまう可能性もある。できればそれは避けたいところだが。

「しかしこうも苦労をかけてばかりだと、いよいよ愛想を尽かされそうだな……」

「正直おれは、お鈴ちゃんの方が気になりますけどねぇ」

「お鈴？　ああ、そういえばおまえはよくお鈴と絡んでいたか」

「絡みすぎて、もはや敵視されてる気がするけど。まあそれはべつにいいんです。可愛いし、なんか癖になるし。でもあの子、けっこう危ういから心配で」

千隼は肩を竦めると、すでに冷め切った茶を啜りながら危惧するように言う。

「隊長も知ってるだろうけど、おれ、あーいう子に弱いからさぁ。見て見ぬふりすりゃいいのに、できないんですよ。どうしても視界に入ってくる」

「あえて訊くが、恋慕としてか？　それは」

「さーね。どっちだろ」

どうやら、答えるつもりはないらしい。

（……まあいい）

千隼はこう見えて、誰よりも愛情深い男なのだ。

大切な者を亡くす痛みを知っているからこそ、ときには自分を犠牲にしてでも民を護ろうとすることもあるくらいに。

そんな男があえて気になると口にするほどの相手は、その時点ですでに境界線の一歩内側にいるとも言える。想いの根源がなんであれ、悪いようにはしないだろう。

「おれのことはいいんですよ。隊長こそどうなんです？　紘ちゃん」

「どうもこうもない。日々愛しい」

「そうじゃなくて。こっちで暮らしていけそうなんですかって訊いてんの」

剣呑に問われ、士琉はしばし黙り込んだ。

それは士琉自身も懸念していたことで、即答できなかったのだ。視界の端でわずかに揺れる下げ提燈に目を遣りながら、浅く息を吐く。

「屋敷に張った結界のなかならやはり安心して過ごせるのか、ひとまず不自由なく暮らしてはいる。家事や炊事もひと通りできるし、物覚えもいい。トメが『今に立派な奥さまになりますよ』と嬉しそうに言っていた」

「へえ、お墨つきかぁ」

「だが、少し疲れているように見えてな」

慣れない場所。慣れない環境。慣れない日常。ただでさえ十年間まったく外に出ず過ごしてきた絃にとっては、この環境の変化は心身に大きな負荷がかかる。

それを受け入れて順応しようとする心意気は尊重してやりたいものの、そこまで頑張らなくていいと言ってやりたくなってしまう。そのうち本人も気づかぬうちに限界を迎えて倒れてしまいそうで、士琉はずっと気が気でなかった。

「正直、難しいんだ。ただ心配するだけでも、その裏側に愛情を感じられると絃は途端に気まずそうな顔をするから」

「どういうことです？」

「……おそらく、愛されるのが苦手なんだろう」

紘は著しく自己肯定感が低い。

要因は彼女の持つ体質や過去——そしてこの十年にも及ぶ引きこもり生活のなかで、本人でさえ自覚が及ばないほど深く根づいてしまった罪の意識であろう。

どれだけ周囲の者が紘に愛情を注いでも、彼女はそれを『自分には受け取る資格がない』と拒んでしまう。いやむしろ、彼女を蝕む罪悪感が大きすぎるがあまり『愛さないでほしい』とすら思っているように見える。

だからこそ、士琉は慎重に、まずは紘の心を解すところから始めたのだ。

どれだけ長い時間がかかっても、紘がこの世界で自ら生きたいと思ってくれることこそ、士琉の願いであるから。

「紘の歩調に合わせていきたいんだ。焦らず、ゆっくりと。俺はどうしたって紘を愛してしまうのだし、きっとこの想いは永遠になくならんからな」

「相変わらず一途だなー。それほどの美形なら女の子なんて選び放題だろうに」

「俺は昔も今も、紘以外には微塵の興味もない」

「はは、すっご。隊長のそういうとこ尊敬します。うん、ほんと。……おれは、大切な人を作るの怖いからさ」

どこか哀しい含みを持たせて呟くと、千隼は大きく伸びをした。ここ連日、事件の後処理と調査に追われているせいで、さすがに疲れが溜まっているのだろう。

「もう休め、千隼。今日は泊っていくのか」

「あー、ですね。今から寮に戻るのも面倒だし、仮眠室かな。隊長は？」

「俺は帰るぞ。紘たちが心配だからな」

「さすがにもう寝てる時間じゃありません？　あ、護衛もかねて？」

いや、と士琉は立ち上がりながら渋い顔で首を振る。

「おそらく、紘は起きてる」

「え。不規則な生活は身体に悪いですよ」

「……紘のあれは、そう簡単な話でもないような気がしてな」

一度、きちんと話をするべきだろうとは思っていた。されども、不用意に踏み込んで距離を取られてしまっては元も子もないため、機会を窺っていたのだが。

（最近の様子からしても、やはり早めにどうにかせねばなるまい。今日の件も紘の心に負担をかけているだろうし……さて、どうしたものか）

思案に暮れながら、外套を羽織る。

駐屯所を出ればひんやりとした冷気が頬を撫で、士琉は自然と空を見上げた。銀湾（ぎんわん）のなかに浮かぶ上弦を過ぎた頃の月は、こんな日でも静謐（せいひつ）な美しさを纏っていた。

昔から、士琉はこうしてよく夜の帳が降りた空をひとり見上げる。

誰にも邪魔されない場所で、ただただ月の満ち欠けを眺めるのが好きなのだ。

そうすると、どこにいても紘を感じることができるから。
(そろそろあの場所へ連れていってもいいかもしれんな)
士琉が紘のためにできることなど、たかが知れているのかもしれない。
けれど、ほんのわずかでも救える可能性があるのなら、と足掻いてしまう。
嫌だと、死にたいと、壊れた人形のように泣く彼女が脳裏を過るから。
傷ついて、傷ついて、傷つきすぎて。
もはや傷つくところすらどこにも残っていないだろうに。
しかし紘はまだ、あの血溜まりの——……赤のなかにいるようでならない。
だとすればやはり、あの約束はまだ果たされていないのだ。

肆幕　小夜の現言

紘の私室はちょうど月明かりが差し込む位置にある。縁側に沿った襖を開けておけばそこからかすかに月光が入り込み、暗い室内を優しく照らすのだ。

夜目が利くというのもあるが、昔から紘は夜になると灯りを消して宵に紛れる。褥だったり、窓辺だったり、その日によって違うけれど、膝を抱えて夜を過ごす。

眠りについてしまうと、必ず夢を見るから。抜け出せない夢。夢だとわからない夢だ。過去を見るのは恐ろしいし、とても苦しいから嫌だった。

だから、せめてこうして微睡むに留めておけば、夢を見てもすぐに目覚められる。

身体さえ休めていれば、多少睡眠時間が短くとも問題はない。

(トメさん大丈夫かしら……)

士琉から、最近軍都を騒がせている〝憑魔〟のことは聞いた。

紘は屋敷にこもっていたため知らなかったが、月華内ではこの憑魔による火事が相次いでいるらしい。

おそらくは、紘が見たあの赤い瞳の妖魔がそうだったのだろう。人の心身を乗っ取る妖魔など聞いたこともないが、実際に紘はトメの陰から憑魔が飛び出してきたのを目撃している。あれは確かに、紘の知る妖魔ではなかった。

(なにが厄介って、人が人を害する構図ができてしまうことよね)

放火などするはずのないトメに逮捕状が出たように、操られた人間は犠牲者でありながら加害者にもなってしまう。

いくら憑魔に操られているとはいえ、実行犯である以上は多少なりとも責任が問われるのだ。現在はまだ憑魔関連の事件で死者は出ていないというが、きっとそれも時間の問題だろう。

そこまで考えた絃は、一度無理やり思考を打ち切って立ち上がる。

箪笥のいちばん下の引き出しを開け、奥に仕舞ってある桐箱をそっと取り出した。

このなかには、絃が大事に保管している文が入っている。

千桔梗にいた頃、毎月匿名で送られてきていたあの文だ。こちらに来てからも、ときおり心がざわついて仕方がないときに読み返して、元気をもらっていた。

『ようやく約束を果たせる』

やはりこの最後の文に綴られた内容だけはわからないけれど、わからなくともいいのだ。自分に宛てられた文。絃に向けて、絃のためにわざわざ文を送ってくれる相手がいるというその事実に心を救われていた。

たとえ差出人が不明でも、この文だけは不思議と素直に受け入れられたのだ。

（この文を送ってくださっていた方が、どうか幸福でありますように）

最後の文に挟まれていた千桔梗の花びらを優しく手のひらに握りしめ、絃は静かに祈りを捧げる。

千桔梗の別名は、願いの花。千年という果てしなく長い歳月を超えて想いが届くとされる花だ。強く願えば、心から祈れば、もしかしたら届くかもしれない。

たとえ会えなくともいいから、せめて感謝だけは伝えたかった。文の数だけ救われてきたのだと、文があったから夜を乗り越えられてきたのだと伝えたかった。

そうしてひとしきり願い終えた、そのとき。

「――紘?」

ふいに廊下側の戸襖の向こうから聞こえてきた声に、油断していた紘はびくっと肩を跳ね上げた。控えめで抑えた声だが、夜の静寂のなかではよく響く。

紘は慌てて立ち上がり、急ぎ戸襖を開けた。そこには声の主である士琉が心配そうな面持ちで立っており、瞬く間に顔面から血の気が引いていく。

よほど集中していたのだろうか。帰宅していたことにまったく気づけなかった。

「し、士琉さま、おかえりなさいませ。申し訳ございません、お出迎えもせず……」

「気にするな。それより、まだ起きていたのか」

「ええと、はい。あまり眠たくなくて」

眉尻を下げて微笑を浮かべれば、士琉は困ったように片眉を上げた。そしてちらりと部屋のなかへ目を遣り、不思議そうに首を傾げる。

そういえば文を床に散らかしたままであったことを思い出した紘は、一瞬迷いながらも「あの」と切り出した。

「よかったら、少しだけわたしの部屋で休んでいかれませんか？」

「っ……いや、悪いだろう」

「大丈夫ですよ。少々散らかってますけど、すぐに片づけますので」

今日はもう帰ってこないとばかり思っていたからだろうか。士琉の顔を見たら、不安に覆い尽くされていた心が少しだけ和らいだ気がした。

「どうぞお入りになってください」

遠慮する士琉をなかへ招き、まずは燭台に火を灯す。それから畳に並べていた文を順に拾って桐箱へ戻していると、紘の手元を覗き込んだ士琉が問うてきた。

「……それは、文、か？」

「あ、はい。千桔梗にいた頃、毎月わたし宛てに届いていて。匿名だったので差出人はわからないのですけど……でも、わたしの、宝物なんです」

はにかむと、士琉は一瞬ぎちりと固まって目を見開いた。その反応を不思議に思いつつ、紘は千桔梗の花弁もしっかりと文に挟んで仕舞っておく。

（これも、大切な宝物）

いつも持ち歩こうかと考えるときもあるけれど、月華に千桔梗がない以上、万が一失くしてしまったら取り返しがつかない。

だからこうして、元気をもらいたいときだけ取り出すようにしているのだ。

「文は、いろいろと考えすぎてしまったときなどに、たまに読み返していて」

「それは……なにか、効果が齎されるのか？」

「ふふ、すごく落ち着くんですよ。もう何度も読んでいるから、内容もすべて覚えているのですけどね。でも、綴られた文字を追っていると胸が温かくなります」

桐箱を箪笥の奥に仕舞い直し、紘は改めて士琉に向き直った。

（そういえば士琉さま、軍服じゃないのね。それに、髪が少し濡れてる？）

湯浴みを済ませてきたのか、士琉は藍染の着流しを身につけた軽装だ。

この様子だと、ずいぶんと前に帰宅していたのかもしれない。戸を開ける音はしなかった気がするが、きっと起こさないようにと気を遣ってくれたのだろう。

ますます出迎えられなかったことを後悔し、紘はしゅんと肩を落とす。

「すみません、士琉さま。わたし、お帰りになったのにも気づかず……」

「いや。寝ているやも、と音を立てぬようにしていたからな」

士琉は紘の頭を軽く撫でると、縁側のそばに置いた座布団へ腰を下ろした。

手招きされた紘はおずおずと隣に座ろうとするが、思いがけず士琉に止められる。

「紘」

おいで、と言わんばかりに両手を広げられ、紘は中腰のまま硬直する。

どう動くべきか迷って「あの、でも」と狼狽えていれば、痺れを切らしたらしい士琉に手首を掴まれた。そのまま軽く引き寄せられ、紘は顔から士琉の胸に飛び込む。

（!?　えっ、どういう……っ？）

盛大に混乱しているうちにひょいっと抱えられ、体勢を整えられた。気づいたときには士琉の膝の上で横抱きにされており、紘はわけもわからず士琉を見つめる。

「嫌か」

「へ、あ……い、いいえ。嫌では、ございませんが……」

問いかけられ我に返れば、じわじわと恥じらいが生まれ出す。

すぐそばに士琉の美麗な顔があるだけでも怖じ気づきそうなのに、あろうことか全身を包まれているこの状況。鼻腔をくすぐる湯浴み後の清涼な香りが妙に毒で、紘はきゅっと身体を縮めて小さくなった。

すると、頭上で士琉がおかしそうに小さく笑う。

「なんだ。そうわかりやすく緊張されると、悪戯したくなるな」

するりと紘の長い髪を指先で梳いた士琉は、そのまま毛先に口づけた。

思わず顔を上げそれを凝視してしまった紘は、もはや隠しようもなく頬を赤らめる。

夜だから、だろうか。いつも凛とした佇まいを崩さない士琉が気怠げな雰囲気を纏っていて、それがなおのこと、彼の色香を艶やかに妖しく引き立たせていた。

紘を愛おしそうに見下ろす瑠璃の瞳は、くらりとするほど甘い。

「こうしていれば温かいだろう。眠たくなったらそのまま寝ていいぞ」

「さ、さすがにそれは」

「そうか？　残念だ」

くつくつと笑う士琉に、紘は唇を引き結ぶ。

士琉も温もりが欲しくなったのか、あるいは気まぐれか。なんにせよ慣れない触れ合いにそわそわしてしまう。さすがに兄とも、ここまで密着したことはない。

（これも、士琉さまが仰っていた〝足掻き〟……？）

けれど、確かに温かかった。士琉と密着している部分から伝わってくる人の温もりは久しく感じていなかったもので、次第に波立っていた心が落ち着いてくる。

少し迷いながらも頭を士琉の方へ預けると、士琉はそっと優しく撫でてくれた。

「トメの件、気を揉ませたな。すまない」

「そんな、士琉さまが謝ることではございません。事情はちゃんと説明していただきましたし……。わたしより、トメさんは大丈夫ですか？」

「ああ。意識も戻ったし、身体に異常もない。一連の憑魔事件に片がつくまではこちらで保護することになるが、無論、丁重に扱うと約束する。心配しないでくれ」

よかった、と紘は胸を撫で下ろす。

トメの身柄はしばらく継叉特務隊が預かる形になる——と士琉から説明は受けていたものの、やはり気がかりだったのだ。

会えなくなるのは淋しいけれど、士琉のところならば紘も安心できる。

「……士琉さまは、ご無理をなさっていませんか」

「俺か？」

「はい。毎日遅くまでお仕事をされていますし、朝も早いでしょう？　お節介かもしれませんが、ちゃんとお休みになれているのか心配です」

抱擁される温もりに頭がぼうっとしてきたせいだろうか。いつもなら鬱陶しく思われないよう口にしないことを、つい訊いてしまう。

すると士琉は、紘の頭を撫でていた手を下ろし、少しだけ強く紘を抱きしめた。

「俺は、大丈夫だ。紘がいれば」

「わたし、ですか？」

「ああ。紘がいるから頑張れる。いつだって、ずっと」

髪越しに落とされた、優しい感触。

その正体がなにか——までは、残念ながらもう頭が働かなかった。

ただ、すぐそばで紡がれる士琉の低い声はとても心地がよくて、いつまでもこのまま聞いていたいと思う。できれば、抱きしめられたまま。

そんなふうに思うことが、また、不思議で。

けれど、自分のような者が思ってしまってはいけないような気もして。

（最近のわたしは、おかしい……）

耐えがたいほど重くなってきた瞼を必死に開けようと身じろぐと、士琉が宥めるように紘の背中を軽くぽんぽんと叩きながら「紘」と名を呼んだ。

「眠れそうなら、眠っていいんだぞ」

「嫌、なんです……眠りたく、ない」

「……なにか理由が？」

問われ、紘はこくんと頷く。

「怖い、から」

夜になると毎日、月を見ていた。

あの離れで、お守りの弓を腕に抱えながら、窓辺で月を見上げていた。

結界に護られながら、手の届かない月を見つめていた。

（いつも……ひとりで）

月代の――千桔梗の夜は、ともすれば昼間よりも喧騒に包まれる。

灯が点り、音が生まれ、千桔梗の花々が闇を弾く。そこには決して静寂などない。

まるで死者が息を吹き返すかのごとく、世界が動き出すのだ。

なにしろ月代一族は、夜に生きる者たちだから。

だけれど、絃は。絃だけは、違った。そうではなかった。

味方であるはずの夜は、しかし絃を、絃だけを拒絶する。

世界から、絃という異物を取り除く。

「わたしは、夜が怖いのです」

──〝夜〟。

絃にとってそれはいつだって〝孤独〟と読むものだった。

◇

腕のなかで眠ってしまった絃は、まるで幼子のようなあどけなさがあった。

もともと年のわりに童顔であることもあるのだろう。小さな寝息を立てて士琉の胸に擦り寄ってくるのが愛しくて、思わずふっと笑みが零れる。

ようやく絃が眠っている姿を見られて、士琉は安堵していた。どれほど夜が更け切った頃に帰宅しても絃は起きていたから、ずっと心配していたのだ。

（しかし、そうか。眠りたくない理由があるんだな）

起こさぬよう慎重に立ち上がり、敷かれていた褥に絃をそっと横たえる。

あのまま朝まで抱いていてもよかったが、すでに夜も深い。

士琉とて仮眠をしておかねば、明日に響いてしまう。

紘もあの体勢よりは、褥の方が深く眠れるだろう。

「おやすみ。紘」

額に軽く触れるだけの口づけを落とし、士琉は紘の部屋を後にする。

だが、部屋の襖を後ろ手で閉めたと同時に、隣の部屋の襖が音もなく開いた。

さすがの士琉でもぎょっとして、目を剥いてしまう。気配こそ感じていたが、まさか起きているとは思わなかったのだ。

「お、お鈴。どうした」

真顔で現れたお鈴は、いつもと雰囲気が異なっていた。

紘と一緒にいるときの天真爛漫さは鳴りを潜め、どこか鋭ささえ感じる眼差しをこちらに向けている。よもやこんな真夜中に紘の部屋を訪れたことを怒っているのかと肝を冷やしたが、お鈴は思いがけず暗い声で口火を切った。

「……お話ししたいことがあります、旦那さま」

◇

「それで、話とは？」

紘を起こさぬよう居間に移動し、士琉は座卓を挟んでお鈴と向かい合った。

お鈴は、神妙な面持ちを崩さないまま唇を引き結んでいる。しばしそのまま返答を待っていると、やはてお鈴は重々しく俯かせていた顔を上げた。

「さきほどの、聞いていたんです。おふたりの会話を」

「ああ……まあ、べつにいい。聞かれて困ることでもないしな」

「はい、でも……お嬢さまが仰られたことが、どうしても心に引っかかって」

なるほど、とお鈴が言いたいことを察した士琉は、ひとつ息を吐く。

「夜が怖い、というやつか」

「はい。旦那さまには、ちゃんとお話ししておくべきかと」

お鈴は一度ぎゅっと両目を瞑り、震えた声で告げる。

「お嬢さまがそう思うようになった原因は、お鈴にあるんです」

「……どういうことだ」

思わず声音低く尋ねると、お鈴は両手で顔を覆って続けた。

「お鈴があの日、お嬢さまを外に連れ出してしまったから。全部全部、お鈴が悪いんです。お鈴が、お嬢さまの人生を滅茶苦茶にしちゃったんです……っ」

「っ、待て待て。落ち着け、お鈴」

その悲痛な声にはっとし、士琉は座卓を回ってお鈴のもとへ歩む。

お鈴のそばにしゃがみ込めば、彼女は縋るような目をこちらへ向けてきた。

大粒の涙が浮かんだ瞳はひどく思い詰めたもので、どれほどお鈴が気に病んできたのかがひと目で感じ取れる。

脳裏に千隼が零していた危惧が過った。

(なるほど。確かに、危ういな)

いつもの活力が溢れんばかりのお鈴からは、とても想像がつかない姿。零れた涙を指先で拭ってやりながら、そういえばお鈴がまだ十五歳だったことを思い出す。

「すみま、せん」

「いや。悪いが最初から説明してくれないか。今の発言は、十年前の話だな?」

「はい。——旦那さまも、ご存じなんですよね? 〝千桔梗の悪夢〟を」

震えた声で問われ、士琉は数拍の間を置いて重々しく首肯した。

「あの日、俺は千桔梗にいたからな」

十年前。齢十六を迎え成人となり、冷泉家の次期当主であることを世に公示された士琉は、各五大名家のもとへ挨拶に回っていた。

その日はちょうど長旅を終え、千桔梗に到着した日だった。

千桔梗の悪夢が起こった時間帯、士琉がいたのは郷の中心部にある神殿内。月代の当主夫妻、そして同じく次期当主の弓彦との会合がはじまろうというときにそれは起こった。

(千桔梗の郷が喧騒に包まれ、俺は郷の結界が破られたことを知った。当時の俺は、それがどういうことなのかはっきりとわかっていなかったが……)

神殿を出て、郷の中心部に雪崩れ込んできた大量の妖魔を前に思った。

――ああ、地獄だ、と。

「あの日、絃が屋敷の外に出て向かった裏山は、郷を囲む結界の狭間部分だった。夜という魔の時間帯であったこともあり、絃の妖魔を引き寄せる体質が暴発して大量の妖魔が集まってしまい、結果的に郷の結界を破るに至った。――俺はそう聞いているのだが、なにか齟齬はあるか」

「いいえ、おおむねその通りです。間違ってはいません。でも……そもそもお嬢さまを屋敷から連れ出したのは、お鈴と燈矢さまなんですよ」

自嘲気味にそう呟くと、お鈴は自ら零れる涙を拭ってこちらを見上げた。

「千桔梗に到着した日、旦那さまはなにか違和感を覚えませんでしたか」

「違和感？」

「ご到着はおそらく日中でしょう？　昼間の千桔梗はどんな感じでした？」

月代州、千桔梗の郷。

山脈の中心部を切り開き、無理やり開拓した閉鎖郷だ。妖魔境を越えられる者が限られることもあるだろうが、そもそも月代一族が外界との関わりを極力断っていることもあり、郷の存在自体がどこか浮世のような違和感はあった。

だがしかし、お鈴の求めている答えは、おそらくそういうことではなく。

「……そうだな。――千桔梗は、美しかった」

無言のままこちらを見つめるお鈴を一瞥しながら、続ける。

「千年咲き続けるという千桔梗の花が郷を護るように溢れ、まるでこの世ではないかのように幻想的で。結界内特有の澄んだ空気も心地よかった。その日は晴れていたから、鳥がさえずる音も、木々が葉を掠める音も、川のせせらぎも、よく聞こえていたように思う。穏やかで優しく、しかし不思議なほど〝人〟の気配は感じられない場所だった。月華の喧騒に慣れていた俺は、それがとても印象的でな」

自然の息吹のみで成り立つ空間。

ゆえにこそ、千桔梗の美しさをありのまま感受できていた。

「だが、その日の夜に本来の千桔梗の姿を見た。それを知らなければ、俺のなかで千桔梗は『幻想郷としてただただ美しい場所だった』という感想だけで終わっていただろう。月代が、夜に動き出す一族だと知らないまま」

満足のいく答えだったのか、お鈴は頷くと自らの手へ視線を落とした。

「その通りです。月代は、継叉の力を武器に霊力を用いて妖魔を祓う、根っからの戦闘一族。活動時間帯はおもに〝夜〟なんですよね」

「世の在り方とは真逆だな」

「はい。旦那さまもご存じでしょうが、夜になると郷は活発になります。妖魔狩りに出かける者もいますし、帰ってくる者を迎える準備に勤しむ家族もいる。すべての灯篭に火が点いて、月光を浴びた青紫の千桔梗が光りを放ち始めます。昼間の静けさなんてまるで嘘みたいに世界が動き出すんです」

でもね、とお鈴はどこか幼く続け、両手をぎゅっと握った。

「月代のなかでお嬢さまだけが違ったんです」

「……は？」

「朝起きて、昼に活動し、夜に眠る。夜に生きる月代の民とは正反対の生活をするように、前代――お嬢さまのお父上が、お嬢さまに命じていたから」

お鈴は立ち上がると、中庭側の板の間に続く襖を開けた。廊下を挟んだ向こうに見える深淵の空から一筋の月明かりが差し込んで、お鈴の顔を照らす。

過去を見る目をしていた。

遠く、遥か。けれど、まだそこにいるような。

「お嬢さまは、千桔梗の夜を知らなかったんです」

ぽつりと呟かれた言葉を呑み込むのに、少し時間がかかった。

「前代がそう命じていたのは、紘を護るためか」

「妖魔を引き寄せる体質は夜が天敵ですからね。あとは、一族との接触を極力断つためでもあります。継叉ではないお嬢さまは、一族の者に疎まれがちなので……」

納得せざるを得ない一方、受け入れたくない気持ちが士琉のなかで錯綜する。

「……だとしても、それはあまりに酷じゃないか。自分以外の者がみな眠っている世界で、ひとり生きるだなんて」

外界から隔絶された千桔梗という特殊な環境だからこそ、なおのこと。

彼女が起きているとき、世界からは己以外の息吹が消えてしまうことになる。

「お鈴もそう思います。だから、お鈴や燈矢さまはよく昼間に起きてお嬢さまと遊んでました。両親には叱られましたけど、前代や弓彦さまは許してくださったから」

「お鈴は、紘を疎まなかったのか」

「継叉じゃないだけでなんで疎まなくちゃいけないんですか。お嬢さまほど優しく清廉でお美しい方はいらっしゃらないのに」

心外だと言わんばかりに睨めつけられる。

どうやらこのぶれない姿勢は幼い頃から変わらないらしい。そのことになぜか安堵しながら、士琉は同意する。

「他の民も、お鈴のように感じられればいいのだがな」

「難しいでしょうね。頭がかちかちなご老輩ばかりですから。お鈴や弓彦さまたちの目を盗んでまでお嬢さまを侮辱して、なにかといたぶりますし。最悪ですよ」

お鈴は忌々し気に吐き捨てた。話しているうちに悲観的な感情よりも怒りが湧き出してきたのか、口調や態度から苛立ちが垣間見える。

「そもそも当時のお鈴は知らなかったんです。どうして昼間に起きているのか、どうして夜は屋敷の外に出てはいけないと言われているのか。お嬢さまが継叉ではないとこそ知ってましたけど、その体質については聞いていなかった」

「……前代は、あえて隠していたんだろうな。俺でもそうする」

「祓魔の家系ですからね。でも、その隠しごとが悲劇を生んだんです」

お鈴は己を嘲笑するように顔を歪めた。その瞳には悔恨だけではなく、今や向けどころを失くした怒りや未練が入り混じっているように窺える。

「お嬢さまがぽろっと口にされたんです。『夜の千桔梗はどんな感じ？　一度でいいから、見てみたい』って」

「……………」

「興味本位でしょうね。お嬢さまは普段なにも不満を言いませんでしたけど、たぶん本当は淋しかったんだと思います。お鈴と燈矢さまも、幼心にその気持ちを感じ取っていて。だから、そんなお嬢さまの願いを叶えてさしあげたかった」

ああ嫌な記憶だ、と士琉は湧き上がってきた不快感を押し殺す。

あの過去の記憶は、よくも悪くも士琉の軸として刻まれている。知らず握りしめていた手は、まるで温度を失くしたように冷え切っていた。

「深夜、前代ご夫婦がお出かけになったあとに、離れ近くの非常口から外へ出て。でも、郷の方へ出たら気づかれるから、裏山の方へ向かって上から郷の様子を見よう――三人でそんな計画を立てました。家の者が帰ってくる前に屋敷へ戻れば問題ないと思っていたんです。とりわけその日は、弓彦さまも前代に同行を命じられていて本家の監視も薄れていたから、絶好の機会だった」

結界が破られ、紘に引き寄せられてきた大量の妖魔たちが郷へ流れ込んだ際、桂樹と士琉、そして弓彦は郷の内部に流れ込んできた妖魔の対応に追われた。

一方、月代の前代当主――紘の父と母は結界が破られた裏山へと向かったのだ。

ゆえに以降のことは、すべて聞いた話になる。

(前代は溢れた妖魔を対応するために、妖魔境へひとり身を投じた。そして紘の母は裏山で発見した子どもたちを護るためにその場に残り……――)

考えただけで吐き気を催しそうになるほど、悪夢の連続だった。

「前代も奥方も、郷では群を抜いてお強かったはずです。でも、引き寄せられた妖魔の数は尋常ではなく……単独で相手をするには分が悪かったのだろう、と弓彦さまが以前仰られていました。まあ、お鈴は途中から意識を失っていて、最後はいったいどうなったのか覚えていないんですけど」

――前代は、翌朝になっても帰らなかったらしい。骸すらも見つかっていないことから、妖魔に喰い尽くされたのだろうと判断されたと聞いている。

奥方の方は、その場で死亡が確認された。最終的に郷は妖魔から護られたわけだが、その損失は極めて大きなものとなってしまった。

「……紘が夜を怖いと感じているのは、やはり千桔梗の悪夢が原因か」

「お鈴も直接聞いたことはないですけど、そうだと思います。その日を境に、お嬢さまは夜に眠ることができなくなってしまったので」

「朝も昼も夜も、ずっと起きているのか？」

「昼に少しだけ仮眠を取ったり、恐れと戦いながら微睡むくらいです。わずかな時間の睡眠を繋ぎ合わせて、どうにか……」

自らの身体を抱きしめるように震えたお鈴は、ゆっくりと士琉の方を向いた。

そこに浮かぶ恐怖を感じ取った士琉は、両目を眇めて見つめ返す。

「旦那さま。お鈴は、もうずっと心配なんです。お嬢さまがふとした瞬間に消えてしまいそうで、不安なんです」

「……そうだな。俺もそれはずっと感じている」

「お鈴のせいであんなことになってしまって……。だから、お嬢さまのことを護りたいんです。心も身体も全部。お鈴にとって、お嬢さまはすべてだから」

そうか、と士琉は零れそうになったため息を呑み込んだ。

お鈴がなぜ紘にそれほどまで心身を捧げているのか不思議だったが、そういう背景があるなら納得できる。きっと、そうならざるを得なかったのだ。

（その気持ちが嫌というほどわかってしまうのは、存外つらいものだな）

しかし、士琉はともかく、十五の少女が背負うには無慈悲な現実だ。

彼女もまた、紘と同じように自分を責めて生きてきたのだろう。お鈴の献身がそうした過去から生まれたのだと思うと、かける言葉も出てこない。

歪だ。あまりにも。こちらが悲しくなるくらいに。されど、そうして寄り添えているから保たれるものもあるのかもしれないと、士琉は思う。

「でも、あの悪夢の当事者であるお鈴では、どうしようもないこともあって」

「ん？」

「どんなにお嬢さまを愛していても、お嬢さまは受け入れてくださらないんです。愛される資格なんてないのだと、お鈴たちから距離を取ってしまう。だけど、旦那さまの前では、少しだけお心を開かれているような気がして」

思いもよらない言葉に士琉が目を見開くと、お鈴はふにゃりと泣き笑う。

「本当は、お鈴が救いたかったけど……お嬢さまが幸せになってくれるなら手段は問いません。旦那さま、どうかお嬢さまを救ってください」

「っ、お鈴……」

「お嬢さまは、絶対に幸せにならなきゃいけない方なんです。だって、もう十分でしょう？　罪があるとすればお鈴たちの方なのに、お嬢さまは十年もこもって、罪を一身に引き受けて……全部、自分が悪いって。お鈴たちを、愛してくれた」

ぽろ、ぽろ、と。お鈴の瞳からとめどなく涙が流れ出す。あまりにも哀しさが満ちた笑みに胸が締めつけられた。

士琉はくっと眉根を寄せて胸奥に滲む痛みに耐える。

「旦那さま。お願いです。──お嬢さまを愛してあげてください」

「……言われるまでもない」

士琉にとって、紘を愛することは生きる理由そのものだ。

あの日、救いたいと思った。強く。

そのためだけに、すべてを賭けてもいいと心から思った。そうして交わした約束を、生きる糧として、理由として、今がある。

もしかしたら、最初は同情と共に生まれた愛だったのかもしれない。

仲間や家族に向ける類の愛情。

けれどやがてそこに、恋が生まれた。彼女を想う日々が重なれば重なるほどに、焦がれる想いが強くなるほどに、恋は育っていった。

今、士琉のなかにある紘に対する愛は、十年という片想いを経たものなのだ。

そう容易く揺らぐものではない。

誰より、なにより、もはや取り返しなどつかないほどに、士琉はどうしようもなく紘を愛してしまっている。

「俺は紘を心から想っている。その気持ちに嘘や偽りはない」

「……へへ。なら、きっと大丈夫ですね」

お鈴はへにゃりと笑って見せた。

強がりなその笑顔に、士琉も微笑み返す。

（いつかお鈴にも、愛せる相手が――愛してくれる相手ができたらいい）

きっと紘も、それを望んでいるだろう。

主従揃って人のことばかり。

自分のことなど後回しで、周囲を愛してばかり。

しかしそんなふたりだからこそ、この婚姻によって引き離してしまわなくてよかったと士琉は心から思った。

紘とお鈴は、きっとこの先も共にいるべき存在なのだ。

せめて、互いの罪の意識が失くならぬうちは。でなければ、きっと紘もお鈴も本当の意味で救われないまま生きることになってしまうから。

伍幕　光明の破魔

「お出かけ、ですか？」

トメの事件から慌ただしく七日ほど経った頃――。

紘にとっては、青天の霹靂にも等しいことが起きた。お鈴と共に朝餉の準備をしていたら、そこへ顔を出した士琉から外出に誘われたのだ。

昨夜、久しぶりに休みが取れたと報告を受けてはいたけれど、まさか紘と出かけたいと言われるとは予想していなかった。

思わず言葉を繰り返してしまいながら、紘は戸惑いを呑み込む。

「前々から考えてはいたんだ。紘は実家での生活で慣れているのだとしても、やはりずっと屋敷にこもっていては息が詰まるだろう？ せっかく月華に来たのだし、こちらの文化に触れてみるのもいいのではないかと思ってな」

「あの、でも、わたしはこの体質ですし……。外出するのは、あまり」

「千桔梗からこちらへ来たときに使っていた護符はまだあるな？ 不安ならあれを貼っておくといい。まあ、昼間ならそう心配はいらんと思うが」

確かに護符は残っている。

けれど、やはり結界の外に出るのは勇気がいるのだ。

妖魔が発生しやすくなるのは、陰の気が強まる日が沈んでからの時間帯。

とはいえ、日中でもまったく現れないわけではないのである。

闇が深まれば深まるほどに力を増すモノたちゆえ、力が弱くなる日中は息を潜め、夜になると活発に動き出す傾向にあるというだけで。

「軍都は妖魔に対峙する者がごまんといる場所だ。仮に妖魔が現れてもすぐに討伐班が駆けつけるし、そもそも俺がそばにいる。君には傷ひとつつけさせやしない」

「士琉さま……」

「まあ、それでもやはり嫌なら今日は屋敷でゆっくりしよう。俺は紘と過ごせるならどちらでも構わないしな。──さて、どうする？」

正直なところ、気乗りはしなかった。

だが、おそらく今の話を聞いていたのだろう。ちょうど厨から朝食を運んできたお鈴が、きらきらと目を輝かせていた。紘に気を遣っているのか、なにかを言うわけではないけれど、そこには月華への興味が爛々と渦巻いている。

（わたしに付き合って、お鈴もずっと家にいるものね……）

紘はたっぷりと数十秒ほど黙り込んだあと、おずおずと遠慮がちに士琉を見つめた。

「あの……お鈴も、一緒に行ってもよろしいでしょうか」

「もとよりそのつもりだ」

お鈴は「えっ!?」と驚愕と歓喜が入り混じったような声を上げ、しかしすぐにはっとしたのか、ぶんぶんと首を横に振る。

「お、お鈴はお留守番してます！　おふたりの邪魔をしたくないですし！」

「いや、紘は外の世界に慣れていないからな。お鈴がいた方が安心できるだろう」

「ううぅ、そうかも、ですけど……」

行きたい気持ちと邪魔をしたくない気持ちがせめぎ合っているのか、忙しなく左右上下に視線を泳がせるお鈴を見て、紘は覚悟を決めた。

「お鈴が一緒なら心強いし、大丈夫な気がするの。だめ、かしら」

「だめじゃないです！　行きますっ!!」

なかば反射的に答えてしまったらしいお鈴は、唸りながら「でもっ」と続けた。

「お鈴は隠れてついていきますから。これは絶対です！」

よほど士琉と紘の邪魔をしたくないのだろう。あまりにも鬼気迫る勢いで言い募られ、思わず士琉と顔を見合わせながら苦笑する。

「ありがとう、お鈴」

「では朝餉を終え、準備ができたら出立しよう。急いでいるわけではないから、ふたりともゆっくり支度をするといい」

そう言って穏やかな笑みを浮かべた士琉に、紘とお鈴は揃って頷く。

こういうところが仲間内からも慕われる理由なのだろうと感じ入りながら、紘はふたたび朝餉の用意に取り掛かる。

胸中はそわそわと落ち着かなかったが、久しぶりに士琉と共に過ごす朝の時間はとても平和で、不思議と外への恐怖は和らいでいた。

◇

観音開きの三面鏡の前に座した紘は、零れそうになったため息を呑み込んだ。

鏡に映る自分は、ひどく憂いをまぶした表情に染まっていた。

お鈴には外で待っていてもらっているため部屋には紘ひとりだが、それが余計に名状し難い不安を加速させているのだろう。さきほどまでは大丈夫かもしれないと思っていたのに、直前になってまた怖じ気づいてしまっている。

（でも、お忙しい士琉さまと一緒に外出できるなんて、めったにない機会だもの。せっかく誘っていただいたのだし、暗い顔はしてちゃだめよね）

ただ、どうしてもあの日のことが脳裏を過ってしまう。

十年前も、まさかあんなことになるとは思っていなかった。子どものちょっとした悪戯同然に、軽い気持ちで言いつけを破り屋敷を抜け出したのだ。

今はあのときとは違って〝悪いことをする〟わけではないし、己の身がどれほど危険なのかも理解しているけれど。

だからこそ、結界を出るのは勇気が必要だった。

「大丈夫、きっと」

衣服の上から胸に手を当てて、自分に言い聞かせるように呟く。

身体に貼った護符が剥がれていないか再度確認してから私室を後にし、紘はお鈴のもとへ向かった。

お鈴は、すでに準備を終え玄関先でそわそわと待ってくれていた、廊下を歩いてきた紘に気づくと、わかりやすく顔を華やがせて駆け寄ってくる。

「お嬢さま、お綺麗です！　そのお着物、とっても似合ってます」

「そ、そう？　ありがとう」

紘が身につけているのは月代家から持参した着物ではなく、さきほど士琉が贈ってくれたものだ。なんでも、魔除けとされる特別な糸で紡がれたものだという。

紫から薄桃に変化する美しい織り方で、控えめに咲く桔梗柄がよく映えている。合わせる羽織りも透かしが慎み深い。まるで滑らかな肌触りからしても、繊細かつ高尚な意匠であることは間違いなかった。

「旦那さまって、こういう色選びはお上手ですよね」

「本当に。士琉さま自身も、いつも素敵なお召し物だものね」

「まあ、あの漆黒尽くしの格好はどうかと思いますけど」

「──あれも一応、仕事着なんだがな」

ふいに割り込んできた声に驚いて、紘は振り向く。

「し、士琉さま」

苦笑を滲ませた士琉が、こちらに歩いてきていた。

おそらく気づいていたのだろう。お鈴は士琉を一瞥するだけに留め、すぐに紘に向き直る。しかしその顔は、にまにまとだらしなく緩んでいた。

「我らの軍服は白くて目立つからな。軍士であることを隠したいときや、身を忍ばせたい夜間はあの黒い外套を纏うんだ。好きで着ているんじゃないぞ」

「だそうですよ、お嬢さま。今日は真っ黒けじゃなくてよかったですね」

「わ、わたしはあの格好でも大丈夫だけれど……」

外出用に着替えたのだろう。朝に会ったときとは士琉の装いが異なっていた。

当然、いつも仕事へ向かう際に着ていく軍服でもない。

(どうしてかしら……。士琉さまが、なんだか光り輝いて見える)

士琉が身につけていたのは、青紺と白の絶妙な色合いが美麗な着物だった。

流水柄が涼やかな一方、腰を締める帯は金箔が張られている。寒さ対策のための羽織も白地だが、裾の辺りだけ波打ち際のような青に染まっていた。

軍服姿のときもよく思うけれど、士琉は白地の服装がとても似合う。白銅色の髪と瑠璃色の瞳がよく映えるうえ、彼の泰然とした雅な雰囲気に調和するのだろう。

それにしても眩しくて、紘はつい直視できずに俯く。

「紘」

だが、士琉の手が頬に添えられ、上向きに顔を導かれた。

（あ、あれ……なにかいつもと）

宙で視線が絡み合い、鼓動が脈打つ。まるで声を奪われてしまったかのように言葉を紡げずにいると、士琉は端麗な相貌を柔らげ微笑んだ。

「やはり紘は、桔梗柄がよく似合うな。綺麗だ」

ふ、と空気が緩む。

「っ……そ、れは士琉さまです……」

「俺？」

「その、とても、素敵です。軍服姿とはまた違って……あの、素敵です」

士琉の清艶な色香に呑まれてしまい、大した言葉が出てこない。しどろもどろに視線を逸らして彷徨わせると、士琉は困ったように眦を下げる。

「俺など、君の華に比べれば足元にも及ばない」

紘の頬に触れていた手を下ろした士琉は、そのまま紘が胸の前で握りしめていた指先をやんわり解く。大きな手に包み込まれたところで、気づいた。

（あ……そういえば、ちゃんと体温がわかる）

さきほど頬に触れられたときに感じた違和感は、きっとこれだ。

いつもは革手袋に阻まれて無機質な感触と冷たさが伝わるが、今日はそれがない。紘よりも、ふたまわりは大きな手。ほんのりと温かいそれは、男性らしく無骨ながらしなやかさもあり、しかし手のひらの表面は硬い。仕事をしている者の手だ。

そして、気づく。

「士琉さま、この傷……」

紘と繋いでいた士琉の手の甲に、大きな傷痕が残っていた。この傷の大きさから推測するに、相当深く抉られてできたものであることは間違いないだろう。

「ああ、これか。あまり人に見せるものではないな、すまない。手袋をしてきた方がいいか？」

「い、いえそんな！　ただ、とても痛そうで」

「……これは昔、妖魔との戦いでヘマをしたときの傷だ。もう痛みはないんだが、この傷を見るたびに当時の己の情けなさが思い出せるから、ある意味自戒になっていいんだ。見た目は気持ちのいいものではないし、普段は隠しているんだがな」

いつかの記憶に思いを馳せるように述べ、士琉は紘から手を放した。隠すように握り込まれてしまった手に、あまり触れてほしくないことだったのかと焦る。

「気にしないでくれ。そう哀しい顔をされては、俺の方が心苦しくなってしまう」

あまり士琉を困らせるわけにもいかない。謝ったところで余計に気にさせてしまうだろうと思い、それ以上言及はせず、紘は頷くだけに留めた。

「――さて、では改めて。行こうか、紘」

「はい、士琉さま」

敏感な士琉が紘の胸中に気がつかないわけもないが、あえて触れてこないということはそういうことなのだ。

踏み込まれたくない領域。

隠しておきたいこと。

紘とてある。

触れられたくないことが。触れるだけで痛みを伴うものが。

だから、きっと今はなにも見なかったことにしておくのが正解だ。

◇

「月華はおもに中心部から十字に拡がる大通り、そこから一本外れた中通り、そして外周の小通りに分かれている。俺の屋敷があるのは、この南の小通りだ。ちょうど角地に建っているから覚えておくといい」

「は、はい。一応、月華の地図は頭に入れてあります」

「そうか。……しかしまあわかりやすく緊張しているな、紘」

士琉は苦笑いで小首を傾げ、手を繋いで歩いている紘を見下ろしてきた。

（慣れない場だからって、気を遣ってくれたのだろうけど……。どうしても繋いだ手が気になって、そわそわしてしまう）

しかし、おかげで足を止めずに歩くことはできている。

紘の歩幅に合わせて歩いてくれる士琉の気遣いもまた、温かかった。

「なんというか……心が、ふわふわしていて。夢でも見ている気分です」

「初めて見るものばかりだろうからな。無理もない」

「はい。でも、不思議と、嫌な気分ではないんです」

視界に移ろう景色は、どれも新鮮なものばかりだ。自然に溢れていた千桔梗とはまた異なる趣きで、軍都ならではの華やかさが気持ちを浮つかせる。

（外れの方でもこんなに賑やかなのだから、きっと大通りはもっとすごいのね）

長屋が並ぶ居宅通り。だが、住居だけではなく、庶民向けの食事処や甘味処もところどころで営業しているようだ。

数えるほどではあるが、道端に露店を出している者もいる。

「これから少しずつ、当たり前になるものが増える。まあ、生活するぶんにはこの南の小通りと中通りで事足りるから、ひとまずはこの辺りから慣れていくといい」

トメも、食材や日用品は中通りで揃えている、と言っていた。

南部は庶民が生活を送るために築かれた通りゆえ、治安もそう悪くはないらしい。

人通りは正直少ない。

自宅の前を掃除している者や、散歩中の者がときおり。あとは、この通りに住んでいるのだろう子どもたちが、和気藹々と遊んでいるくらいだ。

(それにしても、士琉さまはもっと敬われているのかと思っていたのに)

士琉に気がついた人々は、みな一様に会釈をする。

けれど、必要以上に話しかけてくることも、過度に畏まることもない。士琉と紘を比べ見たあとは、なんとも微笑ましそうに見守ってくれている気がした。

「士琉さま、なんだかみなさんの視線が……」

「おっ、冷泉の若旦那じゃねえか!」

そのとき、〝だんご屋九折〟と書かれた暖簾を上げ、中年の男が顔を出した。ふくよかな体躯で下膨れの頬と糸目が印象的な彼は、士琉を見てへらっと笑う。

「九折殿。繁盛しているか」

士琉は戸惑う紘の手を引きながら、九折と呼んだ男へ歩み寄った。語り口からして知り合いなのだろう。九折の方も砕けた態度で応じる。

「へえ、それがあんまりでなあ」

「というと?」

「ちょいと前に、あっちの繁盛店で小火騒ぎがあったろう? それからここらの人がみんな大通りに流れちまってよお。見ての通り、だーれも来てくれやしねえ。たまに通りの子どもが食ってくらいだな」

なるほど、と士琉は納得を示す。

「いつにも増して人が少ないのはそれが理由か」

「世知辛いったらありゃしねえよ。まあ、それは置いといて──若旦那？　もしやもなにもねえだろうが、お隣のお嬢さんは噂の奥方かい？」

にやにやと口端を緩めながら尋ねてきた九折と、ばっちり目が合った。

無意識に士琉の影に隠れていた紘は、はっとして前へ進み出る。その際に士琉と繋いでいた手は離れたが、ひとまず構わずに姿勢を正した。

「お、お初にお目にかかります。紘、と申します」

正式に婚姻を結んでいない以上、月代と冷泉のどちらの性を名乗るべきか判断がつかなかった。とっさに名だけ伝えたものの、不安になって横目で士琉を見ると、大丈夫だと言わんばかりに頷きが返ってくる。

（よかった……大丈夫そう）

ほっと胸を撫で下ろして、紘は小さく微笑んだ。

「不束者ですが、どうぞよろしくお願いいたします。九折さん」

「はは、そんなご丁寧にされちゃあ新鮮ですね。このへんのもんは、みんな若旦那が子どもの頃から知ってましてね。本来はこんな口きいちゃあいけない相手だが、気軽にやらせてもらってんです。むしろ、そっちの方がいいって言うんだ」

「身分差など益体もないことだからな。それに、よく来るだんご屋に仰々しく接せられても堅苦しくて美味く食えなくなるだろう」

なにかと高貴な肩書きを持つ士琉だ。

冷泉の者としても、軍士としても、身分的にはかなり上の方に位置する。本来なら庶民が気軽に口をきけるような相手ではない。

しかし、なんとも士琉らしい理由だと紘は思う。

士琉が誰にでも分け隔てなく接するのは、きっと普段からこうして民と距離を縮めているから。近づき、寄り添い、彼らの立場で物事を感受したうえでの言動はやはり信頼に繋がるのだ。

（士琉さまは、それが当たり前にできてしまうからすごい）

さきほどから感じていた、すれ違う民より向けられる温かい視線からも、どれだけ士琉がここで受け入れられているかが伝わってくる。

胸がじんわりと温かくなるのを感じながら、紘は緊張を解いた。

「……にしても、たまげるほどべっぴんさんだなあ。若旦那も隅に置けねえ」

「そうだろう。紘ほど美しい娘は早々いない」

「ははっ、さっそく惚気てやらあ」

九折は底抜けに明るく笑うと、店先の長椅子に目を遣った。

「で、見ての通り席は空いてるが。いつもの食ってくか？」

「せっかくだから立ち寄らせてもらおう。紘、団子は好きか？」

「えっ」

「嫌いか？」

士琉と九折の顔が途端に悲しそうな色を灯したのを見て、紘は慌てる。どう返答すべきか迷って「あの、その」と視線を泳がせていると、士琉が首を傾けた。

「無理はしなくともいいんだぞ。誰しも好き嫌いはあるもの――」

「違いますよ、旦那さま」

ふいに背後から割り込んだ声に、士琉と紘は揃って肩を跳ね上げた。いつの間にかそばに控えていたらしいお鈴は、立て看板の品書きを見ながら腕を組む。

「みたらしと餡子ですか。食べたことがないものですし、せっかくですからどちらも頼んでみてはいかがでしょう？　きっとお嬢さまは両方好まれると思いますよ」

「ちょっと待て。食べたことがない？」

士琉は信じられないと言わんばかりに、その端正な顔を強張らせる。

だが、その通りだった。

紘は生まれてこの方、一度も団子を食したことがない。

「いや、でもまあ、団子っつったら庶民の間食だしなあ。確かに高貴なお嬢さんには似つかわしくねえ、かもしれんな。どうにも若旦那で麻痺しちまってるが」

「いえいえ、こちらでもお団子屋さんはありますよ。お鈴も大好きですし。ただ、お嬢さまはこういった露店を利用したことがなくて」

気遣うような眼差しが、ちらりと紘を見る。

「ちょっと、機会がなかったんです」

紘も知識として団子という甘味があることは知っていた。けれど、月代にいた頃はお鈴が作るもののみを食していたし、甘味と言えば保存が利く砂糖菓子が多かったのだ。なんといっても、千桔梗では昼間に開店している店がなかったから、露店食にはとことん縁がなかったのである。

「でも、お嬢さまは甘味がお好きですからね。ぜひお嬢さまにできたてのお団子を堪能させてあげてくださいな、旦那さま」

「なるほど、そうか。わかった」

「はい。では、お鈴はこれで」

きっと、紘が困っているのを察して、助け船を出しに来てくれたのだろう。

出立前に邪魔をしないと意気込んでいただけあって、本当に気配を消してついてきてくれていたようだ。

それ自体は、侍女として徹底していて感服するのだけれど。

「待って、お鈴」

踵を返してさっさと立ち去ろうとするお鈴を、紘は手首を掴み引き止めた。

「お鈴もお団子好きなんでしょう？　なら、一緒に……」

「いえ！　今日のお鈴は透明人間なんです！　お嬢さまと旦那さまを遠巻きに見守る任務で忙しいので、どうぞお気になさらず！」

紘の手を優しく押し留め、お鈴はふたたび遠くの方へ走っていってしまった。かと思えば、向かい側の民家の陰に息を潜め、こちらの様子を窺い始める。

あきらかに怪しい者だ。

「……あれでは、なにやら誤解した隊の者に連行されそうだな」

「お鈴ったら……」

一歩も譲らないあの頑固さを、いかに懐柔したら共に行動してくれるのだろう。

紘と士琉が思わず顔を見合わせたそのとき、思いがけないことが起きた。団子屋の屋根から、ふいに一匹の猫がひらりと飛び降りてきたのだ。

「ひゃっ⁉」

目の前に華麗な動きで着地したその猫に、紘は驚いて後方へよろけてしまう。が、瞬時に反応した士琉に支えられた。

「大丈夫か」

「は、はい。すみません、びっくりして」

秋を彩る稲穂のような、黄金色の瞳を持った猫だった。どこかで見覚えのあるその色に釘付けになっていると、ゆらり、尻尾が揺れた。一本ではなく二本。見間違いかと思い目を擦って再度確認してみるが、やはり不可思議な本数は変わらない。

「……おい、千隼。なんのつもりだ？」

飛び降りてきた猫を睨みながら、士琉は怜悧な声で問いかける。

どうしてそこで千隼さんの名前が、と紘が困惑したのもつかの間、その猫はひらりと舞うように飛び上がり、宙で一回転。軽い足音と共に着地する。

「いやーごめんね、紘ちゃん。驚かせちゃった？」

一瞬で人間の姿に変化し地に降り立った相手を見て、紘は目を白黒させた。

「ち、千隼さん……!?」

「うん、予想通りの反応で気持ちがいい——なーんて言ってる場合じゃないね。こっちを見てるお鈴ちゃんの目が殺気で溢れてるし、隊長も怖いし、あーやだやだ」

千隼はいつもの調子で肩を竦めると、ぽかんとしている九折の方を振り返る。

「おっちゃんごめん。持ち帰り用でお団子ちょうだい。餡子とみたらし二本ずつね」

「へ？　あ、ああ、はいよ！」

我に返った九折は、慌てて店内へ引っ込むとすぐに戻ってきた。

その手には葉書ほどの薄手の笹袋。餡子とみたらしが二本ずつ刺さっている。芳ばしい醤油と、甘味特有の脳を蕩かすような香りが鼻腔を抜けた。

「さっき焼いたばかりのもんですぜ。熱いから火傷には気をつけてくんなせえ」

「ありがと。はいこれ、お金ね。ちょっとオマケしてあるから、次回あの子がこのへん通りがかったらお団子あげてよ」

「さ、さっきのお嬢さんか？　承知した」

「うん、よろしくね。てことで、隊長と紘ちゃん。お鈴ちゃんのことはおれが責任持って見とくから、存分にお休み楽しんで？　じゃっ」

「え、ちょ……っ」

なぜかはわからないが、この様子だと事情はすべて把握しているのだろう。

紘が呆気に取られているうちに、千隼はさっさと隠れているお鈴の方へ駆けていってしまった。もはやこちらが声をかける隙もない。

（い、意外とせっかちな方なのかしら……）

お鈴は自分の方に駆け寄ってきた千隼にぎょっとしたようだが、差し出されたお団子にころっと態度を変えた。

こちらの方まで「いいんですか⁉」とはしゃいだ声が聞こえてくる。

丸い目を輝かせて嬉しそうに笹袋を受け取る侍女の姿を見届けた紘は、ひとまずよかったと胸を撫で下ろした。紘はお鈴のあの姿が見たかったのだ。

「まったく。あいつは仕事を放ってなにをしに来たんだ」

「そういえば千隼さん、軍服でしたね。お仕事の最中だったのに、お鈴のことを気にかけてくださって……。ありがたいですけど、申し訳ないです」

「いや、好きでやってるんだろう。本当に、よほど気にかけてるんだな」

士琉はどこか複雑そうに千隼を一瞥したが、すぐに紘へ意識を戻した。そよ風に靡く紘の髪をやんわりと押さえるように右手で梳き、ふっと相好を崩す。

「まあ、千隼がいればお鈴も安心だ。気を取り直して、俺たちも休憩にしよう」

「あ……はい。そうですね」

士琉の零した含みのある言葉が気になったものの、さすがに言及できる雰囲気ではない。今日は士琉との外出なのだから、そちらに集中しなくては。

(初めての月華探索だもの。わたしも、ちゃんと楽しまなくちゃよね)

ひとまず千隼なら大丈夫だろうと判断し、紘は気持ちを切り替えたのだった。

◇

番傘の下に設えられた長椅子にて団子休憩を取り始めてから、数刻。あまりの美味しさに、紘が三本目のみたらし串を手に取ったときだった。

「隊長！」

切羽詰まった声と共に、突然隣家の屋根から継叉特務隊の軍服を纏った若い男が飛び降りてきた。どうやら今日はよく頭上から人が降ってくる日らしい。

心臓がひゅんっと竦み、危うくみたらし串を落としかけた紘だったが、すぐに見覚えのある少年であることに気づく。

（確か、月代から月華まで運んでくれた駕籠舁の……海成さん？）

首の後ろで一本括りにした藍色の長髪。錫色の瞳。多少のあどけなさを残しながらも意志の強そうな相貌は、しかし以前より切迫した雰囲気を纏っている。

「なんだ、海成。なにがあった」

「お休みのところ申し訳ございません。ちょうど近くを通りがかり、隊長のお姿を発見しまして……。千隼副隊長がどこにいらっしゃるか知りませんか」

「千隼ならそこにいるが」

士琉が目を向けた先を紘も視線で追う。海成に気がついたのか、千隼はすでにこちらへ駆けてきていた。その後ろには、お鈴もついてきている。

「なに、どしたの」

端的に問いかけた千隼の面差しは、完全に軍士の構えへ切り替わっていた。

おちゃらけた雰囲気はどこにもない。ぴんと糸が張ったように表情を削ぎ落とした顔は、いっそ鳥肌が立ちそうになるほどだ。紘はごくりと息を呑む。

「捜しました、千隼副隊長。――ご報告申し上げます。この先、西部と南部の境付近にて火事が発生したとのことです」

海成が敬礼したその瞬間、場の空気がぴりっと張り詰めた。

千隼だけではなく、士琉までも両目を眇める。

事態が急を要することだと察したのだろう。千隼は軍帽を被り直しながら「経緯は」と眼光鋭く訊いた。

「詳細はまだわかりかねますが、民から通報がありました。火の程度は不明。怪我人の報告は受けていません。状況的に憑魔関連だろうと見通しをつけ、ひとまず手の空いている者が調査に向かっています。ただ、現場の指揮官がいないとのことで」

「ああ、それでおれね。了解、行くよ」

瞬時に報告内容を呑み込んだ千隼は、頷きながら二本の尻尾を出現させた。

「てことで隊長、おれ行きますね」

「ああ」

「あー、お鈴ちゃん。おふたりの邪魔をしないようにって気持ちはわかるけど、女の子のひとり歩きは危険だから気をつけるんだよ」

お鈴にひとこと言いおくと、千隼は普通の人間ではありえない跳躍を見せ、団子屋の屋根に飛び乗った。そのまま、目にも追えない速さで南の方へ駆けていく。

「千隼副隊長、ちょ、待っ……速いなあもう！　隊長、では僕も失礼します。奥さまもお休みのところ申し訳ございませんでした」

見事に置いていかれたらしい海成は、ふたたび敬礼してみせたあと、自分も屋根に飛び乗り追いかけていった。

嵐のように去っていった彼らに、紘とお鈴は自然と顔を見合わせる。

「お鈴も、あんなふうに走れる？」

「訊かれると思いましたけど、無理です。継特の方には敵いませんよ」

風狸の継叉であるお鈴の能力は、おもにつむじ風を起こせることと、爪を鋭利に変化させられることだという。侍女職である以上、力を行使する機会は少ないものの、紘にもときおり面白半分で見せてくれたことがあった。

だが、使いようによっては戦闘の武器として優秀な力ではあるのだろう。千桔梗にいた頃、弓彦がたまに『お鈴も祓魔師になればいいのに』と零していた。

お鈴は頑なに紘の専属侍女という立場を望み、決して譲らなかったらしいけれど。

（……きっと、わたしがお鈴を縛ってしまっているのね）

思わず物思いに耽りそうになったそのとき、士琉がいまだ厳しい顔で千隼たちが去っていった方向を見つめていることに気づいた。

なるほど、緊迫した空気がなかなか揺るがないのは、士琉が軍士の顔をしていたからであったらしい。紘は瞬刻、声をかけるべきか迷いながらも切り出す。

「あの、士琉さま。行かれなくてよろしいのですか？」

「っ……ああ、いや」

おずおずと尋ねると、士琉は我に返ったようにこちらを見た。

目が合った瞬間、空気が弛緩する。

「千隼がいれば問題ないはずだ。俺が行く必要はない」

申し訳なさそうに「すまない」と眦を下げ、士琉は苦笑してみせた。

しかし、それはあからさまにこちらを気遣っての返答で、紘は控えめに「ですが……」と食い下がる。

「本当に気にしないでくれ。それより、次は中通りに行こう。あの辺りは一般の民に寄り添った店が多いから、きっと君も娯楽気分で楽しめるはずだ」

「そう、なのですね。楽しみです」

「お鈴も遠巻きに見守っていないで、一緒に見て回るといい。そういうものは男の俺よりもお鈴の方がわかるだろうし、紘のためにも。いいだろう？」

士琉の言葉に、お鈴は「え!?」と狼狽えたように紘を見る。その言われ方ではさすがに断りづらいのか、揺れる眼差しには迷いが滲んでいた。

「わたしも、お鈴とお買い物してみたい」

この機は逃せないと察した紘は、士琉に便乗してお願い口調で後押しする。すると
それが功を奏したのか、お鈴はぐぬぬぬと唸りながらも渋々頷いてくれた。

「わかりました。お嬢さまがそう言うなら、仕方ありません……！」

「ありがとう、お鈴」

よかった、と紘は思わず口許を綻ばせた。

それを見たお鈴は驚いたように大きく目を見開いて、なぜか涙を浮かべる。

まさか泣かれるとは思っておらず、紘はぎょっとしてしまう。しかし、涙を拭いな
がらはにかんだお鈴の顔は心から嬉しそうなもので、どうももちぐはぐだ。

「お、お鈴、嫌だった？　無理はしなくても」

「いえ、いえ、違います。嬉しいです。すっごく、嬉しいんです。嬉しいから、泣い
てるんです。気にしないでください……っ」

「そう……？」

戸惑いながらも、紘は思う。

（やっぱりお鈴は、こうしてそばにいてくれる方が安心する）

だが一方で、それでいいのかと不安も覚えた。

紘の気持ちを優先するがあまり、士琉の心をないがしろにしてしまっているような気がして。

――もう、さすがにわかっているのだ。

士琉は、紘が危惧していたような怖い人間ではないことを。

それどころか、申し訳なくなるくらいに、紘を慈しんでくれていることを。

大事に。大切に。傷つけないように。護るために。

いつだって、彼は紘をいちばんに考えて、手を差し伸べてくれる。

それがどうしようもなく伝わってくるから、士琉と共にいると、これが政略結婚であることを忘れてしまいそうになるのだ。

だけれど、だからこそ怖かった。

与えられたお役目をそっちのけに、甘えてしまいそうになる自分が。

「では、行こうか」

当然のように差し出された士琉の手をおずおずと取りながら、思う。

（わたしは……わたしに、できることは）

この方がなにかを強く願うことがあるのならば、せめて――と。

月華南の中通りは、士琉の言葉通り、庶民向けの店が立ち並んでいた。

定食でもてなす食事処を始め、薬屋や呉服屋、小間物屋。なかでも多いのは、日用雑貨を取り扱う万事屋(よろずや)だろうか。

さすが先進的な軍都だけあって、どこも目移りしてしまう多様さだ。

「俺は後ろから見守っているから、好きに楽しむといい」

士琉の気遣いに促され、絃はお鈴と手を繋ぎ直して一軒ずつ回り始める。とりわけお鈴が興味を持ったのは、簪や扇子などを多く扱う手頃な小間物屋だった。

「お嬢さま、見てください！　この簪(かんざし)、お嬢さまにとっても似合いますよ！」

「それならこっちは、お鈴にどう？　鈴蘭の形をした帯留めですって」

あれもいい、これもいいと話は尽きない。

絃とお鈴は三歳差だが、こうしていると年齢差など感じなかった。むしろ、普段侍女として完璧な仕事をこなすお鈴の年相応な姿を見ると、安心する。

（お鈴はしっかりしているから忘れがちだけれど……まだ十五歳。わたしより幼い年頃の娘ですもの。こういう一面があって当然なのよね）

護られてばかり、尽くされてばかりの絃が、まるで姉のような気分でそんなことを思うのもお門違いかもしれない。

けれども、絃にとってお鈴は、幼い頃からずっと妹も同然の存在だったのだ。

弓彦や燈矢と同じくらいに、大切な家族。

疎まれて当然の紘を受け入れ、そばにいてくれた、かけがえのない存在。

だから、彼女を想う。

ともすれば、己以上に大切にする。

されども、そんなふうに紘がお鈴を縛ってしまったからいけなかったのかと――彼女に自由を失わせてしまったのではないかと、ときおり、そんな不安が過る。

「もうどうしましょう、お嬢さま。お嬢さまを着飾りたくて着飾りたくて、侍女の血が騒いじゃいますっ」

とはいえ、ぶれない部分はとことんぶれないのがお鈴だ。

あくまで紘のため。紘を世界の中心、軸として生きている。そんなお鈴を、無闇に突き放すことも、否定することもできるわけがない。本人が望んでそうしているのだとわかってしまうからこそ、紘も受け入れざるを得なかった。

「こんなふうにお嬢さまとお買い物できるだなんて、お鈴は恵まれてますねえ。ご当主や燈矢さまに自慢したら詰められそうですけど」

「うーん……兄さまと燈矢は、わたしが外でお買い物してること自体、きっと想像していないと思うわ。だって、自分でも驚いているくらいだもの」

答えながら振り返って、ちらりと店の入口近くに立つ士琉を見る。

士琉は微笑ましそうにこちらの様子を見守っているものの、ふとした瞬間に事件があったという方向を見つめては、落ち着きのない眼差しを浮かべていた。

（士琉さま……やっぱり、気になるみたい）

紘の知る限り、士琉は温厚篤実ながら使命感が強い人間だ。

日夜を問わず身を粉にして働いていても、愚痴のひとつも言わない。彼ほど真摯に継叉特務隊としての責務を果たしている者など、きっと他にはいないだろう。

そんな彼が、目の前で事件を――とりわけ、憑魔絡みだという火事の発生を知らされて気にしないわけもないのだ。今日が休みでなかったら、誰よりも先に現場へ駆けつけ、部下を指揮し、事件解決のために奔走していたに違いない。

だが、彼は紘を優先してくれた。

その優しいがゆえの選択が、士琉の心に憂いを生んでしまっている。

「ねえ、お鈴」

「はいっ」

「わたし、ちょっと士琉さまのところへ行ってくるわね」

赤でもない、黒でもない、と雅やかな和柄細工の手鏡を見つめて頭を悩ませていたお鈴に言いおき、紘は士琉のもとへと小走りで駆けた。

士琉はすぐにこちらに気づくと、微笑を湛えながら迎えてくれる。

「よさそうなものはあったか？　気に入ったものがあれば買うから言ってくれ」

「い、いえ。それよりも士琉さま、どうか行ってくださいませ」

「は？」

士琉は、なにを言われたのかわからないとばかりに、ぽかんとした。困惑を隠しきれない様子の彼に、絃はさらに言い募る。

「あの、さきほどの火事の現場です。わたしたちはお買い物をしながらお戻りをお待ちしておりますので……。本当に、気になさらず大丈夫ですから」

「な、なにを言う。せっかく君と出かけられたのに置いていけるか。それに、このようなときに仕事を優先する旦那など、絃だって嫌だろう？」

「嫌ではございません。とても、格好いいと思います」

自分でも驚くほど、絃はいっさいの迷いもなく即答していた。

絃は、士琉の仕事に対する誠実さを心から尊敬しているし、夫になる相手として誇りに感じてもいる。その程度のことで嫌だなんて思うはずもない。

「士琉さまは、多くの人々から必要とされている存在で……。同時に、護るべきものをたくさん抱えている身でもあるでしょう？　ですから、そのすべてを差し置いてわたしを優先する、というようなことは、どうかしないでほしいのです」

「絃……」

「火の手が相手なら、士琉さまの水龍のお力だって必要とされるはずですし」

もしかするとこれは、天秤にかけるようなことではないのかもしれない。

優しい士琉にとっては酷な選択でもあるだろう。

しかし今、士琉の心を覆う憂いを取り除ける選択ならば、きっと間違ってはいないと思うのだ。これでもし怪我人が出たりしてしまったら、それこそ彼は己を責めるだろうから。そうして士琉が思い悩んでしまう方が、ずっと苦しい。

（士琉さまには、士琉さまの大切にしているものがあるもの）

少なくとも紘は、自分と共にいることで彼の心を追い詰めてしまう関係性は、本意ではない。たとえ夫婦となっても、これまで士琉が地道に築いてきた在り方を変えてしまうことだけは避けたかった。

なによりも、紘のため、と大切なものを取捨選択させたくない。

「お願いします、士琉さま。行ってください」

「……本当に、いいのか？　お鈴とふたりで大丈夫か」

「お鈴はとても強い子ですので、大丈夫です。もし日が暮れてしまいそうなら、先にお屋敷へ帰りますね。南小通りの角っこ、ちゃんと覚えましたから」

士琉は眉間を指先で揉み解しながら天を仰いだ。

屋敷を出る際に『護る』と言った手前、そばを離れることに抵抗があるのだろう。

それでも紘の懇願を受けて苦渋の決断に至ったのか、やがて頷いた。

「では、行かせてもらう。様子を確認したらすぐに戻るから待っていてくれ」

「はい。いってらっしゃいませ」

「……紘」

ふいに右肩を掴まれ、導くように引き寄せられる。

とん、と。

気づけば紘の額が前髪越しに士琉の胸元に当たっていた。

自分が抱きしめられているのだと気づいたときには、すでに恥じらいは頂点。くらりと眩暈を引き起こしながら頬を紅潮させた紘は、士琉を見上げる。

「紘の優しさに甘えてしまう自分が情けない。どうか嫌わないでくれ」

「き、嫌うだなんて」

「……君に愛想を尽かされたらたまらないんだ、俺は」

感情を押し殺したような哀愁漂う声で答え、士琉は紘の耳元に口を寄せた。普段よりもなお低く、それでいてぞくりとするほど艶を含んだ声が耳朶を撫でる。

「いってくる」

そう言い残して向かい側の屋根に飛び乗り、士琉は南方へ颯爽と駆けていった。

羽織がひらめく残像を捉えた瞬間には、もう紘の見える範囲に姿はない。あの人並外れた速度なら、事件現場へもあっという間に到着するだろう。

「継特の方たちって、屋根の上を移動するっていう決まりでもあるんですかねえ」

「っ……お、お鈴」

士琉の声に中てられ、茫然と立ち尽くしていた紘は、いつの間にか背後に立っていたお鈴に飛び上がりそうになる。

「お嬢さまは本当にお優しすぎて、お鈴は心配ですよ。今のはむしろ怒ってもいいところだったのに」

「怒るだなんて、そんな……」

「もっとわがままになっていいんですよ、お嬢さまは」

お鈴は『仕方ない人ですねえ』と言わんばかりの困り顔でため息を吐く。

この様子だと、最初からすべて見ていたようだ。

「まあいいです。お鈴も上の空な旦那さまに天誅を下しかけていたので、すっきりしましたし。こちらはこちらで、引き続きお買い物を楽しみましょうか！」

問答無用とばかりに紘の手を取って、お鈴は満面の笑みを咲かせた。あまりに嬉しそうな破顔ぶりに、なんとも毒気を抜かれた気分になる。

（お鈴が一緒に来てくれて、本当によかった）

ようやく心臓の高鳴りを落ち着けた紘は、ほんの少しだけ胸中を支配した淋しさを呑み込んで「そうね」と笑い返した。

◇

中通りの店をひと通り回り終え、お鈴に連れられて人生初の食事処で昼食を済ませたあと、紘たちはふたたび南の小通りへ。女子ふたりで横に並び、さきほど歩いてきた道を辿るよう戻りながら、のんびりと屋敷を目指す。

「旦那さま、遅いですねぇ」

「火事って大きな規模だったのかしら……。怪我人が出ていなければいいけど」

「そうですね。でも、お鈴は今日お嬢さまをこれ以上ないくらいにひとりじめできたので満足です。もう心から幸せいっぱいな一日でしたっ」

あと二時間ほどもすれば、西の空に太陽が沈み、日が暮れ始める。

紘の体質を考えたら、ここでいつ戻るかわからない士琉を待つのは危険だろう。

(わたしも、今日は幸せだったわ)

初めて外で自由に買い物をした日——きっと一生忘れられない日。

今日は紘にとって、間違いなく特別な日になった。

(お団子を食べたのも初めて。ううん、お店で食事をすること自体初めてね。士琉さまの知らないこともたくさん知れたし、お鈴の楽しそうな姿も見られた)

言葉にならないくらい、胸がいっぱいだった。これまで結界の外に恐怖しか芽生えなかった紘にとっては、今日だけで世界が一変したといってもいい。

（士琉さまと月華を回れなかったのは残念だけど……。きっと、これからも機会はあるわよね）

ここが妖魔境に囲まれた千桔梗ではないからこそだろうが、この身体に貼った護符のおかげで何事もなく一日を過ごすことができた。

少なくとも妖魔が湧きにくい昼間の時間帯ならば、こうして外出しても問題はないということなのだろう。

それがわかっただけでも、紘としては限りなく大きな収穫だった。

これから先、この月華で生きていくための見通しが立ったのだから。

「お鈴の笑顔は、本当に素敵よね」

「へっ？　急にどうしたんですか？」

「急にじゃないの。いつも思ってることだけれど、今日はとくにたくさんお鈴の笑った顔を見られたから、改めて伝えたくて」

きょとんとしていたお鈴は、どこか照れくさそうに頬をかく。

「えへへへ、お嬢さまったら。お鈴を喜ばせるのがお上手ですねぇ」

「そんなこと言って、お鈴はわたしが褒めたらなんでも喜んでくれるじゃない」

「そりゃあ、そうですよ」

ほろり、と、紘とお鈴のあいだに流れる空気が柔く綻んだ。

「お嬢さまはお鈴のすべて。お鈴はお嬢さまのために生きてますから。お嬢さまのお言葉ひとつで、お鈴は──」

胸に沁み渡るような声音でお鈴がなにかを言いかけた、そのときだった。

「にゃあん」

にわかに、背後から響いた猫の鳴き声。

紘とお鈴は、ほぼ同時に足を止めて振り返る。

地面へ視線を落とせば、後ろに愛らしい子猫がついてきていた。

両足を綺麗に揃え、ちょこんとお行儀よくその場に座った子猫は、青みを帯びたつぶらな瞳でこちらを見上げてくる。

「子猫……？　すごく小さい」

「ですねぇ」

紘の掌中に収まってしまうほどの大きさだ。先の尖った耳から顔の半分にかけて綺麗なハチワレ模様になっており、手足の白い部分を除けば体毛はほぼ黒い。

子猫はじっと食い入るように紘を見つめながら、ふたたび「にゃあん」と鳴く。

「どうしたの？　ひとり？」

「にゃあん」

「お腹が空いてるのかしら……」

なにかを訴えられているように感じて、紘はその場にしゃがみ、子猫にそっと手を伸ばす。子猫はしばしその手を見つめたあと、腰を上げゆっくりと近づいてきた。

——そして。

バチッ！

「っ、!?」

「うにゃっ！」

指先が子猫の鼻先に触れた瞬間、なにやら強い静電気のような衝撃が走った。悲痛な鳴き声を上げた子猫が弾かれたように飛び、その場に倒れ込む。

同時に、全身が総毛立つようなおぞましいことが起きた。

倒れた子猫の陰から、おたまじゃくしに似た奇妙な物体が這い出てきたのだ。深淵を丸めて作られたような漆黒の塊は、まさに妖魔の特徴に等しい。だが、この既視感のある現れ方からして、これは妖魔ではなく憑魔の方だろう。

「お嬢さま！」

異変に気がついたお鈴が、紘の前に立ち塞がったのもつかの間。ずるずると地面を這っていたソレは、あろうことか、お鈴の陰のなかに勢いよく飛び込んだ。

その瞬間、お鈴の顔からごっそりと表情が削ぎ落ちる。両腕がだらんと不可思議な動きで地に向かって垂れ落ち、瞳から完全に生気が消え失せた。

「お、すず？」

しゃがみ込んだ状態のまま、震えた声でお鈴を呼ぶ。だが、お鈴は答えない。

それどころか、紘に向かって異様に鋭い爪を振り下ろしてきた。

「ひっ……！」

間一髪、紘は横に転がって避ける。

（な、に）

面を上げて戦慄した。たった今、自分へ振り下ろされた鋭利な爪は、あろうことか硬い石畳を容易に砕き割り、その根元まで食い込んでいたのだ。

思わずひゅっと息を詰まらせながらも、紘はなんとか立ち上がった。

（風狸の爪……!?　どうしてお鈴がわたしを攻撃してくるの!?）

わけがわからない。思考がついていかない。けれど、とにかく紘に向かって継叉の力を奮うお鈴が通常の状態ではないことだけは確かだ。

「お鈴！　お鈴、どうしたの！」

いつもの彼女なら、絶対に紘の声に反応するはずだった。

だが虚ろな目をしたお鈴は、ぴくりとも表情を動かさない。それどころか、あきらかに攻撃的な意志を持ったつむじ風を、周囲に起こし始めていた。

「お鈴……っ」

その矛先がやはり自分に向けられていることに愕然としながらも、紘は焦燥に駆られて周囲を見回す。

（やっぱり憑魔のせい……っ？　お鈴は操られているってこと？　じゃあもしかして、さっきの子猫も乗っ取られてた？）

さきほどの子猫は地面に横たわったまま、まったく動く気配がない。まさか死んでしまったのかと血の気が引く思いで駆け寄り、両手で掬い上げて胸に抱く。

「っ、息はしてる……」

意識はないようだが、子猫の体は温かった。規則正しく呼吸もしているし、おそらく気絶してしまっているだけだろう。以前遭遇したトメと同じ状態なら、きっとそのうち目覚めるはずだ。否、そう信じたい。

子猫をぎゅっと抱きしめた直後、辺りに吹き荒れた激風に紘の髪が勢いよく舞い上がった。着物の裾がはためき、目を開けていることもできず、紘は悲鳴を呑み込む。

周囲も異常事態が起こっていることに気がついたのだろう。なんだなんだと通りが騒然とし始めるなか、人々を掻き分けて紘の方へ走ってきた者がいた。

「あああ！　若旦那の奥方……い、紘さまだっけか！」

「えっ？　く、九折さん！」

「大丈夫か!?　なにが起きてんだ、こりゃあ！」

九折の姿に、そういえば団子屋の近くまで来ていたことを思い出す。見知った存在に思わず泣きそうになるけれど、悠長にしている場合ではない。

「九折さま！　申し訳ありませんが、周囲の方々を避難させてください！　お鈴はどうも自我を失っているようなので、近くにいては危険です……っ！」

「ひ、避難はわかったが、あんたはどうする⁉」

「わたしはお鈴を引きつけます。あと、すみませんがこの子をお願いします！」

抱えていた子猫を押しつける形で九折へと託し、紘は自分を引き留める声に「大丈夫です！」とだけ答えて駆け出した。草履の紐が足指のあいだに強く擦れて皮が剥がれるような痛みが走るけれど、構っている余裕はない。

向かうは士琉の屋敷の方向だ。

この通りでもとくに外れた角地なら、ここよりは人も障害物も少ない。被害を最小限で済ませるには、とにかくここから離れなければ。

（どうして……どうして……っ！）

お鈴が自分を攻撃してきたことの衝撃は、確かに大きい。だが、それよりももっと紘の心を苦しめたのは、自分のせいかもしれないという疑念だった。

（わたしが子猫に触れた瞬間、憑魔が子猫の陰から這い出てきた。それに、あの静電気に弾かれるような感じは、トメさんのときと同じよね）

そこから導き出される可能性は、ある程度絞られる。

なかでも、もっとも有力なのは、紘がなにかしらの力を発揮して憑魔を体から弾き出した説だ。この場合の力は、おそらく紘が有する〝霊力〟だろう。

しかしながら、安易にそうだと考えるにはあまりに早計だった。なにせ紘は、生まれてこの方、この〝霊力〟というものを使ったことがないのだから。

（わからない……。点と点が、うまく繋がらない）

それでも必死に思考を巡らせるうちに、いつかの過去、兄の弓彦から告げられたとある言葉を思い出した。

『紘も私たちと同じように霊力を持っているんだよ。継叉ではなくても、月代本家の血を継いでいる証拠になるほどにはね』

祓魔師に必要不可欠な力――ただし、妖魔を引きつけてしまう体質から祓魔師にはなれない紘には、持て余す力。

一度たりとも行使する機会はないまま、身体の奥底に眠らせているものだ。それを自分が有しているという事実こそ知っていても、むしろこれがあるせいで余計に己が惨めに感じられることすらあって、正直、目を向けないようにしていた。

けれども。

（霊力は、陰に属するモノを祓う力がある）

だとすれば、憑魔が妖魔に似たなにか——関連種だと仮定したとき、紘の霊力に触れたことで身体から追い出すことができた、と考えられはしないだろうか。

(だけど、祓えはしなかったのよね……。祓魔師が用いる祓札を介していないから、というよりは、憑魔自体が霊力にある程度の耐性があると考える方が自然？　ううん、そもそもわたしが霊力をうまく扱えていないからかもしれないけど)

触れたのが霊力の扱いに長けた弓彦や燈矢だったら、あの瞬間に憑魔を祓うことができていた、という可能性はおおいにある。

ある、のだが。

わからない。わからないけれど、なんとなく、そうではない気がした。

(だって、憑魔から感じる陰の気は、妖魔とは比べものにもならないもの)

紘は昔から、陰の気に敏感だった。

空気に含まれるもの、人が纏うもの、闇が生むもの——陰の気の発生源は多岐に及ぶが、それらをすべて肌で感じることができるのだ。昔は月代の者なら誰でもそうなのだろうと思っていたけれど、どうやらそんなことはないらしい。

なにはともあれ、あれほど濃く凝縮された陰の塊である憑魔は、きっと並の霊力では祓えないと直感が告げている。せいぜい身体から弾き出せるだけだ。

(と、とにかく、どうにかしなくちゃ……っ)

たとえ弾き出せても、祓えていない以上はふたたび憑かれる可能性が高い。

そもそも、継叉の力を容赦なく振りかざしてくるお鈴に触れるとなると、最悪、己の命を引き換えにすることになるだろう。

お鈴を救えるのなら命を賭すのも厭わないけれど——もしうまくいかなかった場合、自分が死んだ後、この月華の人々が危険に晒されてしまうかもしれない。

そうなったら元も子もない。紘とて、さすがにそれは避けたかった。

しかし幸か不幸か、お鈴は脇目も振らずに紘を追いかけてきてくれている。

継叉のお鈴を相手に逃げ切れるはずもないが、もう屋敷のすぐそばだ。

幸いにも、周囲に人はいない。

たとえ追いつかれたとしても、被害に遭うのが自分だけならば——。

肩で荒く息をしながら立ち止まり、紘は筋肉が悲鳴を上げている足をどうにか鼓舞して振り返った。だがその瞬間、お鈴が地面を蹴り、大きく跳躍する。

「っ——！」

視線が絡んだ。

光を灯さぬお鈴の瞳。しかし、そこには涙の粒が浮かんでいた。それが頬を流れていくのと同時、振り下ろされる鋭利な爪が陽の光に反射して煌めく。

目を瞑ることとさえできなかった。

視界のすべてが、やけにゆっくりと流れゆく。

それをどこか遠い意識のなかで眺めながら、お鈴の手でこの命を狩られるなら悪くはないのかもしれない——なんて、あまりにどうしようもないことを考える。

だが、そうはならなかった。

「紘っ！」

目にも追えぬ勢いで狭間に駆け込んできた者がいたのだ。

あわや紘を突き刺すかと思われたお鈴の爪は、太刀の棟にて阻まれる。そのまま弾き返されたお鈴は、ごろごろと地面を転がったものの、すぐに立ち上がった。

彼女が警戒するように姿勢を低くし睨めつけた先は、紘を片腕に抱いて全身に水を纏う士琉だ。右手には抜身の太刀を構えている。精緻な昇龍彫の金鍔が華やかに目を惹き、紘はしばし茫然とそれに見入ったあと、己を抱き竦める士琉を見上げた。

「しりゅう、さま」

ぽつり。呟くように零れた声に、士琉は紘へ視線を落として小さく顎を引く。

「すまない。遅れたな」

珍しく額が汗ばんでいることからも、相当急いで駆けつけてくれたのだろう。わずかに乱れた呼吸を整えながら、士琉は紘をさらに自分の方へ引き寄せた。

「無事か？　怪我は？」

「だ……大丈夫、です。すみません、助かりました」

「なにが起こっているのかわかるか」

　お鈴を複雑そうな面持ちで睥睨しながら、士琉は端的に尋ねた。

　紘を抱きしめる力は強いが、軍士の顔だ。そこに甘やかさはいっさいなく、紘はこくりと息を呑む。

「わたしも、なにがなんだか……。ですが、おそらくお鈴は憑魔に乗っ取られているのだと思います。お鈴の陰に憑魔が飛び込んだところを見ました」

「やはり憑魔か。これまでとはどうも様子が異なるようだが——おっと」

　士琉は紘を片腕で抱き上げると地面を蹴った。

　急に視界が大きく揺れた紘は、わけもわからず士琉にしがみつく。直後、石が粉々に砕かれる破壊音が響いた。

　着地した先でふたたび穴の開いた地面を見た紘は、それが今しがた士琉の立っていた場所だと気づいて蒼白になる。気のせいか、さきほどよりも穴が深い。

　間を空けず飛んできたお鈴の爪を、今度は軽く刀で受け流しながら、士琉は大きく空へ跳躍した。とん、と危なげなく降り立ったのは屋敷の大門の上。

　高部に飛んだ士琉にはさすがにすぐ反応できなかったのか、お鈴は動きを止めて警戒するようにこちらを見上げてくる。

その表情は、やはり絃の知るお鈴のものではない。

「まいったな。憑魔だけならまだしも、お鈴が相手では下手に攻撃もできん」

絃を楽な体勢に抱え直しながら、士琉は辟易した様子で息を吐き出した。

切羽詰まった様子はなく、
しかし代わりにお鈴は、傷つけてはならないという枷がある。

身体がお鈴のものである以上、現状況では攻撃を受けるか避けるかしか選択肢がない。この様子からすると、解決策もまだ見出されていないのだろう。

士琉が頭を抱えるのも当然だ、と絃は歯噛みした。

(お鈴を傷つけずに救うには、憑魔を祓うしかない……)

憑魔が妖魔の関連種であると仮定した場合、霊力も同等に底上げすれば祓えるものなのだろうか。触れた際に身体から弾き出されたことを鑑みれば、それなりに可能性はありそうだが——。

(兄さまや燈矢がいれば……ううん、今はわたしひとりだもの。そんなことを考える前に、お鈴を救える可能性を模索しなくちゃ)

少なくとも絃は、己の霊力を自在に操ることはできない。

経験不足なのだ。それを使いこなせるほどの技量を伴わずに、安易に行使してしまえば、最悪お鈴の身体に影響を及ぼしてしまうかもしれない。

それでも、ひとつだけ——この状況だからこそ、賭けられそうな方法はある。

「……士琉さま。わたし、試してみたいことがあります」

「なんだ？」

「トメさんのときから、不思議だったんです。わたしが触れた瞬間に、憑魔が陰から出てきたのはどうしてなのかって。そう考えたとき、いちばんしっくりくるのはやっぱり霊力で……。なら、憑魔を祓える可能性もそこにあると思いました」

確証はない。だが、確信はあった。

（士琉さまの霊刀で斬れないなら、祓うしかないもの）

祓魔師の家系に生まれたからこそ、紘は〝陰のモノを祓う〟という行為には知悉している。月代本家が継ぐ祓魔師に関するすべてを頭に入れているのだ。その知識量だけならば、現役の祓魔師にも引けを取らないほどだと言っていい。

「でも、そのためには必要なものがあって。急いで取ってきますので、わたしが戻ってくるまでの時間を稼いでもらってもよろしいでしょうか」

「それは構わないが……いや、なにかと問う時間はないな。わかった」

「感謝いたします」

士琉に屋敷の敷地内へ降ろしてもらい、紘は駆け出した。

はしたないが勢いよく玄関の引き戸を開け、草履を脱ぎ捨てて廊下を走る。

そのまま一直線に私室へ向かった紘は、透かし障子を破りかけながら転がるように部屋へ飛び込んだ。ぐるりと視界を巡らせ、捉える。

「っ、あった」

紘が手に取ったのは、壁に仰々しく飾り掛けてあった〝破魔の弓〟だ。

月代家から持ってきたそれは、紘にとってはお守りにも等しいものである。弓なのに揃いの弓矢はないが、そもそもこれは、はじめから本体しかない代物だった。

(この弓は、兄さまがわたしのために作ってくださったものだから……きっと)

両手にずっしりとかかる重みに、一瞬、迷いと躊躇いが生じた。

だがすぐにそれを振り払い、紘は駆け足で士琉のもとへ戻る。

さきほど脱ぎ捨てた草履など目もくれず裸足のまま外に飛び出せば、結界の効果が及ばない大門の外で、士琉とお鈴が激しい攻防を繰り広げていた。

しかし、攻撃できない士琉はやはり受け止めるばかりだ。決着のつきようがない。

(っ、わたしにできるかはわからないけれど)

大門の外に踏み出したとき、お鈴が紘の存在に気がついた。

やはり狙いは紘なのだろうか。絶えず振りかざしていた士琉への攻撃をやめ、またも紘に向かってこようとする。

だが、すぐに士琉がお鈴の前に立ち塞がった。

「こら。君の相手は俺だ、お鈴」

掬い上げるように片腕をお鈴の腹に回した士琉は、そのまま思いきり宙にお鈴を放り投げた。紘はぎょっとして目を剥いたが、今のお鈴なら問題なく着地すると踏んでのことだろう。実際にお鈴は、着地前に空中で体勢を立て直そうとする。

その一瞬の隙を、紘は見逃さなかった。

（──わたしの〝いと〟は、破魔の〝いと〟）

矢はつがえないまま、布帛（ふはく）を巻いた弓柄（ゆづか）を握り、弦を引く。目には見えない、しかし紘には見えている矢先を、宙でわずかに目を見開いたお鈴へ向けた。

大切な者を射るような感覚に、胸が痛くなる。

けれども、迷いはしない。

自分に向けられている光のない瞳のずっと奥に、紘の知るお鈴がいるから。

一本の矢を己の霊力で精製するように意識する。体内を巡る溢れんばかりの霊力を両手に集め定めれば、不思議と視界からはわずかの曇りもなくなっていた。

力は均等に、ぶれは禁物。

対象へ照準を定める。放つのは、一瞬。

ビィィィィン！

弦が強く弾かれる音が鳴り響いた。透明な矢として精製された紘の霊力が、貫通した空気を震撼させ、一直線に光線を描いて飛んでいく。

実体はない。

だが、それがお鈴の身体を貫いたのを、紘は確かに見届ける。

そして同時に、お鈴のなかに蔓延っていた陰の気が、紘の霊力によって浄化されたのも肌で感じていた。

暗黙知ではあれど、それを証明するようにお鈴は気を失い、がくんと脱力する。そのまま空中から落ちてきたお鈴を、下方で士琉が受け止めた。

──紘が立っていることができたのは、そこまでだった。

(ごめんなさい、士琉さま……)

ほっとしたのもつかの間、全身から力が抜け落ち、急激に意識が彼方へ遠のいた。

視界が深淵に染まる。深く、深く、落ちていく。

そのまま抗いきれない闇の底へどっぷりと沈みながら、紘は思う。

ああ、これが自分の本当の〝宿命〟なのかもしれない、と。

陸幕　恋慕の交錯

お鈴が憑魔に身体を乗っ取られてから、二日後。

冷泉本家の客間にて、その会合は執り行われた。

緊急招集を名目に集められた五大名家の若き傑士たちは、しかし非常に厳粛な空気を纏い、三者三様の面持ちで顔を突き合わせている。

刻はちょうど、太陽が頂点を過ぎた頃。

しかし外は曇天――あいにくの雨模様で、まだ少し先の冬の訪れをいち早く感じさせるような気温だった。士琉の横に座した軍服姿の千隼が、寒いのか、さきほどからときおりぶるっと身体を震わせている。

「着ていろ、千隼」

そばに畳んで置いていた外套を放るように渡すと、なにやら酸っぱいものでも口にしたかのような顔で、千隼はそれを渋々受け取った。

「こういうのは女の子にやってくださいよ。野郎が野郎を心配したところでねえ」

「そう言いつつ着ているじゃないか」

「寒いんで」

そんな士琉たちのやり取りを対面から聞いていた者が、くすりと笑った。そこに姿勢正しく座ってこちらを見る月代弓彦は、たいそうおかしそうに肩を竦める。

「相変わらず仲がいいね、君たちは。他家同士なのに」

「おれと隊長のあいだに家もなにもありゃしないですよ。継特の隊長と副隊長ってい
う肩書以外、正直関係ないし。とりわけ、おれは次期当主でもないし」
皮肉にも動じずばっさりと返した千隼に、弓彦はまた笑いながら「そうか」と受け
流す。自分で言っておいて、その実、大した興味はないのだろう。
月代弓彦は、昔からそういう男だ。
（茜はそろそろ到着する頃合いか。……しかし、まことに変な話だな。月華内にいる
はずの茜より、遥か北の地にある月代州からやってきた者の方が早いとは）
なぜ弓彦が月華にいるのかと言えば、なんのことはない。
事の次第を報告するため千桔梗へ伝書鳩を放ったところ、放った鳩がこちらへ帰っ
てくるよりも先に、弓彦と弟の燈矢が士琉のもとを訪れたのだ。
天狗の継叉である彼らは、なんと空を飛んできたという。
（さすがに月代は常軌を逸しているな……）
千桔梗の郷と月華はそう容易い距離ではないし、その間ずっと継叉の力を持続させ
るなんて……よもや、考えるだけで身震いするほどとんでもない所業だ。
「っ、すまん。遅れた」
そのとき、客間に通常部隊の軍服を纏った茜が姿を現した。よほど急いで来たのだ
ろう。息を切らした茜は、呼吸を整えながら空いた席にどかりと座る。

「茜姐さんって、ほんと男勝りだよね～。おつかれさまでーす」

「こうも男に囲まれていればな。それに、坊たちには素を隠す必要もなかろう？」

千隼は噴き出し、士琉と弓彦はひくっと顔を引き攣らせる。

「……坊と呼ぶのはやめてほしいと何度言ったらわかるのかな、茜さんは」

「悪いな。癖だ。勝手に飛び出す」

白々しく答えた茜に、弓彦は仄暗(ほのぐら)い顔つきで「最悪だね」と呟いた。

それについては士琉も無言で同意を示す。

（このやり取りも昔から変わらないな。よいのか悪いのかはわからんが）

幼い頃ならいざ知らず――千隼はまだ受け入れているようだが――すでに二十代も半ばの自分たちは、もう『坊』などと呼ばれる年齢ではない。

まあ彼女は、恣意的(しいてき)にからかって遊んでいるのだろうが。

「そういえば、本当の坊が見えないな。弓彦、燈矢はどうした」

「紘のそばから離れたくないと聞かなくてね。ただ霊力を消費しすぎて眠っているだけだから心配はないと伝えたんだけど、ほら、あの子、紘過激派だから」

「弓彦も人のことは言えないだろうに」

「うん、私も紘過激派だよ。でも、自重はしてる。大人だからね」

士琉と弓彦、千隼、そして茜は、五大名家の者として古い繋がりがある。

千隼は次期当主という立場ではないものの、継叉特務隊で士琉の補佐的立ち位置にあることもあり、弓彦とは以前から面識があった。茜とはもともと昔馴染みであったようで、気軽に『姐さん』と呼んで実姉のように慕っている。

「それより、ようやく揃ったのだからさっさと始めないかい？　仕事をすべて放ってきてしまったから、そう長くはいられないんだよね」

「ああ、俺たちも会合が終わったらすぐに戻らねばならないんでな。なるべく手短に済ませよう」

そもそも今日の会合は、憑魔による一連の事件の情報共有を目的としたものだ。

月華内に身を置く五大名家の者は他にもいるが、とりわけこういった月華での緊急時に当主の名代として出席する面子は決まっている。

すでに当主の座に就く弓彦は例外として、次期当主の冷泉士琉、氣仙茜。安曇からは千隼。八剱は海成だ。

ちなみに今回、海成には隊の仕事を優先してもらっている。継叉特務隊である以上はいつでも情報共有できるため、出席していなくとも問題はない。

当初は千隼も出席予定ではなかったが、今回はお鈴が関係しているからだろう。断固として行くと譲らなかったため、致し方なく了承した次第だった。

「で、単刀直入に訊くけど、まず憑魔の存在は正式に認定できるものでいいんだね？」

その問いかけに、刹那、静寂が満ちる。

弓彦の穏やかな声色は変化していないはずなのに、室内の気温が一瞬で氷点下まで落ちたかのような感覚だった。

(問いかけひとつでこれほどの緊張感を生み出せるのは、さすがだな)

若くして当主となり、五大名家の名を背負ってきただけある。弓彦の発する言葉はどれも、まるで齢二十四とは思えないほどの貫禄を伴っているのだ。

隣で千隼が身を強張らせたのを感じながら、士琉は慎重に首肯する。

「それに関しては、よもや疑いようもあるまい。人に憑く妖魔――憑魔の実態は、すでに報告した通りだが。今回の件で新たにわかったこともある」

「憑魔が継叉の人間に憑いた場合と、一般の人間に憑いた場合の違い。あとは、紘が祓えるものってところかな。まあ、これについては予測できていたけど」

「どういう意味だ」

「どうもこうも。だって、うちの紘だからね。あの子は特別だし」

核心には触れず飄々と受け流す男に、士琉は眉間を解しながら深く嘆息した。

(当主云々関係なく……苦手だ。この手のものは)

弓彦は昔からどうにも掴めない男だった。職業柄、相手の心を読むことは得意とするはずなのに、この男だけはいつまでも真意を測れない。

それどころか、手のひらで踊らされているような感覚にさえ陥るときがある。千隼も少なからずそういう一面を持っているが、奴は意図的にやっているためまだマシだろう。この男の場合は、素でその状態だから末恐ろしいのだ。

「妖魔が進化したものか、あるいは退化したものか——。どちらにせよ、報告書を見た限りでは霊力が肝なんだろうね。陰の気で形成されたモノではあるけど、妖魔のように容易く祓えるものじゃない。より強い霊力が必要だと考えられる」

「もう少し具体的に頼む。どの程度だ？」

「うーん、視認できるものじゃないからなあ。でも、あの紘が触れただけで祓えなかったモノであることを鑑みれば、たぶん私でも無理じゃないかな」

は、と士琉は返す言葉を失って目を見張る。茜と千隼もさすがにこの発言には驚きを隠せなかったのか、正気かと言わんばかりに弓彦を凝視した。

「士琉殿も見たんだろう？　紘の祓術を」

「……あの弓のことか？」

紘が月代家から持参した弓を大切にしているのは、以前から知っていた。揃いの矢も矢筒もない、弓本体だけ。なにに使うのかと疑問に思ってはいたが、まさかあの場で使用するとは誰も思うまい。それも、ただ弦を引いただけで人に憑いた憑魔を祓ってみせるなど、自分の目で見ていなければきっと信じられなかった。

「――〝鳴弦（めいげん）〟というんだよ、あれは」

弓彦は立ち上がると、弓を持ち、弦を引くような動作をしてみせる。

「矢をつがえずに弦を引いて魔を祓う。古くから伝わる破魔の儀式の応用祓術さ」

「弦を引くだけで魔を祓えるのか？」

「普通の人間がそれをしたところで、なにも効果はないよ。鳴弦を行えるのは霊力を宿した人間のみだ。ただしその力の効果は使い手の霊力量に比例するから、たとえ霊力をその身に宿していても、紘と同じことができるかと言えば否だけれどね」

ちら、と弓彦は部屋の隅へ目を向ける。

釣られて視線を動かせば、そこには弓彦の荷物であろうものが纏められていた。とりわけ目につくのは、弓彦の半身ほどはありそうな特殊な形態の布袋だろうか。

「あの袋のなかには、私の弓が入っているんだよ」

「弓ぼ……ではなく、弓彦も鳴弦を？」

「なにも私だけじゃないよ。うちは祓魔師の家系だし、月代の人間はみな大なり小なり霊力を持ってるんだ。だからこそ、己の武器として自分の体形に合った弓を作る風習がある。現役の祓魔師は祓札と併用して使用するし、祓魔師ではなくともお守りとして持っている場合が多いかな。――あと、茜さん。次に坊って言いかけたら、月代は氣仙を敵だと認識するからそのつもりで」

にこやかに脅迫した弓彦に、茜はひょいっと肩を竦めてみせる。

悪びれないあたり凝りもせず呼び続けるな、と傍から見ていた士琉は苦々しい気持ちになった。ちなみにこのやり取りは毎度のことだ。

「ねえ、ちょっといい？　さっきから気になってたんだけど……つまり、弓彦さんや燈矢くんより、絃ちゃんの方が強い霊力を持ってるってこと？」

千隼が困惑を滲ませた表情で尋ねると、弓彦はあっさりと同意を示した。

「こと霊力においては、総量も質も強さも絃より上に立つ者はいないからね。それ自体は生まれたときからわかってたよ」

さらりと返された言葉に、さしもの士琉も絶句せざるを得ない。

「ん？　士琉殿は見たことあるよね？　絃の霊力」

「いや……確かに千桔梗の悪夢で見てはいるが、それほどとは」

「ま、これまで使う機会はなかったし、あんまり知られてはいないけどね」

きっとあえて隠していたくせに、と士琉は内心毒づいた。

「鳴弦は、端的に言うと〝霊力を矢に見立てて放つ祓術〟だ。膨大な霊力を一点に集中させているぶん、より強い破魔の力を持つ。そのうえ弦を弾く音で余分な力を分散させているから、周囲の陰の気まで祓えてしまう副作用もあるよ。大した霊力を保有しない者が安易にこれをやると力の使いすぎで死にかけるけれど」

「なにそれ、こわっ。紘ちゃんは大丈夫だったんです？」

「いや、今回倒れたのはそういうことだよ。察するに、力の使い具合を誤って身体に負担がかかったんだろうね」

弓彦は苦笑しながら言って、しかしすぐ瞳に憂いを交ざらせる。

「まあ、あの子の霊力の保有量は常軌を逸しているから、一晩でも眠ればすぐに回復するだろうけれど」

普段なにを考えているのかわからない弓彦にしては、人間味のある表情だ。だがそれは月代の当主としてではなく、紘の兄としての顔なのだろう。

しかし、どこか後ろめたさを感じるのが気にかかる。

「……弓彦は、紘を祓魔師として育てようとは思わなかったのか？　それほど膨大な霊力を持っているなら、あの体質を考慮しても優秀な祓魔師になったはずだ。護符や結界を駆使すれば、紘でも十分戦えるはずだろう？」

一縷の望みをかけて問うが、弓彦は呆気なく首を横に振った。

「いや、それは無理かな。うちが月代である限りは」

「どういうことだ」

「だって月代の在り方は、紘をことごとく拒絶するから」

ぴくり、と士琉は自分の頬が引き攣ったのを感じた。

「確かに紘は、霊力のみを鑑みれば最強の祓魔師になれるだろうね。でも、そういうことじゃないんだよ。そもそも我ら一族は、あの子の存在自体を受け入れられないんだ。継叉ではないことも、妖魔を引きつける体質も、耐え難き嫌悪を生むから」

「嫌悪……だと？」

その返答に、胸の内を不快な黒い靄が覆う。

（ようするに……月代一族は、紘を月代とは認めないと。そう言いたいわけか）

弓彦や燈矢、お鈴が、紘を家族として大切にしているのはわかっている。

それでも、月代一族全体で見れば、紘は常に疎まれてきた存在なのだろう。

継叉ではないから。呪われた体質の持ち主だから。

「……反吐が出るな。あまりにくだらない」

「うわ、珍しっ。隊長が暴言吐いてるとこ、久しぶりに見たかも」

「紘がどれだけ価値のある存在かなど一目瞭然だろう。今回の件だって紘の力がなければお鈴を喪っていた。〝月代の娘〟だから為せたことだ」

最強の祓魔師。その片鱗を、確かに士琉は目撃した。

清廉と立ち、覚悟を決めた顔で弓を引く紘の姿。凛とした佇まいに背負うこの世のものとは思えぬほどのの美しさが、今も瞼の裏に焼きついている。

あのときの紘からは、月代の誇りが感じられた。

月代紘という存在の、本来の在り方を見たような気がした。

だというのに、当の月代は頑なに紘を拒絶する。

それが無性に腹が立って仕方がない。

「弓彦、おまえは――……」

「だからね、私は感謝しているんだよ。士琉殿」

士琉の言葉を遮った弓彦は、この場の張り詰めた空気など気づいてもいないかのように、悠然とした微笑みを湛えていた。

「十年前のあの日、千桔梗にいた士琉殿ならば――。千桔梗の悪夢の真実を知り、紘の真価を心得ているあなたならば、あの子を正しく世界へ導いてくれる。そう思ったから縁談を受けたんだ。そちらの〝利〟がなにであったとしてもね」

「っ……」

「いいんだよ。月代紘という私の宝物が、本来在るべき形で生きることができる環境の提供こそ、この政略結婚における我が〝利〟だから。真実がどうであれ、体裁なんてなんでもいい。まあ、気づいてはいるけれど」

ああやはり嫌いだ、と士琉は苦虫を噛み潰したような心地で嘆息する。

(最初からなにもかもお見通しだと。そう言いたいんだな、この男は)

いったいなんの話だと、怪訝そうな顔をした茜と千隼がこちらを見てくる。

だが、今ばかりは目を見て話せなかった。
この偽りは明かせないのだ。
冷泉のためにも——……己のためにも。
「これだけ言っておくが、後悔はしていない。しない。今後も一生」
「うん。ぜひそうであってほしいものだね」
——だが、紘は違うだろう。
士琉のなかにいる悪魔のようななにかが、そう囁く。
(ああ、そうだな。始まりが異なることなど紘は知らない。憶えていないのだから)
それでも、士琉は憶えている。忘れられない。忘れずにはいられない。
なにせその過去は、すべて今に繋がっている。
なによりもう、引き返せないのだ。
だって手放せないから。恋慕が彼女を乞うから。欲が、生まれてしまったから。
同情はもはやない。これは士琉のわがままだ。わかっている。
だけれど。
ときおり、記憶が問う。
無慈悲にも、問う。
——それはあまりに、卑怯ではないのかと。

◇

目覚めた瞬間、紘を真上から覗き込む顔と間近で目が合った。あまりに驚いて悲鳴も喉の奥へと引っ込み、呼吸まで止めてしまいながら両目を瞬かせる。

「姉上……っ！　やっと起きた！」

「と、うや？　え？　わたし、まだ夢を……」

「なに言ってんの、姉上。夢じゃないよ。ここは現だし、僕は確かに燈矢だよ」

そうは言われても、と紘はさらに混乱する。

意識を失う前の記憶と現在が、まったく結びつかない。

ここは月華。紘はもう月代家から離れたはずだ。だというのに、離れにいた頃もよくあった状況にふたたび見舞われるとはどうしたことか。

「燈矢。そんな真上から見下ろされたら、寝起きの人間は誰でも混乱するよ」

呆れまじりに燈矢を背後から抱えたのは弓彦だ。

燈矢どころか弓彦までいるなんて。やはりこれは、夢だろうか。

「兄上！　僕はもう十五です！　子どもじゃないんですからやめてください！」

「でも、そう成長してないよね。いつまでも私の方が大きい」

「父上に似た兄上と、母上に似た僕を比べられても困ります！　それでもまだこれから成長する予定なんですから！」

弓彦と燈矢は昔から変わらぬやり取りをしながら、紘が眠る褥の横へ座した。

身体を起こし、周囲の状況を見て驚く。

紘が眠っていた褥を囲むように、呪符がびっしりと貼られていたのだ。見たところ、士琉の屋敷に貼ってあるものと同じものらしい。

どうやらここに、極めて小範囲な結界が成立しているようだった。

その外側に窺える室内の様相には見覚えがない。室内の広さと天井の高さからして、少なくとも月代の離れや士琉の屋敷ではないようだが——。

「兄さま、燈矢……これはいったい」

「紘は鳴弦で霊力を流しすぎて意識を失ったんだよ。丸一日以上は眠っていたから霊力もだいぶ回復していると思うけど、体調はどうだい？」

「体調……問題、ありません。少し気怠いような感覚はありますけれど」

自分がそんなに長い時間眠っていたことに愕然とした。

普段あまり眠ることができないからこそ新鮮な、寝起きの感覚。

（士琉さまがお部屋にいらっしゃって、いつの間にか眠ってしまったあの日以来ね……。あのときは、不思議と朝まで眠れたから驚いたのだけど）

もしかすると、あの日より頭がすっきりしているかもしれなかった。

それほど深く眠っていたなんて、やはり信じられない。

「長らく放出していなかったものを急に酷使したからね。もう数日はゆっくり休んでいなさい。ああ、ちなみにここは冷泉の本家だから、心配はいらないよ」

「冷泉の、本家？　だとして、兄さまと燈矢はどうしてこちらに？」

「変なことを訊くねぇ。大切な妹の一大事に駆けつけない兄だとでも？」

弓彦は相変わらずのんびりとした口調で答えた。対してその横に座した燈矢は、いまだに不貞腐れたような顔をしながら俯いている。

「えっと、燈矢も来てくれたの？」

「は？　来るに決まってるでしょ。なんなら、兄上より早く来たし」

「私を置いてきぼりにしてぶっ飛ばしたんだよ、燈矢」

不満を溢れさせた燈矢は「遅いんですよ、兄上は！」と弓彦を横目で睨む。それから勢いよく顔を上げて、服装が乱れるのも構わず、紘の方へ身を乗り出してきた。

「姉上、もう帰ろう」

「へ？」

「これでもう、月代の外は危険だって姉上もわかったでしょ？　だから反対だったんだよ、僕は。最初からやめといた方がいいって言ってたじゃないか」

いきなりなにを言い出すのかと、紘は辟易しながら燈矢を受け止める。

「なにを言ってるの、燈矢ったら」

確かに燈矢は最後までこの結婚に反対していたが、今さら帰るだなんて。そんな無責任なことはできない、と紘が口を開く前に、弓彦が「紘」と名を呼んだ。

「いいんだよ、帰ってきても」

「え……」

まさか弓彦にまで帰郷を認められるとは思わず、紘は絶句してしまう。

「紘が帰りたいのなら、いつだって千桔梗に帰ってきたらいい。紘はあの場所にいい思い出はないかもしれないけど、故郷なんだから」

弓彦は物柔らかに告げると、紘の頭にそっと手を置いた。昔から変わらない、幼子を諭すような兄の触れ方だ。士琉の包み込むような撫で方とは違う。

「それを含め、これからの人生の歩み方は自分で決めるんだよ、紘」

「自分、で……」

「そう、幾多もの選択肢を吟味して。幸せの基準で選ぶのではなく、どの道がいちばん自分の望む道なのかを考えるんだ。そうすれば、どんな道でも後悔しないから」

弓彦は、当惑を隠せない紘に優しく笑う。

それから、どこか過去を思い馳せるように紘を見つめた。

「──ねえ、紘。ごめんね」

「え？」

「ずっと昔……私は紘にひどいことを言ってしまったでしょ」

意図的なのか否かはわからないけれど、あのときと同じ呼びかけ。おかげで、その脈絡のない謝罪がなにに対して向けられているのか、すぐにわかった。

『ねえ、紘。……どうして言いつけを破ったりしたんだい』

若くして当主の座を継ぐことになった弓彦が、紘にぶつけた悲愴な本音。

怒鳴りつけるわけではなく、耐えかねて思わず零してしまったというような——。

だからこそ紘の心に杭を打った、嘘偽りのない言葉。

紘が言いつけを破ったせいでこうなったんだ、と。

紘が両親を殺したのだと、そう言われているような気がした。

(わたしはあのとき、自分の罪を思い知って……。思えば、その言葉が結界にこもるきっかけだった)

けれど、まさか弓彦がその些細なひとことを憶えているだなんて。

「あのころの私は、情けなくも余裕がなくてね。紘のせいではないのに、紘にすべてを背負わせ、つい追い込むようなことを言ってしまった。ずっと気にしてはいたんだけど、なかなか話すきっかけがなかったんだ」

「そ、そんな……。兄さまが謝ることではありません」

「ううん。少なくとも私自身、そのひとことに攻撃性があることを理解していたから、今も心に残っているんだよ。紘を傷つけるとわかっていたのに、八つ当たりしたんだ。当主としていちばんしてはならないことなのにね」

そばで聞いている燈矢は、紘と弓彦を順に見て当惑を浮かべている。その場にいなかった彼からしてみれば、初めて聞く事実だったのだろう。

「自分が当主になって痛感したよ。父上も母上も、紘のせいで命を落としたんじゃない。いち祓魔師として任を果たせなかったから結果的にそうなってしまったんだってね。残酷なようだけれど、ひとことで言えば実力不足だ」

「それは違っ……！」

「我々は命を賭けて祓魔師の仕事をしてるから。己の命の責任は、いかなる状況でも己にある。父上や母上もそれは重々承知していたはずだ」

だから、紘のせいではないと言うのだろうか。

（……いいえ。たとえそうだとしても、わたしの罪は消えない）

弓彦の言い分は理解できるのだ。実際、祓魔師として日々を生きる月代一族の者たちは、そういう心構えのなかで任をこなしているのだろう。

だけれど、紘があの地獄のような悪夢から目を逸らして自分のせいではないのだと逃れるのは、きっとなによりしてはならないことだ。

――父と母を大切に思えばこそ。

「あの、お気遣いありがとうございます、兄さま。でも本当に、兄さまが謝る必要などないのです。あれは当然のお言葉ですから」

「紘……」

微笑んで返すと、弓彦は寂寥(せきりょう)を含んだ面持ちでひとつため息を吐く。

「――私は紘がどんな選択をしても尊重するよ。だから、ゆっくり考えるといい」

やがてまた微笑を浮かべた弓彦に、紘はこくりと頷く。

(兄さまはきっと……ずっと、わたしを見守ってくれていたのね)

弓彦が今、どんな感情なのかはわからない。それでも、いつも飄々として心の内を明かさない兄がこうして向き合ってくれた事実は確かに紘の心に響いていた。

「あ……兄さまは、もう帰られるのですか？」

「うん、仕事があるしね。でも燈矢にはしばらくこちらに滞在してもらうから、今回の事件の詳細はのちほど燈矢から聞いておいて」

すべてを内包するその微笑は、やはり真実を覆い隠してしまう。

それでいて己の歩調を崩さないから厄介なんだ、と燈矢はよくぐちぐちと愚痴を零していたけれど、むしろそこが弓彦の強みでもあるのかもしれない。

「それじゃ、燈矢。あとはよろしくね」

「い、言われなくても。僕に任せてください。姉上は絶対、連れて帰りますから」

なにやら正義感を漂わせながら宣言した燈矢に、弓彦は苦笑する。

経験上、ここで諭しても無駄だとわかっているのだろう。彼はあえてなにも否定の言葉を返すことはなく、紘に向かって微笑むだけに留めた。

（兄さまは相変わらずね）

あっという間に去っていった兄を見送り、紘は小さくため息を吐く。

しかし、そこではたと、いつもそばにいてくれる存在がいないことに気がついた。

「っ、お鈴？」

結界の外を改めて見回してみるが、室内に控えている様子もない。倒れる前の記憶が脳裏を過り、まさかなにかあったんじゃとたちまち蒼白になる。

だが、紘が結界を飛び出すよりも先に、燈矢が焦燥を浮かべて口を開いた。

「待って。お鈴は無事だよ、姉上」

「本当……!?」

「うん。多少のかすり傷くらいで、目だって大きな怪我もない。目覚めるのも姉上よりずっと早かったから、もう侍女の仕事に戻ってもらってる」

「そう、なのね……」

お鈴の無事を聞き、ほっと胸を撫で下ろすと同時に、妙な違和感を覚えた。

（いつもなら、片時も離れず看病してくれていそうなのに）

いや、もしかすると、ちょうど部屋から離れているときなのかもしれない。

なにせここは冷泉の本邸のようだし、いつも以上に侍女の仕事があるのだろう。紘が目覚めたと報せが届けば、きっと誰よりも早く駆けつけてくれるはずだ。

「……本当に、お鈴が無事でよかった」

ぽつりと零すと、なぜか燈矢は複雑そうな顔をして目を逸らしてしまう。

「燈矢？　どうしたの？」

「いや……。姉上はほんと、優しいなって」

言葉の意味を測りかねて返答に困っていると、燈矢はふっと自嘲気味に笑った。

ただそれは一瞬のことで、すぐに真面目な表情に移り変わる。

「なんでもないんだ。ただ、僕がお鈴だったらって考えると複雑なだけ。——まあいいや。とりあえず、今回なにが起こったのかを説明するよ」

◇

「横になっていなくて大丈夫か、紘」

「わたしはもう大丈夫です。むしろ、士琉さまの方がお疲れなのでは……」

月が空高くに昇った佳宵（かしょう）。

紘のもとに顔を出した士琉は、見るからに疲弊した様子だった。結界を一時的に解いて紘のそばまで寄ると、褥の横に座しながら眉尻を下げる。

「此度の件で進展があったのは僥倖なんだが、相次ぐ憑魔の出現に継特もてんやわんやでな。そばにいてやれなくてすまない」

「そんな、いいのです。わたしのことはどうかお気になさらず……。もう身体は回復しておりますし、士琉さまはお仕事に集中してくださいませ」

弓彦が千桔梗へ戻るのと入れ違いで、士琉は一度顔を見せに来てくれていた。休む暇もないほど多忙なのに、合間を見つけて冷泉本家へ立ち寄ってくれたらしい。

とはいえ、そのときは無事に目覚めた紘の顔を見るや否やすぐに職務へ戻ってしまったので、こんなふうに顔を突き合わせて話をするのは久しぶりだった。

「今日はもう、大丈夫なのですか？」

士琉は軍服姿だが、特別急いでいる気配は見受けられない。少しだけ胸をそわつかせながら尋ねると、士琉はふっと柔らかく相好を崩した。

「正直、やらねばならないことは尽きないんだが、隊の者たちにいい加減休めと追い出されてな。とくに千隼と海成が喧しいんだ」

「千隼さんたちが……」

「まあ、こうして紘にも指摘されるくらいだ。よほど隠せていないんだろう。俺もまだまだ修行が足りないな」

情けない、と士琉は気怠げに前髪をかき上げた。

そんな些細な仕草ひとつ、艶やかな色香を纏う。気を抜けば心ごとからめとられてしまいそうなほど、士琉の一挙手一投足、そのすべてに自然と目を惹かれる。

最近、紘はほとほと困っていた。

どうにも士琉を前にすると、勝手に脈拍が速くなって心が浮ついてしまうことに。

そして、それを自覚してしまったことにも。

(士琉さまが助けてくれたあのとき……わたし、すごく安心してた)

まるで、彼の醸し出す恬然とした余裕が、紘にも移ったかのように。

でなければ、そもそもあの混沌とした状況で〝鳴弦〟を行おうとは思えなかったはずだ。その思考を辿ったことを踏まえれば、あのときの紘は冷静だった。

なにせ人という生き物は、命が危ぶまれるほどの危機的状況に追い詰められたとき、正常な判断が下せなくなるものだから。

物事の道理が正常に判断できなくなり、思考を吟味するゆとりがなくなるのだ。

その状態で下した選択も行動も信用ならない。

窮地に追い込まれれば追い込まれるほど、内に広がる焦燥が、突拍子もない閃きを名案だと、これしかないと思い込ませようとする。

あのとき——士琉が助けに来てくれる寸前、ほんの一瞬でも紘が己の命をこのままお鈴に捧げてしまおうと思ったのも、ようするにそういうことで。

けれども、士琉は如何なるときも冷静さを欠くことなく、従容としている。

立場や地位、背負ってきたもの。士琉がこれまで生きてきた時間のすべてが彼を作り上げているのだろうが、ゆえにこそ絶対的な安心感がある。

ああ、士琉がいればきっともう大丈夫だ、と無条件に安堵してしまえるほどに。

その重みが、紘を包み込んでくれた。

底知れない不安で満たされていた心ごと。

きっとあの瞬間、紘のなかで士琉の存在の在り方が変わったのだ。

「……士琉さま。少しだけ、弱音を吐いてもよろしいでしょうか」

「ん、どうした？　なにかつらいことがあったのか」

途端に心配そうな色を灯しながら顔を曇らせる士琉に、紘は頭を振る。

「つらい、とはまた違うのですけど……。ただ、とても心配で」

「心配？」

「はい。お鈴のことです」

お鈴が憑魔に身体を乗っ取られた日から、今日で三日目。

この間、燈矢は数えていられないほど頻繁に、紘のもとへ顔を出してくれた。多忙を極める士琉とて二回目。千隼や茜ですら、見舞いの品を持ってきてくれた。

なのに、肝心のお鈴だけは、たったの一度も会うことができていない。

すべてにおいて紘が第一優先なのだと普段から表明していることもあり、きっとすぐに顔を見せてくれるだろうと思っていた手前、これにはさすがの紘も狼狽えた。

現在、紘の身の回りの世話は、冷泉本家に仕える女中たちが請け負ってくれている。本家とはいえ、同じ屋敷内に専属侍女である彼女がいながらだ。

さすがにそうなれば、紘でも察する。

──どうやら自分は避けられているらしい、と。

「燈矢から聞きました。お鈴は今回のことをすべて覚えているそうですね」

「……ああ」

これまでの憑魔の被害者は、トメ然り、自分が憑魔に乗っ取られているときのことをまったく覚えていなかった。ゆえに被害者は、往々にして〝気がついたときには自分がとんでもないことをやらかしていた〟状態に陥ってしまっていたわけだ。

身に覚えのない罪を理由に逮捕状を出されたり、牢にて拘束されていたり。

被害者であると同時に加害者にもなってしまった者たちは、もはや気の毒としか言いようがない。

だが、それはある意味、救済であるのかもしれなかった。燈矢から〝お鈴はすべての記憶が残っているようだ〟と話を聞いて、ふいに紘は思い出したのだ。

「……お鈴、泣いていたんです。憑かれているとき」

「泣いていた？　自我が残っていたのか？」

「いえ、そういうわけではないと思います。ただ、わたしに攻撃してきた瞬間、ほんの一瞬だけ〝無〟のなかにお鈴が見えました。きっとあのとき、お鈴は自分の意思とは関係なく動く身体に苦しんでいたのだろうなと……」

もし自分がお鈴の立場だったらと思うと、身の毛がよだつほどぞっとした。

――大切な相手を、自分の意思とは関係なく攻撃する。

それも己の手で、己の力で。

己のせいで、相手が傷ついていく姿をただ見ているしかできない。

ああ、なんて恐ろしいのか。そんな悪夢のような現実を体験してしまったら、きっと生きていることさえ怖くなってしまう。また自分が誰かを傷つけてしまうのではないかと恐ろしくて、人を避けるようになるだろう。

そんなの、容易に想像できる。

なにしろ紘は、そうして結界に引きこもることを決めたのだから。

「心配なんです。お鈴が、とても。お鈴の心が、心配で、心配で、どうしようもなくて……でも、どうしたらいいのかもわからない」

人を傷つけてしまうことの怖さを、取り返しのつかない命の重みを、喪うことの絶望感を知っている。

それは相手が大切な者であればあるほど、大きく深いものとなる。なればこそ、今のお鈴を思うといたたまれなかった。

だって彼女が紘を大切に思ってくれているのは、誰より知っているから。

「お鈴は来ないか？」

「はい、まだ一度も会えていません。身体に大事はないと聞いたのですけど……」

「継特でも事情聴取はさせてもらったから、無事は保証できるが」

士琉は心苦しそうに眉根を寄せ、重い息を吐き出す。

夜の静寂が、沈痛な空気を押し潰すように圧し掛かってきた。心なしか冷え込みが倍増したような気がする。

「これまでの被害者とお鈴で共通しないのは、ひとつだけ。継叉であるか否かだ」

「……お鈴は継叉だったから、記憶が残っていたということですか？」

「ああ。継叉も妖魔も、元を辿れば〝あやかし〟の成れの果てだからな。継叉と妖魔は乾坤(けんこん)の関係だが、力の源は同じであるがゆえ……なにかしら耐性を持っていたと考えるのが妥当だろう」

士琉の言葉を頭のなかで咀嚼(そしゃく)しながら、紘は考え込む。

「これまでの方々は継叉ではなかったから、憑依されても、お鈴のように妖力で攻撃することはなかったのですね？」

「ああ。代わりに放火で危害を与えようとしていたが、今回の憑魔を鑑みるに、おそらくこれも個体的なものだろうと継特では推測している。そう考えると、奴らは妖魔よりいくらか知性を持ったモノなのかもしれない。さながら、上位種だな」

「上位種、ですか……」

襲撃と憑依ではまた脅威の種類が異なるし、対策の講じ方も変わってくる。

なんにせよ、憑魔の実態が少しずつでも明らかになってきた今、なおのこと今回の件は重要な指針となりそうだ。好転、なのかはわからないけれど。

（トメさんに続いて、お鈴まで……。これが偶然だとは、どうしても思えない）

士琉の言う通り憑魔が妖魔の上位種であるなら、〝妖魔を引きつけてしまう体質〟が影響を及ぼしているのではないか。

ここで身体を休めているあいだ、紘はその可能性をずっと考えていた。

（わたしのせいで、トメさんやお鈴に不幸を招いてしまったのだとしたら……）

なによりも恐れていたことだ。

呪われた自分が結界を出たら周囲に迷惑をかけてしまう、と。

大切な人を傷つけてしまう、と。

（ううん……結界なんて結局、逃避に過ぎなかった）

自分でもわかっていた。

だから、この婚姻を最後の罪滅ぼしと言い聞かせて、燻ぶる恐怖を呑み込んで、ようやく千桔梗の郷を出たのだ。

こんなことになるなら、やはり自分は嫁入りなどせずに結界にこもっていた方がよかったのかもしれない。否、本当はこうして生きていることさえも――。

「まあ、憑魔のことはそう心配せずともいい。なにが相手であれ、継特は民を護るためにある部隊だからな。今後も尽力するまでさ」

思いたわむ絃をそっと掬いあげるように、士琉が穏やかに言った。

はっと顔をあげ、あらぬ方向へ転がりかけていた思考をどうにか断ち切る。

まさか絃が今、死を意識したとは思ってもいないのだろう。絃へ向けられていた士琉の眼差しは、ひどく温厚で優しいものだった。

(士琉さまは……本当に、あったかくて。わたしは、受け止めきれない)

喉の奥の方がやけに熱を持ち、息が苦しくなってくる。しくしくと古傷に沁みるような痛みを堪え、絃は唇を引き結んで俯いた。

今はその優しさすら、ただただ痛い。

「絃？　どうした、どこか痛むか」

「いえ……いいえ。ただ、士琉さまの存在がこんなふうに近くにあって、少し感慨深くなってしまっただけです」

身勝手な痛みで心配させたくはなくて、嘘ではない偽りで答える。

けれど、士琉はそれすらも感じ取ってしまうのだろう。気遣っているのかそれ以上言及しようとはしないが、物言いたそうに紘を見つめてくる。

士琉の瑠璃色の双瞳（そうどう）を見つめ返したら、紘はその色に千桔梗の花を思い出した。

刹那に脳裏を過ったのは、燈矢と弓彦の言葉だ。

（……ああ、そうね。千桔梗に帰れば、お鈴は安心するかもしれない。故郷には家族もいるし、たとえ侍女をやめても居場所があるもの）

本家筋の者ではないにせよ、お鈴は月代の血を引いた継叉である。

まだ十五歳、志せば今からでも祓魔師になれるだろう。あるいは、年頃になったら結婚して、どこかの家庭に入るのもひとつの幸せかもしれない。

猪突猛進なところはあるが、基本的には器量がいいうえ、心根は誰より真っ直ぐで愛らしい。そんな彼女のことを愛してくれる相手なら、いくらでも見つかるはずだ。

いや、なにも月代にこだわる必要もない。

お鈴には、もっともっと多くの選択肢が、可能性がある。

今後生きていく在り方を模索するためにも、いっそこのまま侍女職を離れるという道も悪くはないだろう。閉鎖的な月代を変えたいと願う弓彦に頼めば、その後押しくらいはしてくれるはずだ。

（わたしは、お鈴に幸せになってもらいたい。そこに、わたしがいなくとも）

思わず爪が皮膚に食い込むほど、ぎゅっと手指を握り込む。

すると、目ざとくそれに気づいた士琉が「こら」と紘の方へ前のめりに身を乗り出してきた。急激に、ふたりの距離が近づく。

「えっ……あ……！」

士琉が紘の左手を上から包み込んだ瞬間、驚いた紘はとっさに身を引く。

それが悪かったのだろう。腹筋に力が入らず褥に倒れた紘は、紘の手を握っていた士琉をも巻き込んだ。視界が反転し、どさりと背中が褥につく。

「っ……‼」

気づけば、士琉が紘に覆い被さっていた。

士琉もさすがにこれは思いがけないことであったのか、鼻先が触れそうなほど近づいた距離に硬直している。互いに呼吸すらままならない、数瞬。

だが、沈黙のなかでも見つめ合う瞳に映る自分は、言葉にならないほどの戸惑いを浮かべながらも、士琉を受け入れていた。

それがとても不思議で、恥ずかしくて、紘は同時に理解する。

——……自分はもうとっくに、士琉に心を許しているのだと。

「っ、すまない。今、退く——」

先に言葉を発したのは士琉だ。

だが、彼が最後まで言い切る前に、絃はなかば反射的に士琉の胸元をそっと掴んで引き止めていた。起き上がりかけていた士琉は、ふたたび絃の顔の横に立て肘をつくことになる。体勢がさらに崩れたのか、さきほどよりも、なお近い。

「な……っ」

いったいなにが起きているのか理解できない、といったように諸目（もろめ）を見開く士琉の耳は、暗がりでも感じられるくらいに紅潮している。

「い、と？」

「あっ」

（わたし、なにを……っ）

絃も絃で、己の無意識の行動に混乱する。

ただ、そう。このまま、離れたくないと……思ってしまった。

もっと近づきたいと。行かないでほしいと。

そばにいてほしい、と。

絃の心が、手を伸ばしてしまった。

ふたりきり、わずかな隙間で交わる視線の熱が今にも相手へ伝播してしまいそうなのに、やはり嫌ではないのだ。胸がいっぱいで、言葉にならないけれど。

とはいえ、こんな奇妙な行動をしてしまった手前、せめて紘からなにか言わなければと、散開する思考をそのままに「あの」と絞り出そうとする。

だが、その寸前。

間近に迫る士琉の端麗な相貌が、苦の色をはらんで、くしゃりと歪んだ。

「……勘弁、してくれ」

「し、士琉さま？」

「俺は、紘が思っているほど、できた男じゃない。これでもずっと我慢しているのに、こんなふうに理性を試されては……してはならないことを、犯しそうになる」

士琉の手が、なにかをぐっと堪えるように敷布を強く握り込んだのがわかった。

紘の左手を掴んでいた手も、気づけば絡み合うように繋がっている。

「……だが俺は、紘を大切にしたいんだ」

あまりにも苦しそうに、まるで堪えきれない痛みを吐き出すかの如く。

「紘が関わるものすべて、どんなに些細なことでも蔑ろにしたくない。たとえ重いと言われても、だめだ。それほどに俺は君を想っているし、今後もきっと一生、命ある限り想い続ける。だから、すまない」

諦めてほしい、と。どうしたって愛してしまうから、もうここに来た時点で愛されない道などないのだと受け入れてほしいと。

士琉は、恋い余るように、そう言った。

「っ……どうして、そこまでわたしを」

「言葉を尽くして伝えきれるものなら、とっくにしているさ」

恋慕という名の激情を向けられる絃もまた、喜怒哀楽の感情の境目を失っていた。

ぐちゃぐちゃにかき混ぜられて、自分が今なにを考えて、なにを思っているのかもわからない。こんなにも静謐な空間が、たちまち鼓動の音で満たされる。

ただ、ひとつだけ。

そうして愛されることを、むしろ望んでいる自分に気がついてしまった。

（ああ……もう、逃げられない）

目霧る不快さを感じながら、絃は唇を震わせた。

つう、と。堪えきれなかった涙がひと粒、頬を流れる。

「……それは、なんの涙だ？　絃」

静かに問いかけてくる士琉は、しかしその答えをわかっているのだろう。

絃が嫌がって流した涙なら、敏感な彼はすぐに察して離れるに違いないから。

（士琉さまはずるい御方ね）

今、彼がこうして絃と向き合っている事実こそ、すべてを表しているのだ。

そんな士琉だから、心に隙間ができてしまった。

これまで必死に目を向けないよう否定し続けていた気持ちを、受け入れざるを得なくなってしまった。とてもではないけれど、もう、逃げられない。

「士琉さまは、ずるいです……っ」

——そう、紘は愛されたかった。

本当はずっと、愛してもらいたかった。

でも、愛されてはいけない存在だから、愛される資格なんてないから、受け入れてはならないと己を押さえつけていた。愛さないでほしいと願っていた。

けれど、それでも、愛してくれる者たちがたくさんいることは知っていたのだ。

心ではちゃんと感じ取っていた。

感じ取るたびに、つらかった。ただ、苦しかった。

だって、そんなふうに逃れようのない愛を注がれてしまったら、もう否定できなくなってしまうから。

与えられる愛を、受け入れたくなってしまうから。

(それでも、ずっと、逃げてきたのに)

最期の希望が残る道を前に、無情な通せんぼを食らった気分だ。

交錯した気持ちが悲鳴をあげて、痛い。ただただ、痛い。

「君を愛せるのなら、ずるくてもいい」

士琉は紘と絡めていた手をそっと解くと、乱れた紘の前髪を優しく払った。

夜中だからだろうか。やけにひんやりとした手の感触が肌を滑る。そうして顕になった紘の額に、士琉はわずかに触れるだけの口づけを落とした。

「紘の憂いをすべて拭えるような存在でありたいんだ、俺は」

「憂い、なんて」

「だから、お鈴のことも話してくれて嬉しかった。少しは心を開いてくれたのかと」

士琉はどこか寂寥を含んだ眼差しを落としながら、微笑を浮かべる。

「──紘。俺はやや口下手な自覚があるし、千隼のように巧みな言葉で返すのは難しいかもしれない。それでも、努力はしよう」

「努力……ですか……？」

「ああ。例えば、なにか心に重しをかけられるようなことがあったとき、それを共に持ってやれるような。そんな夫になる努力を」

起き上がった士琉は、紘のことも支え起こしながら穏やかに言を紡ぐ。

向けられる瞳にはまだ熱の余韻があるが、心地よく感じられるほどの温かさだった。

「だがきっと、この気持ちはお鈴も似たようなものを持っている気がするんだ。紘の痛みも苦しみも、すべて自分が背負いたいと思っているようだったから」

「……でも、わたしは、嫌です。逆は然りですけれど……」

「そういうものなんだろう、きっと。誰しも大切な相手には心を砕く。ゆえにこそ、ときにはぶつかり合うことも必要なのかもしれないな」

噛みしめるように告げると、士琉はおもむろに立ち上がった。

「士琉、さま？」

「俺は君を裏切らないし、信じている。だから、足掻くが、待ちもする。焦らず、君が俺のことを心から信じられるようになるまで、いつまでも」

ひとこと、ひとこと、丁寧に言い聞かせられるような感覚だった。愁眉を開いたわけではないのに、よくも悪くも荒んでいた胸中が少しずつ凪いでいく。

「長居をしてすまなかった。夜も遅いし、また改めて顔を出させてくれ」

ぽんと頭に手を乗せられた紘は、おずおずと頷いた。

しかし、わずかに渦巻いた淋しさが表情に表れていたのだろうか。そっと手を動かした士琉は、苦笑しながら紘の頬を撫でた。

「……俺としては、君の方がよほどずるいと感じるんだがな」

「え？」

「いや。お鈴の件は俺の方でも考えておくから、紘はもうしばらくここでゆっくりと身体を休めるといい。いろいろと落ち着いたら、俺の屋敷へ帰ろう」

きっと、お鈴との関係を慮ったうえでの計らいだろう。

お鈴が現在どういう心持ちであるのかはわからないが、トメもいない状況で屋敷に戻れば、確かにもっとこじれてしまうかもしれない。ややこしくしないためにも、きちんと話をつけてから元の生活に戻った方がよさそうだ。

（士琉さまは、わたしが沈みそうになると、いつも手を差し伸べて呼吸ができる水面まで引きあげてくれる……。まるで、あの文を送ってくれていた人みたい）

もしかすると、本当はすべて、わかっているのかもしれないけれど。

今はまだ、どうか気づかないままで。

「……士琉さまも、どうかちゃんとお休みになってくださいね」

頭上に乗せられた大きくしなやかな手をそっと取って両手で包み込めば、士琉がわかりやすく固まった。

なるほど、と思う。

触れたい相手に自ら触れると、心がとても満ち足りて胸がいっぱいになるらしい。

士琉と共にいると、絃の知らない感情が次々に溢れる。

最初は怖いとすら感じていたそれが、今はとても心地いいのだから、人の心とはまことに、不思議だ。

漆幕　幽暗の別離

翌日の夜、紘は意を決して自らお鈴に会いに行くことにした。

結局今日もお鈴が姿を現すことはなかったが、紘の食事を運んできてくれた女中に尋ねたところ、お鈴はちゃんと侍女の職務を全うしているらしい。ただ、紘に関する全般は『合わせる顔がないから』と本家の女中に代わってもらっているという。

（お鈴がそんなふうに思う必要はないのに）

このまま会えない時間が長引けば、きっとそのぶん溝が深くなって、こじれていってしまう。お鈴がどんな選択をしようと紘は尊重するつもりだが、まずは一度きちんと話してからだ。でないと胸に渦巻くこの靄つきは消えてはくれないだろう。

「……お鈴」

枕元に控えてあった護符を身体に貼り、紘は結界を出る。

ちなみにこの護符は、結界から出なければならないとき用にと、茜がわざわざ自作して持ってきてくれたものだ。

さすが結界術に通暁する家系の出だけあり、その護符の質は紘が身体で察知できるほど有能だった。身体に貼っただけで周囲の空気すらも浄化されるのだ。

祓札ではないため、正確には空気中に蔓延る邪気を効能範囲外に弾き出していると捉えるべきなのだろうが、それにしても高精度すぎる。

これが氣仙の次期当主の実力かと思うと末恐ろしい。

なんにせよ、この護符のおかげで紘は安心して結界の外へ出ることができるようになった。少なくとも屋敷のなかならば、そこまで不安もついてはこない。

（誰も、いない……）

戸襖を開けてそっと外の様子を窺うと、廊下の燭台はすでに火が消されていた。闇を薄く伸べて敷いたかのような暗い板の間が続いているが、外から淑やかに差し込む月桂のおかげで、目が慣れれば歩けないほどではない。

「お鈴は、もう寝てしまっているかしら……」

冷泉本家はとにかく敷地が広い。廊下は細かく枝分かれしているし、どこを曲がればどこに辿り着くのかを把握するのにも苦労する。

ひとまず厠へ向かう道順のみ覚えたものの、下手に横道に逸れれば紘の借りている客間に戻れなくなってしまいそうだ。さすがにそれは困るため、まずは覚えている道を辿りながら探すことにして、紘はひとり、暗い廊下を進む。

やがて知らない大廊下の前まで辿り着いたとき、紘はその奥からなにかが落ちる音を聞いて肩を跳ね上げた。

（っ、なに……？　誰か、いる？）

暗闇のなか目を凝らして見れば、それは畳まれた手拭のようだった。まず床に散らばったそれらを認識し、戸惑いながら視線を上げた紘は、思わず息を呑む。

「お、嬢さま……」

そこにいたのは、紘と同じように目を見開き、立ち尽くしているお鈴だった。

まさか本当に遭遇できるとは思っておらず、しばし思考が停止する。

お鈴もお鈴で、まさか紘が夜中に結界を出て屋敷を徘徊しているとは思わなかったのだろう。一瞬、幽霊でも見たような顔をしていたが、すぐに表情が歪む。

紘が一歩足を進めると、反射的に一歩後ろへ下がるお鈴。

お鈴、と呼びかけようとすれば、ぶんぶんと頭を振りながら彼女は声を荒らげた。

「近づかないでくださいっ……!!」

「っ……!?」

あまりに耳を疑う言葉が飛び出して、紘は絶句した。

(な、に……？　お鈴は、なんて言ったの？)

閑寂とした廊下にこだましたそれは、嫌に反響して。

どれだけ信じたくなくとも、その拒絶ははっきりと紘の鼓膜にこびりついた。

「……ごめんなさい。でも、もうだめなんです。お鈴は大事なお嬢さまを傷つけてしまったから。こんなの、いちばんあってはならないことなのに」

「ち、違うわ、お鈴。あれは憑魔が……」

「憑魔だろうがなんだろうが、お鈴がお嬢さまを攻撃したことは事実です！」

　その絶叫に、絃はびくりと肩を跳ね上げる。

「護らないといけないのに、護りたかったのに、よりによってお鈴がお嬢さまを……っ」

　かたかたと震えるお鈴は、自分の身をぎゅっと抱え込んで俯いた。

「怖い……怖いんです。また傷つけてしまうんじゃないかって。そう思ったら、恐ろしくて恐ろしくて、お嬢さまに会いに行けなかったんです」

　絃が茫然としているあいだに、お鈴は散らばった手拭いをすべてかき集めた。畳み直す余裕もないのか、乱雑に丸めたそれらを腕いっぱいに抱えて、お鈴は一歩、二歩と後ずさる。涙で濡れた双眸が、絶望をはらんでこちらを向いた。

（ああ……）

　その瞬間、絃は杞憂が現実となったことを悟った。

　だって絃を見つめるお鈴は、かつての自分と同じ目をしていたから。

「……申し訳ありません、お嬢さま。お鈴はもうお嬢さまのそばにはいられません」

　ところどころ、掠れた声が朧（おぼろ）げな星影に交ざり落ちる。

　そのまま踵を返し、お鈴は絃から逃げるように走り去った。

　暗晦（あんかい）のなかに溶け消えるその小さな背中を、絃はただ麻痺したように身動きが取れないまま、呆然と見送ることしかできなかった。

◇

(お鈴に、初めて拒絶された……)

冷泉本家をとぼとぼと当てもなく彷徨う。もはや自分がどこを歩いているのかなどわからない。いや、行く先も戻る道も今の紘にはどうでもいいことだった。

頭のなかで、幾度も繰り返しお鈴の言葉が再生されている。そのたびに心が少しずつ欠けていくようなのに、感情は、心は、まだ追いついていない。

そうしてどれほど歩いたのか、ふいに声が聞こえて紘は立ち止まる。おずおずとそちらの方を見てみれば、いつの間にか知っている廊下に立っていた。

(ここ、最初に冷泉本家に来たときと同じ道……。桂樹さまのお部屋……?)

ぼんやりと思い出し、声の方へ歩く。

どうしてかと言われてもわからない。ただ、わずかに聞こえてくる声に引き寄せられるかのように、身体が勝手にそちらへと動いていた。

「……でしょう？　父上のお身体のことも——」

戸の前に立てば、さすがに声の質がはっきりした。

それが士琉のものだとわかった刹那、届いていた声がぴたりと止む。どうやら、他者の存在に気がついたのは紘だけではなかったらしい。

「誰だ」

突き刺すように飛んできたのは、端的な鋭い言。普段の士琉からは想像もつかないほど低く怜悧な声音で誰何され、紘はしばし硬直した。

相手が士琉だとわかっていてもなお湧き上がる恐怖に怖じ気づくと、なにも返事がないことに痺れを切らしたのだろう。室内からこちらへ歩いてくる気配があった。

逃げることも動くこともできずにいれば、目の前でぴしゃんと戸が開く。

一瞬、全身に凍りつきそうなほど冷徹な視線を感じた。

けれどそれは、首を竦めて怯えながら見上げた紘の視線と絡み合った瞬間、呆気なく霧散する。

「紘……!?」

まさか紘だとは思っていなかったのか、士琉は途端に狼狽えた。

「なぜここに……護符を貼ってきたのか？」

「し、りゅうさま」

かろうじて声を絞り出したのと同時、紘の頬に一筋の涙が流れ落ちた。

（あ……）

瞬く間に視界が歪んだ。次々に流れ出した涙は頬の曲線を伝い、顎から落ちる。

「どうした、なにがあった」

士琉は泣き出した紘に焦った様子を見せながらも、紘を抱き寄せる。

とん、と彼の硬い胸板に額が当たった瞬間、それまで追いついていなかった感情が溢れんばかりに胸を支配した。

悲しい、淋しい、虚しい、苦しい、つらい。そんな言葉では到底表しきれないほどに、紘の心は滂沱の涙と共に悲痛な叫びを訴え出す。

「士琉、さま……っ」

「……どこか痛む、というわけではないな？」

紘の様子に、なにかを悟ったのだろう。強張った顔で慎重に尋ねてきた彼に、しゃくり上げながら頷いて返す。

痛いけれど、それは身体ではなく心だったから。

すると、部屋のなかから「士琉」と掠れた声が届いた。振り返った士琉の腕のなかで顔を上げてみれば、褥で半身を起こしながら、桂樹が手招いていた。

「そのような場所に立っていないで入りなさい。私のことは気にせずともいい」

「しかし……」

「いいから。紘さん、こちらへおいで」

呼びかけられ、紘は戸惑いながら士琉を見上げる。決して声を荒らげているわけではないが、その物言いには、当主らしい有無も言わさぬ圧があった。

士琉はどうしたものかと逡巡し、しかし当主の命には逆らえないのか嘆息した。

小声で「すまん」と律儀にも謝ってから、紘を軽々と横抱きにする。

「っ、士琉さま」

「楽にしていてくれ」

士琉は紘を抱えたまま器用に部屋の戸を閉め、桂樹のもとへ向かう。

桂樹の褥の横に座した士琉は、紘を手放すことなく、己の腿に座らせた。一方でこの状況に不満があるのか、どこか不服そうな面差しは隠しもしない。

「見るからにそう怖い顔をするな、士琉。説教をするわけでもあるまいし」

「父上は手厳しいゆえ。紘を傷つけるようなことを言わないか、心配なんですよ」

相も変わらず、白檀の香が焚かれている室内。

とりわけ、以前と変わった様子は見られない。

だが、部屋の中心に敷かれた褥に横たわる桂樹は、また少し痩せただろうか。目を縁取るような黒い隈が、さらに濃さを増していた。

「なにがあったのかはわからないが、そういう紘さんの姿を見ると安心するな。初めてここに顔を見せてくれたときは、泣く余裕すらもなかったようだったから」

「え……？」

「覚悟を決めたような顔をしていた。どんなに傷ついても……傷つけられても甘んじて受け入れる、という。まるで生贄にされた娘のようだったよ、君は」

思いもよらない指摘をされ、紘はぼろぼろと涙を零しながら呆けてしまった。そんな紘の反応がまたおかしかったのか、桂樹はくつくつと喉を鳴らして笑う。

「実際、そのようなものではあったがな。当主の命による政略結婚など、世間一般ろくなものではない。紘さんもよく受け入れてくれた」

「そん、な……」

「まあ、君には断るという選択肢もなかったのかもしれないけれど」

——桂樹がこうして話を振ってくれるのは、きっと彼なりの気遣いだろう。哀しみに囚われた紘の心が、一時でも異なる方角を向くようにしてくれているのだ。

その優しさの在り方が、士琉とよく似ていた。

たとえ血は繋がらずとも、確かに親子なのだと感じられる。

それが、今の紘にはすごく温かかった。

「……嬉し、かったんです。縁談のお話を、聞いたとき」

涙腺が壊れてしまったのか、一向に止まる気配のない涙を流し続けながら、紘は曖昧に笑う。笑えているのかは定かではなかったが、これは笑顔で伝えたかった。

「わたしにも、やっとお役目ができる……って。とても、嬉しかったんです」

頬を濡らすものを拭い、紘はもう一度噛みしめるように告げる。

「なので桂樹さまの仰る通り、どんなことも受け入れる心持ちではありました」

まだそう昔の話ではないのに、どうしてかひどく懐かしく感じられた。

瞼を下ろして過去の記憶を覗き込めば、あのときの決意がほのかに蘇ってくる。

（そう……わたしはあの日、自分の役割ができて嬉しくて。兄さまが、月代が望むのならなんでもしようと思った。こんなわたしが役に立つのなら、たとえどんなことも厭わないって思っていた。桂樹さまには、それを全部見抜かれていたのね）

弓彦から縁談の話をされたとき、正直最初はからかわれているのかと疑った。

自分のようなものに縁談が来るはずはないと思っていたし、たとえ来たとしても月代の足枷になりかねない縁談など弾かれるだろうと期待もしていなかったから。

なればこそ、冷泉家の方から縁談を持ち掛けてくれたことも、弓彦がそれを受けるつもりでいることも信じられなくて。

けれども、弓彦は紘が嫁ぐことで月代に〝利〟があるのだと断言してくれた。

結局、なにかはわからないままだが、たとえなんであっても構わなかった。そこに紘の存在価値が生まれるのならば、それでよかった。

危険を承知に――最期の、罪滅ぼしを。恩返しを、しようと思った。

「……わたしは、この結婚に後悔はしていません。まだ正式な婚姻は結んでおりませんが、そのときが来たら士琉さまの妻になりたく存じます」

「紘……」

「でも、お鈴は……あの子には、暇を出そうと思っているんです」

桂樹はふむと目を瞬かせただけであったが、士琉はさすがにぎょっとしたのか紘を凝視した。正気か、とその眼差しに問いかけられた気がして、紘は微笑で返す。

「もうそばにはいられない、と言われました」

「お鈴にか？」

「はい。あんなふうに、お鈴がわたしをはっきりと拒絶したのは初めてで……少し、受け入れられなくて。でも今、こうして話していてふと思い至ったんです。この拒絶はもしかしたら、本当は十年前に言いたかったことなんじゃないかなと」

お鈴が千桔梗の悪夢に責任を感じていることには、紘とて気づいていた。

紘の専属侍女になると言ってくれたのも、あれからずっと紘を護ろうと心身を捧げてくれているのも――すべてはあの日、自分が紘を外に連れ出してしまったからだと思っている。

そして『今度こそ護る』と事あるごとに口にするのを鑑みると、おそらく紘を護り切れないまま気絶してしまったことも気にしているのだろう。

その責任感ゆえに、お鈴は紘に己のすべてを捧げようとする。

ずっと一緒にいるのだ。気づかないわけがない。

けれど、お鈴はお鈴で、身の内に抱えているその罪悪感を生きる理由としていることも知っていたから、なにもできなかった。どうしようもなかった。

「お鈴は優しい子です。いつまでもわたしが縛っていていいような子じゃない。拒絶されたのは哀しいけれど……きっと、いい機会なのだと思います」

紘を傷つけてしまったと、彼女は泣いていた。

その気持ちを、紘が理解できないわけもない。

だって今のお鈴は、かつての自分とそっくりなのだ。

もう誰も傷つけたくなくて、大切な人を自分のせいで喪いたくなくて、この呪われた身を封じようと決めたあの日の自分と。

だからこそ、彼女のそばにはいられないという訴えは痛かった。

紘が今もなお抱き続けている思いと、ぴったり重なってしまったから。

「……本当に、それでいいのか？　紘」

「はい、士琉さま。わたしはお鈴に、幸せになってほしいんです」

もう縛りつけたくはない。お鈴はお鈴の人生を歩んでいってほしい。

そう願っているからこそ、哀しさと淋しさを呑み込んででも別離を選択する。

心がぼろぼろと砂のように崩れる痛みはあるけれど、紘は彼女の主だから。

突き放す役目を背負うのは、お鈴ではない。紘の方だ。

（変わるのも、変わらないのも、恐ろしいけれど……。変わり始めてしまった歯車を

止めることなんてできないのだから）

せめて、願うことだけは、祈ることだけは許してほしいと。

大切なお鈴の幸せを、これからの道行を想うことだけはどうか、と。

「――紘さん、君は賢い。だが、賢いからこそ誰よりも臆病だね」

「え……？」

「傷つける痛みも、傷つく痛みも知っているというのは、まことに難儀なものだな」

桂樹は憂いたため息を吐いて、紘を見た。

「人が人を想うというのは、とても難しいことだよ。ままならないことばかりだ。心は常に移ろいゆく。不変ではない。だからこそ、愛しいのだがね」

それでも、と桂樹は士琉へ滑るように視線を移しながら言い募った。

「変わらぬ想いというのも、確かにある」

ぴくり、と紘を抱きしめる士琉の力がわずかに強くなった気がした。桂樹はそれに気づいているのかいないのか、ふっと穏やかに笑いながら続ける。

「私はそれを間近で見ていたゆえ、賭けてみたくなったんだ。その一途な想いがどんな奇跡を起こすのか。――私もかつて、想った相手がいたからな」

「想った相手……ですか？」

そういえば、と紘はどこかで耳にした話を思い出す。

冷泉家の当主には、若かりし頃、琴瑟であると有名な妻がいたのだと。

「つらいとき、悲しいとき、苦しいとき、幸せなとき……どんなときもそばで心を分かち合った存在。私が生涯で愛した唯一だ。対抗したくもなるだろう？」

含みのある言い方で士琉へ挑戦的な目を向けた桂樹に、士琉はなんとも苦々しい顔をこしらえて「この父は……」と低く唸った。

「いいかい、紘さん。──恐れはなにか大切なものがある人間にしか生まれない。だから、きっと紘さんにはたくさんの大切があるんだろう。だがね、紘さんを大切に想う者たちも同じように恐れを抱いているということを忘れてはいけないよ」

「…………っ」

返す言葉を失った紘の手を、士琉が上から包み込んだ。

俺がいる、と。

そう言われているような気がして、紘もとっさに士琉の手を握り返す。

「君が傷つくことで、涙を流すほど悲しむ人間がいる。君を傷つけた者に、底知れぬ怒りを抱く人間がいる。君を傷つけてしまったことで、恐れを抱く人間がいる。そのことさえ忘れなければ、紘さんはきっと、大丈夫だ」

──大丈夫、だなんて、空気のように曖昧で不確かな言葉だ。けれど、桂樹の言葉は不思議と胸の奥深くまで沁み入り、気づけば紘はふたたび涙を流していた。

紘よりも哀し気な面差しの士琉に抱きしめられながら、思う。

ああ、愛されている、と。

愛さないでほしいと願ったいつかの自分が、そっと耳元で囁いた。

あなたは愛さなくていいの？　と。

◇

「紘、これから少し外に出てもいいか」

桂樹の部屋を出たところで、士琉はおもむろにそう切り出した。

思いのほか長い時間を桂樹の部屋で過ごしてしまったせいで、すでにだいぶ夜は深い。まさかこの時間から出かけたいと誘われるとは思わず、紘はたいそう困惑する。

「今日は十五夜——満月だからな。行きたいところがあるんだ」

「あの、でも、いくら護符を貼っていても夜は危険です。ただでさえ妖魔が発生しやすい時間に餌をまくようなことは、さすがに……」

涙こそ収まったものの、心にぽっかりとあいた穴は埋まったわけではない。

むしろ、お鈴の件があったからこそ、紘は自分の体質をより恐ろしく感じていた。

トメ、そしてお鈴。

単なる偶然かもしれないが、紘のそばにいる者たちが憑魔の犠牲になった。

妖魔を引き寄せる体質が、憑魔相手ではどのように作用しているかはわからないけれど、その偶然を軽視するほど、紘は自分を信じていないのだ。

「俺も『夜が怖い』という君に無理強いしたくはないんだが……どうしても、見てもらいたいものがある。それは夜でなければ見られないものでな」

「夜でなければ、ですか？」

「ああ。もちろん妖魔の懸念はある。紘の体質を考慮せずとも、夜の刻はあちこちで湧くからな。遭遇しない方が難しいだろう」

だが、と士琉はまるで誓いを立てるような眼差しで紘を射抜いた。

「君には、傷ひとつつけさせやしない。俺が必ず護るゆえ、どうか頼む」

普段、なによりも紘の気持ちを優先してくれる士琉にしては珍しい懇願だった。

まさかそこまでとは思わず、しばし悩みながらも紘はおずおずと頷く。

（茜さんの護符があれば、大丈夫……と信じたいけれど）

なんにせよ、そこまで頼み込まれたら、紘とて断れない。

「……わかりました、士琉さま」

答えた瞬間、士琉はわかりやすくほっとしたような顔をした。

どこかあどけなささえ感じる反応に、紘の方が受け入れてよかったと胸を撫で下ろす。ただでさえ哀しい顔をさせてしまったから、なおのこと安堵した。

（士琉さまはとても大人だけれど、すごく真っ直ぐな方よね……）

そこまで表情が変わるわけではないのに、喜怒哀楽がわかりやすい。とりわけ宝石のように澄んだ瑠璃色の瞳は、いつも彼の本音を嘘偽りなく伝えてくれる。

たとえ家族相手でも、真意を悟らせない兄を相手にしてきたからだろうか。

弓彦と話しているときは、たまに得体の知れないものを前にするような感覚すら覚えることがあるけれど、士琉にはそれがなかった。

だから、こうして対話をしていても不安にならないのかもしれない。

「ちなみにどちらへ？」

「月華の南門から出た先なんだが、少々言葉で説明するのは難しくてな」

苦笑しながら答え、士琉は紘の頭を撫でた。

「着いてからのお楽しみだ」

◇

「し、士琉さま……」

「酔ったか？」

「いえ、そうではなく……本当にどこへ向かっているのですか？」

紘は現在、士琉に抱きかかえられながら鬱蒼とした森林を駆け抜けていた。

ここは月華から遥か遠くに見えていた翠黛の内だ。月の霜を踏み越え、梢の向こうから現れる妖魔をすれ違い様に片づける士琉に、紘はもう面食らうしかない。

ここまで来るのも、目を疑うようなことの連続だった。

月華の南門を出てすぐ脇へ逸れたかと思うと、士琉は紘を抱えてまずひとつ絶壁を越えたのだ。普通の人間ならば登ろうとも考えないほどの絶壁である。

継叉の力を利用しているとはいえ、それを悠々と越えてみせただけでも驚くのに、その先に続いた数々の障害もものともしない。

ときに流れる川を飛び越え、ときに木々を渡り、あまりにも自然を意に介さずどこかへ向かっている士琉は、どこか楽しそうにすら見えた。

「もうすぐ着く。揺れるだろうが心配するな。絶対に落とさないから」

「は、はい」

そういうことではないのだが、訂正する余裕もなかった。

なかば諦めて、士琉に言われるがまま紘は身を任せる。

（結界にこもっていた頃は、こんな景色、想像したこともなかった）

痩躯ながらも鍛えられた士琉の身体は、とても頼もしかった。落とされる心配はしていないものの、これだけ強く抱きしめられていると恥じらいも生まれる。

それでもこんなふうに触れることが当たり前になってきていることが、紘のなかで

◇新たな感情を芽生えさせる予感がしていた。

やがて辿り着いたのは、小さな泉だった。千尋のなかをずいぶん奥深くまで潜ったことはわかるのだが、はたしてどれほど月華から離れたのか。

鬱蒼とした木々に丸く包まれるような空間。

月明かりが静謐に射し込む下では、あまりにも幻想的な青白い光が瞬いていた。

「これ、は……まさか、千桔梗？」

士琉に地へ下ろしてもらった紘は、信じられない思いで呟きながら立ち尽くす。

泉を囲むように咲き誇るのは、まるで蛍のように淡い光を放つ花々だ。

中心の本紫から階調を上げ青く変化するその光彩は、その空間を丸ごと浮かび上がらせている。硝子屑を散らしたように水面に反射する花明かりは、まるで銀湾をそのまま移したよう。水面に弾ける満天の星は、ただひたすらに美しい。

「種を植えて、もう十年になるか。これだけの星霜を経てようやく根づいてきたところだが、まだ蕾のものも多くある。もう数年経てばさらに増えるはずだ」

「えっ、士琉さまがお育てになっているのですか？」

士琉は穏やかな面持ちで頷く。

「ずいぶん昔に、弓彦から紘は千桔梗が好きだと聞いてな。しかし、千桔梗は月代にしか自生しない月光花だろう？　どうしたものかと考えていたら、弓彦が種を数粒譲ってくれたんだ。育てられるものなら育ててみろと、だいぶ挑戦的にだが」

「兄さまが……」

「月華の周辺で常に新鮮な水源が確保できるのは限られるゆえ、諸々を吟味して場所はここに決めた。多少通うのは大変だが、数粒しかない種を育てるとなると絶対に失敗はできなかったからな。結果的にはいい選択をしたと思っている」

それでも容易いことではない、と紘は絶句してしまう。

千桔梗は普通の桔梗ではない。一度咲いてしまえば、むこう千年は枯れることがないと言われている特異な月光花だ。

新鮮で澄み切った水源を好み、適度な月明かりを栄養分に、途方もなく長い時間をかけて花を咲かせる。

しかしその間、わずかでも手入れを怠れば花どころか蕾すらもつかないうえ、運悪く強風などに晒されれば刹那に枯れてしまう繊細な花なのだ。

千桔梗の郷はそもそも土壌からして特殊らしく、千桔梗のような花でも育ちやすいと言われているけれど、外界はそうではない。悪環境のなか、千桔梗をここまで育てたということは、それほど士琉が大切に向き合ってきた証拠だった。

「……十年前？　と、言いました？」

一時は聞き逃したものの、ふと引っかかって、紘は怪訝に首を傾げる。

それに士琉はぎくりとしたように身体を強張らせてから、なにかを迷うように視線を巡らせ、やがて口許を片手で覆いながら「頃合いか」と呟く。

青白く幻想が広がる宵のなか、士琉の瑠璃の瞳が戸惑う紘を捉えた。

揺れる瞳はまるで子犬のようで、いつもの泰然とした余裕はない。

だが、なぜなのだろう。

その不安定な様を、紘はどこかで見たことがあるような気がした。

「紘。俺は、十年前に一度、君に会ったことがある」

「……え？」

「千桔梗の悪夢の日だ。——俺はあの日、あの時間、千桔梗にいた」

その瞬間、きんと甲高い耳鳴りがして、ぐらりと激しい眩暈に襲われた。

刹那、脳裏に蘇ったのは大量の妖魔に囲まれた混沌とした地獄。

道の先で妖魔が群がるのは、血濡れの母。

目の前には、紘を護るために怪我を負い倒れたお鈴と燈矢。

赤、赤、赤。徐々に、しかし確実に広がるそれが、紘へ迫る。

ぴちゃん、と音がした。

（嫌……っ）

はく、と呼吸が詰まる。膝から地面へ崩れ落ちそうになった紘を、士琉がとっさに支えてくれた。そのまま自分の方へかき寄せるように強く抱きしめられる。

「落ち着け。大丈夫だ。俺がいる」

「し、りゅう、さま」

「ああ……ずっと、言うべきか悩んでいたんだ。紘にとっては思い出したくもない記憶だろうし、会ったと言っても、君の記憶にはないことだからな」

士琉は紘を抱え、泉のそばに鎮座していた大岩の上へと移動した。腕を伸ばして花開いた千桔梗を何輪か摘むと、腿の上に座らせた紘にそっと持たせてくれる。

か細い呼吸を繰り返していた紘は、その変わらぬ光に意識を引き寄せられた。

「あの日、俺は次期当主同士の顔合わせで千桔梗を訪れていた。妖魔による侵攻があった時間帯は郷の方で加戦していたから、紘と出会ったのはそのあとだ。弓彦と共に郷の妖魔を片づけ、裏山へ向かったとき──そこに、君がいた」

「わたし、が？」

「ああ。大量の妖魔に囲まれ、地面にへたり込んでいた。紘の母君はすでに事切れたあとで、君と手を繋いでいたお鈴も、怪我を負った燈矢も意識がなかった。紘は完全に無防備な状態で──しかし、怪我ひとつなく、そこにいた」

確かにその通りだ。紘は千桔梗の悪夢で、たったひとり無傷だった。

途中から記憶がすべて消えてしまっているせいで、なぜ怪我を負わずにいられたのかは定かでない。あのときのことを周囲に訊く勇気はなかったし、弓彦や燈矢も極力触れないようにしてくれていたから、真相を知る機会がなかったのだ。

ゆえに紘は、千桔梗の悪夢がどういう形で収束を迎えたのか知らないのである。

少なくとも憶えている限りでは、絶体絶命の危機に陥っていたはずなのだが。

「では、あの妖魔たち、は……士琉さまが、倒してくださったのですか？」

途切れ途切れに尋ねると、士琉は小さく首を振った。

「俺じゃない。君だ」

「え……」

「紘が倒したんだ。俺が君を視認したその瞬間、霊力を暴発させてな」

がつん、と頭を鈍器で殴られたような衝撃が走る。思考が完全に停止する一方で、自分の身体に流れる霊力がじわりと熱を持ったような気がした。

ずっとずっと奥深く。紘自身ですら感知できない場所で、記憶が疼く。

ぴちゃん、と音がしていた。

視界が真白に染まって、全身が燃えるように熱くなって、それから。

（もう、なにもかも、どうでもよくなって……わたし、消えたいって思った）

どうにかしたい。どうでもいい。どうにかしなくちゃ。どうにもならない。ありとあらゆる感情が錯綜して、心がついていかなくて、最後には壊れてしまった。

ならば、確かにあのとき紘は、霊力を暴発させたのかもしれない。

あの頃の紘は、今より己の力を制御できていなかったから。

力をすべて外に放出することでしか心身を保てないと、無意識下で自己防衛機能が発動したのなら、おおいに可能性はある。

「わたしが、あの場の妖魔をすべて祓った……？」

「ああ。だが祓ったあと、紘はもうほとんど心を失っているようで……。とてもではないが、手放しで喜べる状況ではなくてな。そのまま自害しそうだった君をどうこの世に引き止めるかで、当時の俺は頭がいっぱいだったのを憶えている」

記憶をなぞるように言いながら、士琉が紘の頭を抱いた。

その感触が、ふたたび紘のなかの琴線に触れた。

『いつか』

散りばめられた欠片を追うように思い出したのは、真白に染まった世界のなかで与えられた一筋の光明。否、きっとそのときは希望だなんて思えなかったけれど、問答無用で心の奥底に突き立てられた約束は、今も幼い紘が抱えている。

『いつか必ず、迎えに行く』

かつての記憶のなかで、まだ少年の姿であった士琉の声が再生された。

そうして、かちりと欠片が在るべき場所へ嵌まる。心のあちこちでばらばらに仕舞われていたものたちが導かれるように一箇所に集まり、思いがけず繋がった。

（あ、れ……？）

士琉は千桔梗の悪夢の日、紘に出逢い、とある約束を交わした。

そして十年前と言えば、もうひとつ。千桔梗の悪夢を経て結界に引きこもり始めた頃の紘にとっては、忘れられない出来事があった時期だ。

紘の宝物——。毎月一通、欠かさず送られてきていた、あの匿名の文である。

（……ああ、そっか。そういうことだったのね）

すとんと腑に落ちると同時、急激に呼吸がしやすくなった気がした。詰まりに詰まって滞っていたものが、ようやく抜け道を見つけて一気に流れ出たような。

「やっぱり……士琉さま、だったのですね」

「ん？」

「わたしに、文を送ってくれていたでしょう？　十年間、ずっと」

士琉が双眸を瞠り、しかしすぐに気恥ずかしそうな顔で苦笑してみせる。

ばれたかと言わんばかりに首を傾げられ、紘は小さく笑って返した。

さきほどまで支配されていた過去の記憶からは、不思議と解放されていた。気づけばあれだけ激しく訴えかけてきていた痛みも引いている。

『ようやく約束を果たせる』

最後に送られてきた文に綴られていた一文。

ずっと意味がわからなかったけれど、この約束は十年前に幼い紘が士琉と交わした約束のことだったのだ。

そして、いつか必ず迎えにという言葉通り、士琉は紘を迎えに来てくれた。

「挟まれていた千桔梗の花弁は、ここで育てていた千桔梗ですか？」

「ああ」

紘の手のなかでほろんと揺れた青光は、柔らかく月桂に反応していた。

一度蕾を咲かせた千桔梗は、たとえ摘んでも枯れることはない。

そのため、千桔梗の花弁をお守りとして持っておく月代の民もいるという。

失くさないように、と大切に仕舞っていたけれど、紘も持ち歩くようにしてもいいかもしれない。士琉が紘を想って育ててくれた千桔梗だと思えばそれ以上に特別なものはないし、肌身離さず持っていた方が、ご利益はあるような気がするから。

「っ……紘？　なぜ泣くんだ。やはり、なにか嫌だったか？」

ぽとり、ぽとりと。雨粒のように落ちる涙を、士琉が指先で拭ってくれた。

（ああ、もう本当に）

耐えようと思ったのに、やはりどうしたって零れてしまう。士琉が紘を大切に想ってくれていることを実感するたびに、心がぎしぎしと軋んだ音を立てるのだ。

「嫌じゃ、ないです。でも、わたし……っ！　士琉さまがこんなに、わたしのことを考えて想い続けてくれていたのに、憶えてもいなかった……っ」

「当然だろう？　あのときの紘は、完全に自我を失っていたんだ。その後はすぐに気絶してしまったし、目覚めた紘が記憶を失っていることも早いうちに弓彦から聞いていた。だから、紘が俺を──あの約束を憶えていないのは百も承知だったさ」

士琉は困ったような顔で笑みを滲ませる。

「俺が勝手にやったことだからな。紘はなにも気にしなくていい」

「っ……どうして、そんな」

こんなときでさえ優しいから、紘はどうしたらいいのかわからなくなってしまう。

遠く離れたこの地で、曖昧に交わした約束を片時も忘れることなく十年。

たった一度の邂逅。自分を憶えていない相手を心に留めておくだけですら難しいのに、そんなにも長い歳月を士琉は一途に想い続けてくれたというのだろうか。

「もう、わかりません……。どうして士琉さまは、そんなにもわたしを想ってくださるのですか……っ。わたしなんて、生きている価値もな──」

「紘」

言葉を遮り、片手で口を覆うように塞がれた。止まらない涙を流しながらも驚いて士琉を見ると、士琉は強い痛みを堪えるような表情で顔を歪ませている。

「それ以上はだめだ。命を蔑ろにするのは、いくら俺でも許しきれない。また同じことを言おうとすれば、次はたとえ紘が嫌がってでも口で塞がせてもらうぞ」

「し、士琉さま……？」

「頼む……紘の命は、俺がもらったんだ。もっと大事にしてくれ」

懇願するように抱き竦められて、喉が震えた。誰より、なにより強い士琉の身体が震えていることに気がついた紘は、おずおずと彼の背中へ手を回す。

躊躇いがちに撫でると、びくりと士琉の身体が震えた。けれどすぐに弛緩して、士琉は紘の肩口に顔を埋めてくる。吐息が皮膚を掠めて、紘は身じろぎした。

「あ、の……ごめんなさい。言い方がよくありませんでした、よね」

なんと伝えたらいいのだろう。

なんと言葉にしたら、正しく伝わるのだろう。

考えたところで、このぐちゃぐちゃの頭では正解など導き出せそうもない。

「士琉さまが、あまりにも優しいから……。どうしてわたしなんかのためにこんなにもって思ってしまうのです。わたしは、あなたになにも返せていないのに」

「……そんなことはない。俺は、むしろずっと、紘に救われてるんだ。十年前の約束だって、俺にとっては生きる理由そのものになっていたんだから」

深く息を吐きながら頭を上げた士琉は、紘と額を合わせた。

こつん、と触れ合った部分から互いの熱が交わり溶け合っていく。

（ああ……温かい）

間近で絡み合う瞳はどちらも濡れそぼっていた。寂然とした夜陰のなかで千桔梗の光を取り込み揺れるそれは、しかし決して哀しい色ではない。

「幼くして捨てられ、本当の両親の顔も憶えていない。そんな俺を拾ってくれた父上へ恩を返すため、冷泉の名を汚さぬように身を捧げてきた。だが、だからこそ……当時の俺は人を愛することができなくてな」

「士琉さまが……？」

「ああ。冷泉のためにならないことに興味はなく、常に孤独だった。いや……孤独であらなければならないとすら思っていたかもしれない」

ふ、と士琉の声音にわずかな自嘲が交ざる。

「けれど、あの日……俺は生まれて初めて、誰かを心の底から救いたいと、護りたいと思った。俺と同じ孤独を纏う君だったから、君とならその孤独を分かち合えるんじゃないかと……。今思えば、たいそう身勝手な話だが」

そうして士琉は、紘が捨てようとしていた命をもらったのだという。

（まさか、あのとき……そんなことが）

だが、迎えに行くという約束を果たすためには、さまざまな条件が必要だった。五大名家の者同士、ふたりが繋がるにはあまりにも障害が多かったらしい。

とりわけ月代は閉鎖的な一族で、外界を極力受けつけない環境にある。

紘は千桔梗の悪夢後すぐに結界にこもってしまったし、士琉も多忙な継叉特務隊に入隊が決まったりと、容易に迎えに行くことができない状況ができてしまっていた。

それゆえ、士琉は考えた。

己の立場を鑑みたうえで導き出せる、紘を救う方法の最適解を。

結果、辿り着いたのがこの政略結婚だったそうだ。

「初めて父上にわがままを言ったんだ。自分の想いを伝えて、双方における利点を並べて力説し、この政略結婚がどれだけ可能性のあるものか訴えた。結局父上にはすべて見抜かれていたようだが、まあだからこそ俺の提案を受け入れてくれたんだろう」

「で、では、この結婚を先に切り出したのは、桂樹さまではなく」

「ああ、俺だ。……俺が望んで、周囲が納得する政略結婚の形に仕立て上げた。うまくいかなければ攫ってしまおうと思っていたから、僥倖だったな」

衝撃の事実を打ち明けられた紘は、返す言葉もなく絶句する。

てっきり桂樹が冷泉の未来を思って提案した縁談だと思い込んでいたのに、最初から士琉によって図られ運ばれたものであったなんて。

「正直、形なんぞどうでもいいんだがな。ただ、そばにいてほしい。紘がいてくれさえすれば、俺はこれからも生きてゆけるし、幸せだから」

以前も告げられた想いに、紘はきゅっと唇を引き結ぶ。

「想う時間が増えれば増えるほど、俺のなかで紘の存在は大きくなっていった。よもや引き返せないところにいる。だから、先に謝らせてくれ。すまない」

「ど、どうして謝る必要が……？」

「手放してやれないからだ。なにより大切で仕方がない君が妻になって、いつでも手が届くようになってしまったら……おそらく俺は自制が利かなくなる」

どこか熱をはらんだ瑠璃の瞳のなかに、戸惑う自分が映っていた。

早鐘のように鳴る鼓動の音が全身に波打つように広がって、士琉の声以外の音が聞こえなくなってしまう。

「──愛している。どれだけ言葉を尽くそうと、足りないくらいに」

まるで殴られたのかと思うほど、真っ直ぐに想いをぶつけられる。

合わさっていた部分がずれ、頬、瞼を辿り、やがて額に慈しむような優しい口づけが捧げられた。首から上を真っ赤に染めた紘は、いよいよ恥じらいの頂点を迎え、首を竦めながら俯く。

その反応に薄く笑った士琉は、紘を腕に抱えておもむろに立ち上がった。

「紘にそのままの気持ちを返してほしいとは言わない。だが俺は、もう君がそばにいない生活なんて考えられないし、考えたくないんだ。わがままだと罵ってくれていいから、俺の想いは知っておいてほしい」

「し、士琉さまはやっぱり、ずるいです。困るとわかって仰っているでしょう？」

「知らなかったか？　俺は存外、悪い男だぞ」

いたずらな言葉とは裏腹に、士琉は表情を和らげた。

（たとえ士琉さまが本当に悪い男でも……わたしは、きっと惹かれてしまう）

淡い光に縁取られる容貌はこんなときでも美しくて、思わず目が奪われる。

たまゆらに交錯していた思いが溶け合い、ひとつになっていくような気がした。

だがそのとき、ふいに紘は士琉の背後に広がる空の違和感に気づいた。

「え……!?」

「どうした？」

一度は見間違いかと己の目を疑ったが、何度ぱちぱちと瞬きをしてもそれは変わらない。むしろそのあいだにも、その暗雲は広がっていく。

「士琉さま、煙が……っ」

こんな森の奥地でも視界に入るくらい、空高く。

星の瞬きが掠れる夜闇の下で、ただならぬ黒い煙が立ちのぼっていた。空の色と同化していたせいで気づくのが遅れたが、方向的には間違いなく月華の方角である。

絃の指さす方を振り返った士琉は、途端に甘さをかき消し、両目を眇めた。

「火事か……！」

刹那のあいだに空気が張り詰める。気のせいか、その場の千桔梗の光すら明度を落としたように感じられた。全身がぞっと粟立つのを感じながら、絃は不安を向ける。

「ま、また例の憑魔でしょうか？」

「わからんが、とにかく戻らねば。すまない、本当はもう少しゆっくりしていきたかったんだが」

「わたしのことは大丈夫ですから、早く行きましょう……！」

士琉は頷くや否や、絃を抱えたまま駆け出した。

「悪いが、少し飛ばすぞ。しっかり掴まっていてくれ」

風を斬り裂くように森を突っ切る。強く地面を踏みしめ飛び上がった士琉は、枝から枝へと足場を変えながら凄まじい速さで月華へ舞い戻っていた。

(なにかしら、すごく、嫌な感じ……っ)

言葉にならないよからぬ予感が、胸中をいっぱいに支配していた。

──どうかこの予感が当たりませんように。

そう祈りながら、絃は必死に士琉の身体に抱きついたのだった。

捌幕　火中の覚悟

ひと時の逢瀬から月華に舞い戻った絃たちを待ち受けていたのは、あまりに信じがたい光景だった。それを視認した瞬間、絃は思わず口に手を当て、声にならない悲鳴を上げてしまう。

「嘘……っ！」

「まさか、冷泉家だとは……！」

火の手が上がっていたのは、あろうことか冷泉本家の屋敷だったのだ。

それも小火程度の話ではない。屋敷の東側を中心に、生活居住区である部分は燃え盛る炎が覆い始めている。離れや別棟、蔵は無事なようだ。

だが、玄関先で丁寧に管理されていた盆栽や主木として庭園を彩っていた松は、すでに火が移っていた。

深夜とは思えぬ喧騒であるのは、群衆のせいであろう。

集まった月華の民たちが、口々に心配の声を上げているのだ。

軍士たちが二次被害にならないよう規制を敷いているようだが、どうも手が回っていないのか、全体的に抑えきれていないように見受けられる。

「なるほど、やたら人が多いのは十五夜市があったせいか」

（十五夜市？）

士琉の苦い呟きに、はっとする。

そういえば以前、十五夜の際には十五夜市という名の祭りが催されるのだと士琉が零していたのを今さら思い出した。

今日は満月。そして十五夜だ。月華を出る際もやたら通りが賑わっていることは感じていたけれど、祭りが開催されていたらしい。

ようするにこの群衆は、そこから流れてきている人々なのだろう。

見る限り、継叉特務隊だけでなく各署の軍士が出動しているようだった。

明らかに軍士の数は多い。だが、なぜだろう。これだけいるのに、必要箇所に人手が足りていない。全体的に纏まりがなく散在した印象を受ける。まるで個人が目につにたことに手を出しているようで、各隊の統率感がいっさいないのだ。

群衆を飛び越えた先、敷かれた規制の内側かつ火の手が及ばないぎりぎりの場所に降ろされた紘は、あらゆる懸念に逡巡しながらも、周囲へ目を走らせる。

（お鈴、燈矢……どこ？　桂樹さまも、もう避難してるわよね？）

見回して必死に姿を捜すも、だめだ。見知った顔の屋敷の女中や奉公人はちらほら発見するけれど、肝心の彼らの姿が見つけられない。少なくとも桂樹は最優先で避難させられるはずだが、すでにべつの場所に移動しているのだろうか。

「紘、悪いがここにいてくれ。俺は状況の確認を――」

「隊長！」

形容しがたい不安を募らせていると、紘たちに誰かが駆け寄ってきた。

ふたり揃ってそちらを向けば、血相を変えて走ってくる者がひとり。

海成だった。

「よかった、ご無事でしたか。おふたりの安否が確認できていなかったので、まだなかに残っているのかと……」

「すまない、少し外に出ていた。状況は」

「報告いたします。半刻ほど前、冷泉本家から火の手が上がっていると民から通報がありました。その時点で前例より被害規模は拡大するだろうと判断し、我々継特の常駐組、夜半討伐組をはじめ、通常部隊からは第二、第三、他署からは手の空いている軍士総員で出動。現在、鎮火作業と民の誘導を優先しています」

海成はそこまでひと息に述べると、一呼吸置いて、人だかりの方を見遣る。

「しかし見てわかる通り、十五夜市の影響で規制が敷かれているために、群衆の避難まで追いついていません。軍士も総数を優先したせいで全体を把握できておらず、仮部隊を構成する間もなかったので統率は皆無。通常部隊の方は居合わせた氣仙さんがどうにか纏めておりますが、それでも全体がばらばらなせいで大変非効率です」

海成の口調は冷静だが、どこか苛立ちが垣間見えた。

「落ち着け。本家の者たちはどうなってる？　全員避難できているか」

「いえ、それが……屋敷の者たちに確認を行っていますが、ご当主をはじめ、数名の姿が確認できておらず。おそらくは、まだ屋敷のなかだと思われます」

まだ屋敷のなか。

その言葉に戦慄し、紘はなかば反射的に海成に縋った。

「お鈴、お鈴は見ておりませんか？　わたしの弟も姿が見えなくて……っ」

「そ、そちらに関してもご報告いたします。ついさきほど、お鈴さんが奥さまの姿が見えないと屋敷に飛び込まれまして」

「屋敷に……!?」

「はい。そのあとを千隼副隊長が追いかけられましたが、どちらもまだ帰還しておりません。奥さまの弟君に関しても、まだ確認は取れていないかと思われます」

海成は火の海となりつつある屋敷を見ながら、沈痛な表情で答えた。

（嘘でしょう……っ）

全身から血の気が引いた。甲高い耳鳴りに襲われ、ぐわんぐわんと激しい眩暈に襲われる。視界が波打つ炎に染まり、一瞬すべての音が遠くなった。

「だめ……そんなの、だめよ……っ」

「紘！」

思わず屋敷に向かって走り出そうとした紘の腕を掴んだのは士琉だ。

狼狽えながら振り返ると、士琉はこれまで見たことがないほどの怖い面持ちで首を横に振る。だめだ、という意味だとわかった瞬間、紘はくしゃりと顔を歪めた。

「おねが……お願いします、離して……っ」

「無理だ。離せば飛び込むつもりだろう」

「だって、お鈴がなかにいるのです！　燈矢も、桂樹さまも、千隼さんも……っ！」

たとえどんなに危険だったとしても、行かなければならない。

紘を捜して屋敷に戻ったというお鈴を、紘が責任を持って連れ帰らねば。

燈矢もそうだ。大事な家族、大事な弟。

いつも護ってもらってばかりだけれど、紘は姉なのだ。もしかしたら動けなくなっているかもしれないのに、ここで黙って待っていることなどできない。

「お願いします、士琉さま。どうか、行かせてください。わたしは、わたしはもう、誰も喪いたくないのです……っ！」

泣きながら、悲鳴にも似た叫びを放つ。その瞬間。

「ひゃ……っ」

紘はぐいっと士琉に引き寄せられた。そのまま抱き竦められ、息が詰まる。

鼻腔にふわりと広がったのは、甘やかながら優しい白檀の香りだ。

ああもう、と紘は涙を零しながら思う。

今日だけで、もう何度泣いて、何度こうして抱きしめられたかわからない。

心がついていかなくて、胸がずっと苦しい。

最悪と幸福は相殺しないのだ。怯弱な人の心が受け止めるには限界がある。

「落ち着け、紘。一度、深く呼吸しろ」

「士琉、さま」

「ああ、そうだ。上手いぞ。……思考が錯乱しているときは判断を見誤るからな。そういう状態がいちばん危険なんだ」

宥めるように後頭部を撫でつけられて、紘は浅く呼吸をしながら士琉を見上げる。

いつもと変わらぬ、しかし軍士の色を灯した端麗な風貌がそこにあった。宝石を嵌め込んだかのような瑠璃の瞳には、情けない顔をした自分が映っている。

その既視感に、千桔梗から月華へ向かう道すがらのことを思い出した。

(あ……。わたし、また、なにも見えなくなってた……?)

士琉は一度身体を離すと、紘と目線を合わせるように腰を屈めた。

よく聞いてくれ、と震える両肩に手が置かれる。

「お鈴や燈矢殿が心配なのもわかる。だが、ひとりでこの火の海へ飛び込んだところで自殺行為だ。ただでさえ混沌としたこの状況で、君まで姿が確認できなくなれば一大事……我々もしなくて済む取捨選択をせねばならなくなる」

「あ……」

我々、というのは、継叉特務隊をはじめとした軍士たちのことだろう。傍目からは一見わからずとも、そこには優先順位なるものが存在しているのだ。紘が迷惑をかければその優先順位が変化し、場が混乱してしまう――そんな危惧が感じ取れた。

（わたし、士琉さまを困らせてしまってる）

だが、気づいたところでやはりじっとしていることはできそうになかった。

だって、今この瞬間にも、お鈴たちに危険が迫っているかもしれないのに。ただ無事を祈って帰還を待っているだなんて、そんなの紘には考えられない。

「ごめんなさい……でも、お願いです。行かせてください。行かなくちゃいけないんです。もう二度と、あの日を繰り返すわけにはいかないから」

「……十年前のことか」

「はい」

紘は自分が嫌いだった。自分の弱さが、嫌いだった。要因を作っているのは自分なのに、いつも誰かに護られるばかりで護る強さを持たない自分が大嫌いだった。

けれど、今ならわかる。

紘はただ、言い訳をしていただけなのだと。

継叉ではないから。厄介な体質を持っているから。

自分のせいで、また傷つく者を見たくないから。

そう尤もらしい理由をつけて、内からも外からも紘に関われぬよう、頑丈に鍵をかけて遮断した。だっていっそ関わらなければ、誰も傷つかずに済むから。

周囲も、紘自身も。

傷つけるのも、傷つくのも、もうこりごりだったから。

塞ぎ込んで、断ち切って、愛される資格などないのだからどうか放っておいてほしいと突き放して。己の弱さから、ひたすらに目を背けた。

(でも、わたしは……わたしが感じている以上に、愛されてしまっていた)

弓彦も、燈矢も、お鈴も、士琉も。

どれだけ紘が拒もうとも、変わらず愛を注いでくれた。それがずっと苦しくて仕方がなかったけれど、そう感じていたのはきっと、本当は受け取りたかったからだ。

与えられる愛を、ただただ素直に、受け入れたかった。

でも、できなかった。紘がそれをしてしまったら、いよいよ己の罪を戒め罰するものがなくなってしまうと思ったから。

だからずっと、拒んでいたのに。

「士琉さま。わたし……ようやくわかったんです」

「ん？」

「与えられる愛を、見て見ぬふりして逃げ続けていたら、そのぶんだけ相手を傷つけてしまうんだって」

十年もの間、一途に想い続けてくれた士琉の心を受け止めて思い知ったのだ。

士琉が気持ちを返さなくともいいと告げたとき、しかし言葉とは裏腹にとても悲しげであったから、そこでようやく気づいて愕然とした。

与えられる愛を拒むのも、受け取らないのも、また罪なのだと。

ならばもう、受け入れよう。受け入れずに傷つけるくらいなら、いっそ受け入れることで罪を償っていこう。

──それが、今の紘が出した答えだった。

「今度はわたしが返したい。今まで与えてもらったぶん、愛を返していきたい。それが当たり前にできるくらい、わたしは強くなりたいんです」

自分になにができるかなんてわからないけれど。それでも、あの日のようになにもしないまま情けなさに泣いているよりは、ずっとましだ。

「……………、ああ、君は本当に……どこまでも、俺を惹きつける」

痛みを堪えるように眉間に皺を寄せ、士琉は思わずと言わんばかりにそう零した。

「わかった。ならば、俺も共に行こう」

「えっ」

「君のことは俺が護る。いや、紘が護りたいと思うものもすべてだ。俺は紘にもうなにも喪わせない。……あのときの二の舞になるのは、俺も勘弁だからな」

士琉は屈めていた身体を起こすと、素早く周囲へ目を走らせる。

「千隼がなかにいると言ったな？」

漆黒の革手袋を嵌め直しながら、士琉は端的に尋ねた。

海成が頷いたのを確認するや否や、横目に屋敷の様子を確認しながら、周囲に指示を出し始める。

「――軍士各位に告ぐ！　継特常駐組及び夜半討伐組は、周辺に湧き始めている妖魔の討伐に迎え！　通常部隊は隊長の指示を仰ぎながら民の誘導を優先、手が空いている者は各自消火作業だ！　医療班は怪我人の確認を行いながら、今後の救助人の対策を！　……そこ！　あまり屋敷に近づきすぎるな！　煙にやられるぞ！」

士琉の声に反応し、統率されていなかった場が一瞬で纏め上げられる。

継叉特務隊の隊長もとい灯翠月華軍の総司令官。

逆らう者などいるはずもなく、みなが士琉の指示を受け入れ、明確な目的を持って動き始めた。冷泉士琉という存在がどれだけ影響力を持った人間なのか手に取るようにわかる光景に、紘はこくりと息を呑む。

「海成は屋敷周辺に異常がないか確認しながら、我らの帰還を待て。千隼を見つけ次第先に帰すから、その後は千隼の指示に従うといい。茜の補佐もよろしく頼む」

「御意！──どうかご無事で……！」

海成はふたたび敬礼すると、律儀にも紘に頭を下げてから駆けていった。

（あの子……前から思っていたけど、すごい）

紘よりも年下だろう少年が、この状況でいっさい混乱していないことに驚く。

彼の背中を目で追っていることに気づいたのか、士琉が表情を緩ませた。

「ああ、海成は一年前に入隊した八剱の縁者でな。まだ未熟ではあるが、真面目でよく働く。継叉としても優秀だ。きっとそのうち前線で活躍するようになる」

そう言った士琉が彼に向ける眼差しは温かかった。

ときに厳しく、ときに優しく。

他の追随を許さない圧倒的な強さを誇る士琉が隊を牽引しているからこそ、隊員たちはみな、安心して仕事に打ち込めるのだろう。

だが、それはきっと、言葉で言うほど簡単なことではない。

実力が伴わなければならないのは当然のこと、どんなに混沌とした状況でも場を纏め上げ、最善の結果を得るための的確な指揮を執る能力が必要となる。

士琉はきっと、生まれながらに上に立つ者なのだ。

そのうえで努力を重ね、研鑽を積んできた。元孤児という生い立ちをいっさい言い訳にすることなく、己のすべてを賭けて生きてきた。

その強さが、紘は眩しかった。

「紘。火は俺の力で消しながら進むが、とにかく煙を吸わないように気をつけろ。それがいちばん厄介なんだ。短時間で戻るぞ」

「はい、士琉さま」

「……頼むから、無理だけはしないでくれ」

紘に口を押さえるための手拭いを渡すと、士琉は「行くぞ」と手を差し出してきた。

革手袋越しに自分の手を重ね、紘は覚悟を決めて頷いて返したのだった。

◇

「……だいぶ火が広がっているな」

口布で顔半分を覆いながら、士琉はぱちんと指を擦り鳴らした。

その瞬間、周囲に水が発生する。

渦巻くように現れたのは、数体の水龍だ。

幾多に連なる鱗(うろこ)まで精巧に象られた水龍は、士琉と紘の周りを優雅に泳ぐ。体内には微細な水泡が煌めき、平瀬のように滑らかな流れが作られていた。

今にも咆哮(ほうこう)を放ちそうなほどの迫力がある。

まるで生きているかのようなそれに紘が驚いて硬直していると、士琉は水龍を各方面へ放ちながら、どこか不敵な笑みを浮かべてみせた。

「水は変幻自在なんだ」

士琉が操る水龍たちは、廊下の板の間に蔓延る火を辿り、己の水分で消火しながら泳いでいく。消火作業にしてはあまりにも美しい様に、思わず紘は息を呑んだ。

「紘は俺のあとに続いてくれ。異常があったらすぐに知らせるように」

「はい」

「おそらく火元は東側だ。そちらへ向かうぞ」

早口で告げると、士琉は東側へ繋がる通路に水龍を放った。さきほど作り出した水龍よりも二回りほど大きなそれは、廊下ごと呑み込むように勢いよく泳いでいく。

(っ……熱い)

足元に蔓延っていた炎の蔓が瞬く間に消え失せ、熱をはらんだ水蒸気でむせかえりそうになる。だが、士琉が新たに生んだ水龍が、丸ごとそれらを取り込んでくれた。

「すごい……。すごいです、士琉さま」

五大名家の生まれではないにもかかわらず、ここまで力の強い継叉がはたして他にいるだろうか。その底知れなさに背筋が冷たくなるような、胸が熱くなるような相反した思いを抱きながら感嘆の声を上げると、士琉は無言のまま紘の頭を撫でた。

「誰かいないか！」

早足で歩き出した士琉を追いながら、紘は祈るような気持ちでお鈴たちを探す。

だが、幸か不幸か、人の気配は感じられなかった。

「誰かいませんかっ！　お鈴、どこにいるの!?　燈矢……っ！　けほっ……」

紘も精いっぱい声を張り上げるが、手拭いで押さえているせいか響かない。

どれだけ気をつけていても、わずかな隙間から煙が入り込んでくる。眼球にも沁みるせいで視界が滲み、紘は何度も瞬きをしながら懸命に目を凝らした。

「紘、やはり君は戻った方がいい。俺がみなを必ず助けるから」

心配で堪らないのだろう士琉は、ひどく沈痛な表情で言う。

しかし、紘は首を横に振り、大丈夫だと強い意思を込めながら士琉を見上げる。

「進みましょう、士琉さま」

むしろ、これほど煙が充満している環境にお鈴たちが残っているという事実の方が恐ろしかった。

早く助け出さなければ、本当に手遅れになってしまう。

決意が固いことを察したのか、士琉はままならない様子で前髪をかき上げた。

「時間がない。少し走れるか」

「はい」

士琉と並んで鎮火された廊下を駆け出す。焼け焦げた板の間を挟んで並ぶ左右の部屋に人影がないか確認しつつ進むが、どこにもお鈴たちの姿はない。

しかし、廊下の突き当たりまで辿り着いたときだった。

さらに奥部からガン！となにかが激しくぶつかるような衝撃音が轟いて、紘と士琉は思わず足を止める。

「っ、なんでしょう？」

「わからんが、この先は――」

士琉が最後まで言い終わる前に、今度はすぐ近くで墜落音が相次いだ。

一度顔を見合わせ、警戒しながら廊下の角を曲がる。そこに転がっていたのは煤焦げた木材の数々だった。どうやら壁や天井の一部が燃えて折れてしまったらしい。

（このまま火が回り続けたら、屋敷が崩れてしまうかもしれない……）

最悪な想像をしてしまい、ぞくっと背筋を冷やす。

そのときだった。曲がった先の廊下沿いにある三つ目の部屋から、誰かがよろめきながら現れたのは。

「千隼！」

「っ、千隼さん！　お鈴っ……!!」

亜麻色の髪と獣の耳。二股の尾。顔は煤で汚れていたが、間違いなく千隼だ。

ふらつく彼はぐったりとしたお鈴を背負っており、紘は悲鳴じみた声でふたりの名を呼びながら駆け寄った。

だが、その拍子に紘は口許を押さえていた手拭いを離してしまう。

それを素早く受け止め口許へ押し戻してくれたのは、他でもない千隼だった。

「はは……こんなとこまで来ちゃうんだもんね。紘ちゃんもお鈴ちゃんも肝が据わりすぎだよ。もっと自分を大切にしてほしいなぁ」

「す、すみません」

ふたたび手拭いを口に当て直しながら、紘は狼狽える。

千隼の口調はいつも通り飄々としており軽妙だが、その足取りは覚つかない。見るからに気力でどうにか立っている状態で、紘はおろおろと士琉を見上げた。

「……おまえもだぞ、千隼。大丈夫か」

「面目ないですね、ほんと。まあさすがにちょいと煙を吸いすぎたかなーとは思いますけど、まだ動けます。うん。ぎりね、ぎり」

「外まで行けるか」

「そんくらいは踏ん張りますよ。死にたくないし、死なせたくもない」

「ああ。無理をさせて悪いが頼む。外で海成と医療班を待機させているから、俺が鎮火した道を通って、このままお鈴と一緒に――」

士琉が厳しい顔で指示を伝えかけたそのとき、千隼の背中でぐったりしていたお鈴がわずかに身じろぎをして顔を上げた。

「お鈴……っ！」

「……お、じょうさま……」

誰よりも早く反応した紘が名を呼ぶと、ふらふらとこちらに手が伸ばされる。反射的にその手を握り返せば、その体温に安心したのか、お鈴はへなりと笑った。

「よかった……ご無事、だったんですね……」

「わたしは大丈夫よ。でもお鈴、どうしてこんな無茶を」

「お嬢さまは、お鈴の……すべて、ですから……」

幾度となく聞いてきた言葉と共に、お鈴はそう力なくはにかんで見せた。

もうそばにはいられないと言ったのに。

紘に近づかないでほしいと叫んでいたのに。

今はこうして紘の手を握って、苦しいはずなのに無理をして笑ってくれている。

「ごめ……っ、ごめんね、お鈴。本当にごめんなさい」

「謝らないでくださ、いな。お嬢さまが、生きててくれることが……お鈴の……」

それっきり、お鈴の声が途絶えた。

「……お、鈴？」

どうやら、限界を迎えて意識を失ってしまったらしかった。最悪の結末が否応なしに脳裏を過り、頭の先から血の気が引いていく。

「お鈴？　お鈴、お鈴っ！　しっかりして！」

「紘、落ち着け。――千隼、お鈴を連れて急いで脱出しろ」

「っ、了解」

「おまえもしっかりと診てもらってから休め。無理をして動くなよ」

お鈴に縋りついた紘を自分の方へ優しく引き寄せながら、士琉は早口で命じる。

千隼はくっと眉を寄せ、苦渋を滲ませながらもこくりと頷いた。

「すみません」

「謝るな。おまえの選択は間違ってない」

「いや……さすがに、ちょっと。おふたりに顔向けできないんですよ。状況的に致し方なかったとはいえ、おれ、お鈴ちゃんを優先しちゃったから」

千隼の言葉に空気が凍りつく。士琉は目を眇め、視線だけで先を促した。

だが、千隼が口を開くよりも前に、廊下の先から爆発音が響いた。屋敷全体が心配になるほど軋み、がたがたと揺れる。まるで地震でも起きているかのようだった。

「この奥……父上の部屋か」

「はい。――隊長。今回、憑魔の犠牲になったのはご当主です」

千隼は神妙な面持ちで告げた。

紘がまさかの事実に言葉を失う一方、士琉はそれすらも予想していたのか「やはりな」と吐息のように呟いた。その表情の色は、読み取れない。

「予想してたんですか」

「まあな。この火事もおおよそ憑魔に乗っ取られた父上の仕業だろう。父上は片輪車の継叉だからな。これだけ火の回りが早いのも納得できる」

複雑そうに言い、士琉は眉間に深い皺を寄せた。

「……今、燈矢くんがひとりでそんなご当主の相手をしてて」

「燈矢が……!?」

「お鈴ちゃんが限界だったから、おれも留まるわけにはいかなかった。ごめん」

千隼は桂樹と戦う燈矢を残して逃げてきたことを謝っているのだろう。

だが、状況的に考えて、それは当然の選択だ。少なくとも、こうしてお鈴を救ってくれているのだから謝ることではないと、紘は首を横に振る。

「千隼さんは悪くありません。お鈴のことを、どうかよろしくお願いします」

「うん。必ず助けるよ」

千隼は士琉に「あとは頼みます」と言い残すと、お鈴を背負い直して消火された廊下を走っていった。

だが、相当無理をしているのだろう。その覚束ない足どりが心配になるけれど、今は信じて、お鈴と無事に脱出してくれることを祈るしかない。

「……千隼は、お鈴に妹を重ねて見てるんだろうな。自覚済みだからこそ、この選択に私情を挟んでいると思ってるのか」

「妹、ですか？」

千隼の去った方向を見ながら呟いた士琉に、紘は戸惑いながら聞き返す。

「ああ。千隼は昔、最愛の妹を亡くしているんだ。生きていればちょうどお鈴と同い年になるから、どうしても重なるんだろう」

「妹、さんを……」

紘はじくりと痛みを伴った胸を服の上から押さえ、視線を落とした。

（千隼さんも、家族を亡くしていらっしゃったなんて）

いつも飄々としていて、どんなときもあっけらかんと笑う千隼からは、そんな過去があったなんてちっとも想像ができない。

けれども、納得もできた。気まぐれな猫そのもののように掴めない彼が、お鈴のことをとりわけ気にしている時点で、そこには意味があったのだろう。

（……千隼さんも喪うことの恐ろしさを知っているから、顔向けできないって言ったのね。万が一のとき、わたしや士琉さまが負う喪失を考えて）

紘にとって、燈矢は大切な弟。

士琉にとって、桂樹は大切な父。

そして、誰かを優先すれば誰かを喪うかもしれない——喪う可能性が高いこの危機的状況で千隼はお鈴を選んだ。彼にとっては酷な選択だったのだろう。

けれども、それはやはり謝ることではないと紘は思う。

千隼も、お鈴も、見る限りもう限界だった。

あんな状態で無理に全員を救おうとしたところで、誰ひとり救えず共倒れになる可能性も高い。もし、誰かひとりを選んで確実に救える命があるのなら、それは継叉特務隊に所属するいち軍士としてきっと正しい行動だ。

「大丈夫か、紘」

「……はい。桂樹さまと燈矢を、助けに行きましょう。千隼さんのためにも」

そもそも、まだ喪うと決まったわけではないのだ。

喪わないために、助けるために、危険を冒してここまで来た。

諦めるのも、悲しむのも、まだ早い。

(もう忘れない。わたしはすべてを焼きつけて、受け入れて、進みたいから)

だから、踏ん張るのだ。

苦しくても、逃げたくても、今はまだ。

◇

士琉のあとに続いて桂樹の部屋へ飛び込んだ瞬間、鼓膜を突き破らんばかりの轟音が響いた。空気がびりびりと震撼し、屋敷が激しく軋み鳴る。

なにごとかと確認する間もなかった。なぜか豪速でこちらに飛んできた文机を、とっさに士琉が水流を纏わせた太刀の柄で薙ぎ払う。

士琉は振り返りながら紘を腕のなかへ囲い込み、同時に三体の水龍を放った。

室内の炎が一瞬で鎮火され、むわり、と蒸気が室内に立ち込める。

(な、なにが起きてるの)

やがて開け放たれた入口から煙と水蒸気が逃げ、視界が晴れた。あまりにも刹那のあいだに起きた出来事に、紘は状況を呑み込めないまま士琉に抱きつく。

「あ……桂樹、さま?」

部屋の中心に佇んでいた彼の名を、しかし信じられないような気持ちで紡ぐ。

彼の周囲には、青い炎を纏わせた車輪のようなものがいくつも浮かんでいた。

畳はすべて黒く焼け焦げ、柱もすべて煤だらけ。この部屋だけ外とは比べものにならないほど燃焼の被害が大きいのは、おそらくあの車輪のせいだろう。

(あれは、桂樹さまの継叉の姿……?)

寝たきりだった桂樹からは想像もつかないが、彼は確かにそこに立っていた。

髪は乱れ、瞳は虚ろ。表情もまるで死人のように抜け落ちている。身につけた着流しは無残に破れ、それだけでもすでに一波乱あったことが見て取れた。

「お鈴が憑魔に乗っ取られていたときと、似てる……」

だが、異常に呼吸は荒い。

ひゅう、ひゅう、と風が掠れるような音がこちらまで聞こえてきている。あれはきっと、無理に酷使されている桂樹の身体が悲鳴を上げている音だろう。

「今の父上のお身体で継叉の力を使うなど、命を削るようなものだというのに」

「っ……」

苦悶の表情でぽつりと落とした士琉の声を拾う。混乱しながらも室内を見回した絃は、部屋の隅に背を預けてへたり込んでいる弟の姿を見つけて戦慄した。

「燈矢っ！」

士琉の腕から抜け出し、絃は転びそうになりながら燈矢のもとへ駆け寄る。

意識はあるようだが、燈矢は左肩を押さえていた。桂樹との戦いで怪我を負ったのか、縦に切り裂かれた衣は、赤い血でじわじわと染まりつつある。

「姉上……なんで来ちゃうんだよ」

苦痛に顔を歪め呼吸を荒らげながらも、燈矢は絃を見上げて瞳を揺らした。

「なんでって、燈矢を捜しに来たのよ」

「僕は姉上に心配してもらうほど弱くないから……なんて、こんな姿じゃ説得力もないけどさ。あーもう、兄上に見られたら鼻で笑われそうだ」

皮肉を言う元気はあるらしい。意識ははっきりしているようだと安堵する。

だがそれもつかの間、頬に熱風を感じて、紘ははっと振り返った。

「士琉さま……！」

桂樹が放った青い炎玉を、士琉が水龍を操り、丸ごと飲み込んでいた。

しかし相手の炎の勢いが強すぎるのか、水龍は一瞬で造形を崩し、蒸気と化す。

「キリがないな。一度すべて消してしまおう」

そう言うと、士琉は両手を合わせ叩いた。

室内に突如現れたのは、大きな水玉だ。かと思えば、それは針を刺したかのように勢いよく弾かれ、室内に大粒の雨が降り注ぐ。ただし、紘と燈矢のいる場所だけは傘でも差されているかのごとく避けられており、いっさい濡れてはいない。

水玉を弾かせただけではなく、一粒一粒の雫まで丁寧に操っているのだろう。部屋の隅で火種を燻ぶらせていたものまで、抜かりなく消火しているようだった。

捌ける場所がない水は、しばし室内を濡らし尽くす。

「すご……」

燈矢が呆然と呟き、その光景に見入っていた。

瞬く間に消し去られた炎と熱蒸気。立ち込めていた黒煙も纏めて洗い流されたおかげか、途端に呼吸がしやすくなった。視界も晴れ、現状がよく窺える。

ずぶ濡れになったことで、桂樹が纏っていた片輪車の炎も消し去られたらしい。すぐにまた出してくるかと思いきや、桂樹はぐらりとふらつく。

「あっ」

どうにか倒れはしなかったものの、左右に揺れたまま、なにやら苦しそうだ。ぽす、ぽす、と。桂樹の周囲に小さな歯車じみた片輪車が浮かんでは消える。

「あれ、たぶん、桂樹さまの身体が限界なんだ」

ふらりと立ち上がりながら、燈矢は様子のおかしい桂樹を睨めつける。

絃は燈矢を支えつつ、困惑しながら桂樹を見遣った。

「本当なら継叉の力を使っていい状態じゃないのに、憑魔が無理やり引き出したから、身体が悲鳴を上げてるんだよ。これ以上力を使えば、そもそも〝器〟として成り立たなくなるし、桂樹さまのなかにいる憑魔も苦しんでるんだ」

「燈矢、そんなことまでわかるの？」

「なんとなくね」

桂樹はしばらく揺れていたが、やがて片輪車を出そうとするのをやめた。諦めたのかと思いきや、ふらふらと室内を歩き、地面に転がっていた刀を拾い上げる。

それが床の間に飾られていた刀だと紘が気づいたときには、士琉は乱雑に抜刀しており、なぜかこちらを向いた。

士琉ではなく、紘の方を。

「え……っ」

だが、桂樹と紘のあいだに、すかさず士琉が立ちはだかった。かちゃりと鯉口を切りながら、士琉は嘆息してやれやれと言わんばかりに首を振る。

「父上がふたたび刀を取るところを、このような形で見たくはなかったな」

「士琉さま」

「病を患ってからは手合わせもできなかったんだ。きっともう二度と刀を打ち合わせることもないと思っていたのに、まこと人生というものはなにが起こるかわかったものじゃない。だからこそ、希望も絶望も容易く生まれるのだろうが」

濡れそぼった髪を乱雑にかき上げながら、士琉は哀愁漂う表情で言を紡ぐ。

「しかし、あまり嬉しくはない状況だな」

士琉もまた抜刀した、その直後。

室内に刀と刀がぶつかるけたたましい金属音が響き渡った。

絶え間のない斬撃。間合いはほぼない。士琉は受けるばかりだが、桂樹はいっさいの躊躇いなく一刀を放ち、確実に急所を狙いにきているようだった。

「……桂樹さまは、もともと継叉特務隊にいた方なんだよ。操られてるとはいえ、身体がそもそも戦い慣れてるんだ。そうじゃなきゃ、あんな動きはできない」

確かに、病に冒された体とは思えない動きだ。

相手を仕留めるために繰り出される一刀に迷いはない。その刀捌きは、素人の紘から見ても熟練されたものだとわかった。

だけれど、はたしてこんなことがあっていいのかと紘は泣きたくなる。

なにせこれは、手合わせではない。

本気で殺すため、殺されないために彼らは刀を打ち合わせている。

士琉には余裕が垣間見えるが、その瞳は形容しがたい哀しみに染まっていた。

(こんなのって……。あまりにも、ひどい)

桂樹は大切にしているはずの息子に、なんの躊躇もなく刃を向けている。

その殺気は本物だ。桂樹は、本気で士琉を殺そうとしている。

お鈴から攻撃されたときを思い出して、紘はたまらない気持ちになった。

もし元に戻ったとして、お鈴のように桂樹が今この光景を覚えていたら、優しい彼はきっと苦しむ。否、もしかすると今この瞬間も苦しんでいるかもしれない。

たとえ血が繋がらずとも互いを大切に想い合う親子が、憑魔によって命と命の駆け引きをされている。

あまりにも度し難いことだ。こんなこと、あってはならない。

（でも、きっと士琉さまは、その瞬間が来たら桂樹さまをお止めになる）

己の信念に忠実な士琉のことだ。灯翠月華軍の軍士として必要なことならば、たとえ父親であっても使命は果たすだろう。

取捨選択を、迷わないだろう。

だがそれは、そうしたくてするわけではない。

紘を、燈矢を護るため。民を護るため。月華を護るため。

灯翠月華軍を率いる者として、継叉特務隊の隊長として、冷泉家次期当主として逃れられない選択なだけ。

けれども、そんなのあんまりだ。

護られる者は確かに多くいるけれど、士琉は一生消えることのない傷を負う。

そうしてひとり、計り知れない痛みを抱えながら生きていくことになる。

優しい士琉は、それすらも受け止める覚悟を持っているのかもしれないけれど。

でも、使命のためと己の心を犠牲にした彼を、紘は見たくはないのだ。

（大切な人が傷つけば傷つくほど、自分も同じくらい、傷つくから）

喪うことの恐ろしさを知っている。その哀しさを、傷の痛みを知っている。

大切な相手を殺さなければならない世界なんて、あってはならない。

「姉上？」

静かに立ち上がった絃は、胸の前で両手を握りしめながら剣戟を交わす冷泉の者たちを見つめる。一見、士琉が追い詰められているようだが、違う。

むしろ、逆だ。

これだけ派手な戦闘の渦中なのに、こちらへいっさい危害はない。士琉は絃たちを確実に護りながら戦っている。桂樹を傷つけない程度にあしらっている。

──……士琉は、強いのだ。あまりにも。

いつなんどきでも、圧倒的強者としての余裕がある。

「……燈矢。わたし、やっと自分の価値を見つけた気がする」

「え、どういうこと？」

お鈴の憑魔を祓ったときも、心のどこかで感じていたのだ。

ここには、自分にしかできないことがあるのかもしれないと。

それは弓彦から与えられたお役目などではなく、生まれ落ちた在り方を示す宿命のような感覚とでも言うべきか。

絃が生まれながらに背負ってきた多くの枷が、むしろ糧に、武器になるような自分だけの価値。なによりも欲しかった、己の存在の理由。

「ずっと、わからなかったの。自分の存在価値……生きている理由が」

「っ、なにを……！」

「だってわたしは……かの月代に生まれながら、継叉ではなくて。魔を祓う一族なのに、むしろ引き寄せてしまう呪われた体質で。挙句の果てに、兄さまと燈矢から……月代一族から、父さまと母さまを奪ってしまったでしょう？」

紘の四肢を罪という鎖で縛りつけているそれらは、今も変わらない。

きっと一生、背負っていくものだ。たとえどこにいても――どこに逃げても、月代紘という人間が在る限り、影のごとく纏わりつく。

「……そんな罪を背負いながら、どうしてわたしは生きているんだろうって」

「っ、姉上」

「なんのために、誰のために、わたしはこの世界に存在しているんだろうって。結界のなかで千桔梗を見ながら、いつも、考えてた」

「姉上っ！」

ぐい、と燈矢に強く腕を掴まれる。ふらつきながらも立ち上がった燈矢は、痛みを堪えているのか、まるで幼子のように今にも泣きそうな顔をしていた。

「姉上は……もしかしてずっと、死にたかったの？」

「…………」

震えた声で尋ねられ、紘はなにも答えられないままに小さく微笑んだ。

――死にたかった。

でも、怖かった。死ぬのは怖い。恐ろしかった。

目の前で命を落とした母を見て、死がどれほど恐ろしいものか痛感したのだ。

残される側に、どれだけの痛みが生まれるのかを知った。自分を大切に思ってくれる人に、この耐え難い痛みを与えてしまうのは嫌だった。

どれだけ紘が望まずとも、弓彦も、燈矢も、お鈴も、本当に紘のことを大切に思ってくれている。それがわかっているからこそ、容易に死ぬことはできなかった。

けれど、そうだ。この〝結婚〟がうまくいかなければ――与えられたお役目を果たすことができなければ、もう両親のもとへ逝こうとは思っていた。

「ねえ、燈矢。……わたし、本当はね？　本当はずっと、淋しかったの」

「さみ、しい？　結界から出られないから？」

紘はゆっくりと首を横に振る。

「月代一族は、みんな家族のようなものでしょう？　でも、わたしは違った。あの日よりもずっと前から、わたしだけが違った。月代は夜に生きる者なのに、わたしは仲間に入れてもらえなかった。それがずっと淋しくて、哀しくて」

けれど、言い出せなかった。

夜が怖いのは……苦手なのは、あの日がきっかけではないのだ。

その前から――生まれたときからずっと、紘は夜が苦手だった。

自分を受け入れてくれない夜が、怖くて、苦手だった。

「……わたし、夜に生きたかった。兄さまや燈矢、お鈴――月代のみんなと一緒の世界を見たかった。ひとりにしないでほしかった」

当然、誰にも言ったことはない。

月代を名乗る資格もないような存在が〝夜に生きたい〟と願うなど、あまりに傲慢なことだと幼心にわかっていたから。

「だけど、不思議ね。すべてを護ってくれる結界を出て、月華で昼に生きるようになったら、夜の怖さが和らいだの。眠れないときでも孤独を感じなくなったのよ」

「……でも、こっちではみんな寝るでしょ。なのに、淋しくないの？」

「淋しくない。だって朝になれば、みんなが起きてくれるもの」

朝になると、より孤独が増す千桔梗の方が、ずっとずっと淋しかった。

「士琉さまをお見送りしたあとは、街の活気を感じながらお洗濯物を干して、お掃除をするの。士琉さまのお帰りを待つ時間はそわそわするけれど、とても幸せで。夜が待ち遠しく感じるくらい。そんなの、千桔梗では一度もなかったのに」

思いの丈をそのまま口にするうち、しっくりときた。

紘は自覚しているよりもずっと、こちらでの生活が気に入っているのだろう。

今、毎日が楽しいのだ。失敗も多いけれど、それでも明日を待ち望んでいる。

心が生きたいと、ここで、士琉のそばで生きたいと望んでいる。

「だから、ごめんなさい。燈矢がわたしを想ってくれる気持ちはすごく嬉しいのだけれど、わたしはやっぱり千桔梗へは帰れない」

「姉上……」

「政略結婚かどうかなんて関係なく、わたしが士琉さまのおそばで生きたいから」

はっきり告げると、紘は燈矢の近くに転がっていた弓を屈んで拾い上げた。

「燈矢の弓、借りてもいい？」

「いいけど……まさか、また鳴弦をやるつもり!? やめてよ、倒れるよ！」

憑魔は妖魔よりも厄介なもの。その正体も、まだ明確ではない。

だが、紘は確信していた。

（わたしなら、きっとできる）

決着のつかない攻防戦を繰り広げる士琉たちを振り返る。

これはきっと、終わらせようと思えば、今すぐにでも終わらせられる戦闘だ。

だが士琉は、あえて桂樹を泳がせている。

なぜなら、その〝可能性〟を見据えているから。お鈴のときのように、紘ならば桂樹を救うことができるかもしれないと、希望を見出してくれているから。

紘を、信じてくれているから。

（そうですよね、士琉さま）

紘の心の声が聞こえたかのように、桂樹を一度大きく弾き返した士琉がこちらを振り返った。

自分で降らせた雨の雫を浴びたことで、全身はずぶ濡れ。

だが、これだけ長い時間打ち合っていても、息ひとつ乱れてはいなかった。

「──紘。君を頼りにするのは不甲斐ないんだが……どうか、頼めるか。父上は俺にとって大切な存在なんだ。このように喪いたくはない」

「はい、士琉さま」

紘は迷いなく答える。

（はじまりは政略結婚だったけれど……。わたし、冷泉家に嫁いでよかった）

士琉や千隼、トメ、桂樹──他にも、たくさん。結界を出てから出逢った人々はみなとても温かくて、こんな厄介者を邪険にせず受け入れてくれた。

まだ心の奥底には戸惑いも迷いもある。

けれど、そうして与えられた愛を否定するのは、もうやめにしようと決めた。

他でもない士琉が、こうして紘を信じて、頼ってくれるから。

居場所を作ってくれた彼と、これからも一緒に、生きていきたいから。

「わたし、きっと桂樹さまを救ってみせます」

「ああ。頼む」

士琉はふっと口角を上げて頷くと、ふたたび刀を構えた。

こういうとき、きっと多くの言葉など必要ないのだろう。士琉は絃の力を信じてくれていて、絃もまた士琉の強さを信じているから。

(弱くて、臆病で……こんなにも情けないわたしを、士琉さまはずっとずっと想ってくださっていた。わたしは、その気持ちに応えたい)

変化は、とても恐ろしいけれど。

——強くなりたいのならば、覚悟を決めるしかない。

「わたしの〝いと〟は破魔の〝いと〟——。わたしだって月代の者です。戦い方は異なるかもしれないけれど、わたしはわたしにできることにすべてを賭けます」

言い聞かせるように紡いで、絃は弓を構える。

危機感を抱いたのか、桂樹が勢いよくこちらを向いた。だが、邪魔は許さんと言わんばかりに、士琉がすばやく水流を操り桂樹の身体を瞬く間にからめとる。

その隙を、絃は見逃さなかった。

(戻ってきてください、桂樹さま)

この前よりも気持ちが落ち着いているおかげで集中できた。

ただ全身を流れる霊力を放つだけではなく、一本の矢に見立てて弦を離す。

ビィイイィンッ！

空間を切り裂くような音が鳴り響き、霊力の矢が一直線に桂樹の身体を貫いた。

その瞬間、桂樹の体ががくりと崩れ落ちる。

だが、目にも止まらぬ速さで飛んだ士琉が、桂樹を受け止めた。

紘はほっと安堵の息を吐き出して、構えていた弓を下ろす。士琉が刀を鞘に納める音が鼓膜を揺らした瞬間、しかし紘は腰が抜けてその場に崩れ落ちてしまった。

「紘！」

「姉上っ⁉」

ふたりが慌てたように駆けつけてくれる。

けれど、お鈴のときのように意識を失ったわけではない。今回は霊力の出力を集中して操作できたおかげか、多少の重怠さ程度で済んでいた。

ただ、ほっとしたのだ。もう大丈夫だと思ったら、足腰から力が抜けてしまった。

「終わった、のですよね……？」

「ああ。終わった。紘はやはりすごいな」

「そんなことありません。士琉さまの方が、ずっとずっとすごいです。でも――わたしを信じてくださって、ありがとうございました」

「俺の方こそ。紘がいてくれてよかった」

面映ゆくてへにゃりとはにかむと、士琉も微笑みながら頭を撫でてくれた。

だがすぐに表情を切り替えた士琉は、すばやく周囲へ視線を走らせる。

「とりあえず外に出よう。ここは危険だ」

「そ、そうですね。桂樹さまも心配ですし、お鈴たちのことも気になります。燈矢の怪我の治療もしなくちゃいけませんし、なによりここは危険ですから」

「燈矢は歩けるか」

「えっ……あ、大丈夫……です。このくらいなんてことないし……」

なにやら茫然としたまま固まっていた燈矢は、士琉に問いかけられてようやく我に返ったらしい。やや挙動不審ながら頷いて、勢いよく立ち上がってみせた。

「あまり派手に動くな。傷が開くぞ」

「っ……すみません」

なにやらずいぶんとしおらしいような気がした。それどころか、しゅんと肩を落とし縮こまらせた燈矢に、思わず紘と士琉は深刻な面持ちで顔を見合わせた。

「いかん。出血多量かもしれない」

「はい、燈矢がこんな反応おかしいです。急いで医療班に診てもらわないと……！」

なにはともあれ、脱出が優先だ。

燈矢のためと思えばどうにか力が戻り、紘は足腰を叱咤して立ち上がる。

その疲労は、不思議と、心地よかった。

◇

「お嬢さま……！」

屋敷を脱出した紘たちのもとへいちばんに駆け寄ってきたのは、お鈴だった。

着物も顔も煤(すすよご)汚れたまま。しかし、さきほどのようにぐったりはしていない。

「お鈴、大丈夫なの……っ？」

こちらが転びそうな勢いで思いきり抱きつかれ、紘は驚きながら尋ねる。だが答える余裕もないのか、お鈴は幼子のように声を上げて泣き始めてしまった。

その後ろから追いかけてきた海成が、お鈴を横目に一瞥しながら敬礼する。

「奥さま、隊長、ご無事でなによりです。お鈴さんですが、身体の方は大事ないとのことで。千隼副隊長も現在治療を受けていますが、命に別状はないと」

「そうか。──紘、すまんがお鈴とここにいてくれるか。燈矢と父上を医療班のところへ連れていってくる」

士琉の声掛けに頷いて返しつつ、紘はお鈴の背中を撫でる。

海成の先導で士琉たちが離れていくや否や、お鈴はぐずぐずと鼻を鳴らしながら涙で濡れた面を上げた。

「お、お嬢さまが、無事でよがっだ……！　うぐっ……もう、どうしようって……お嬢さまになにがあったら、お鈴は生ぎて、いげないのにぃ……！」

鼻声で聞き取りづらいが、相当気を揉ませてしまったのは伝わってきた。

けれど、それはこちらの台詞だと、紘は珍しく怫然としながら思う。

「それはわたしも同じよ。お鈴がわたしを捜して燃え盛る屋敷に飛び込んだって聞いたとき、本当に怖かったんだから」

また喪ってしまうと、怖くて怖くて、仕方がなかった。

「……あ、あの日のこと、思い出したんです。それで、身体が勝手に動いてて」

「それは……千桔梗の悪夢のこと？」

「はい」

ぐずぐずと鼻を鳴らしながら、お鈴は頷く。

「お鈴……意識が遠のいていく瞬間を、覚えているんですよ。泣いているお嬢さまがそこにいるのに、どんどん身体が言うことを聞かなくなって。視界から、お嬢さまが消えて。あこのままじゃお嬢さまを喪ってしまうって、あのときの絶望と喪失感を、ずっと覚えているんです。お鈴は、護れなかったんだって……。だから、今度は！今度は、絶対に、護らなきゃって……っ」

茫然とお鈴の言葉を聞きながら、紘はぎゅっとお鈴の手を握った。

「お願いだから、そんなふうに思わないで……。お鈴がいるから、今のわたしがあるの。お鈴がいなかったら、生きるのさえやめていたかもしれないのに」

「な、なに言ってるんですか！　お嬢さまが生きてなきゃ、お鈴は……っ」

「うん。だから、だからね。わたし、お鈴と一緒に生きていきたいの」

ただ真っ直ぐに、どうか届くように祈りながら、紘は本当の思いを伝えた。

「お鈴が嫌なら、離れようと思ったの。暇を出そうと思ってた。でも、やっぱりわたしはお鈴がそばにいてくれなくちゃ……」

「やですっ！」

「えっ」

「ついあんなこと言っちゃったけど、無理です！　お鈴はお嬢さまと離れるなんてできませんっ！　結婚しても、歳を取っても、ずっとお嬢さまのそばにいますっ!!」

暇を出すと言ったことが相当な衝撃だったのか、千切れんばかりに首を振った紘に苦しいほど抱きしめられる。

「お嬢さまの専属侍女はお鈴の天職なんですからぁ!!」

「そ、そうなのね。……もう、お鈴ったら」

あまりの勢いで宣言され、紘は気圧されながらもつい笑ってしまった。

(改めて考えてみたら、これはお鈴とはじめての喧嘩だったのかもしれないわね)

どんなときも紘を受け入れ、肯定し、一緒にいてくれたから。

紘を、愛してくれていたから。

(わたしも、これからはちゃんと受け入れて返していかなくちゃ)

何倍も、何十倍も、胸に溢れるだけの愛を伝えていきたい。

せっかく、今をこうして、生きているのだから。

「あのね、お鈴」

「はいっ」

あれだけ喉に引っかかって出てこなかった言葉も、今ならきっと心から言える。

「――大好き」

終幕　とこしえの誓い

「本当に、驚きました。まさか、あの燈矢が継特を目指すと言い出すなんて」

冷泉本家における火事騒ぎから、しばらく。

ようやく落ち着いてきた頃を見計らって、絃と士琉はふたたび月華の外れにある千桔梗の泉へやってきていた。

今宵は織月——三日月だ。そのぶん夜の色は深いが、千桔梗はわずかな月明かりでもほのかな光を発している。幻想的に浮かぶ空間は、相も変わらず美しい。

泉近くの大岩に並んで腰掛け、絃は水面を見つめながら笑う。

「士琉さまに憧れたそうですよ。士琉さまみたいになりたいから、入隊条件である十六歳になるまでにもっと修行すると言っていました」

「俺か……。いや、燈矢なら優秀な軍士になるだろうが、複雑な気持ちだな。俺は今回、そこまで憧れられるような姿は見せられていないと思うが」

「そんなことありません。とても、格好よかったです」

波の花に紛れて瞬く光から士琉へ視線を戻し、絃は顔を綻ばせる。

「……あまり、褒めないでくれないか。自惚れてしまう」

「ふふ。でも、本当のことですから」

燈矢が士琉の認識を改めるのも、当然と言えば当然なのだろう。あれほど圧倒的な強さを見せつけられたら、燈矢の矜持が揺さぶられないはずもない。

弓彦は「まったく単純だね」と呆れていたけれど、反対はしなかった。

彼曰く、月代もいい加減、外の世界と関わっていかなければならないという思いが長らくあったらしい。

しかし、古き一族の者たちがすぐに変化を受け入れられるわけもないので、手始めに本家の紘と燈矢から――という打算だと燈矢が付け足していた。

「そうだ。ひとつ……紘が妖魔を引きつけながらも避けられる理由なんだが」

はっとした。それはまさに、ずっと不思議に思っていたことだったから。

(千桔梗の悪夢の日も、郷を出てから妖魔と遭遇したときも……いつもわたしは、無傷だった)

引きつけてしまう体質であるにもかかわらず、いざ集まってきた妖魔たちは、一定以上の距離を保ち、それ以上は近づこうともしなかった。

しまいには紘から近づくと避ける始末だ。さすがに、違和感があった。

どうやら士琉も、同じように疑問に思っていたらしい。

「単純な話なんだが……あれはおそらく、紘の霊力が強いからだろう」

「れ、霊力、ですか？」

それはまた、どういうことだろう。

言葉を咀嚼しきれず目を瞬かせると、士琉は思案気な顔で頷く。

「引きつける体質で集まりはするが、近づけば祓われるという危機感ゆえに避けるんだ。紘の霊力は月代でも群を抜いているらしいから、さすがの妖魔も紘の霊力の強さを本能で察知しているのではないかと思う。まあ、憶測だが」

「な、なるほど……」

納得しきれたわけではなかったが、そう言われればそうなのかもしれない。

(兄さまや燈矢も霊力は強かったはずだけど、きっと兄さまたちは避ける避けないの問題に達する前に、妖魔を討伐してしまうのよね)

引きつけてしまう体質ゆえに、なおのこと妙な構図ができてしまっているのか。

「なんにせよ、俺が紘を護る以上はあまり関係ないんだがな」

「士琉さま……。ありがとうございます」

胸の奥がほっこりと温かくなるのを感じながら、紘は笑う。

「トメさんも無事にお戻りになられましたし……。憑魔の件も、このまま無事に収束してくれるといいですね」

「ああ、紘が浄化してくれたおかげだ」

紘が放火好きな憑魔を浄化したことで、一連の騒動はいったん落ち着いている。

赦免され、先日無事に士琉の屋敷へ戻ってきたトメは、火事に見舞われた本家に紘やお鈴がいたことを知ると、たいそう心配してくれた。

　そして今、彼女の過保護は、日に日に増しつつある。

「まあ、トメの件は、早々に片をつけてしまいたかったというのもある。これからしばらく、家の方がばたばたするだろうしな」

「そうですね。士琉さま、急にご当主になられることになりましたし……」

　憑魔に乗っ取られたことで身体に負担を強いられた桂樹は、その後無事に目覚めたものの、あまり体調が芳しくない状態だった。もとより病を患っていたこともあり、医師とも相談して今後は療養に専念した方がいいという話になったらしい。

　そして急遽、士琉へ当主の座が譲り渡されることになったのだという。

　ちなみに冷泉本家は燃え尽きてしまったため、現在は士琉の屋敷にて療養中だ。

「まあ、多少早まったとはいえ、いつかはやってくる日だからな。これまでも動けない父上の代わりに当主の仕事はこなしていたし、そう生活が変わるわけではないはずだ。……紘との祝言がしばらく挙げられそうにないのが癪だが」

「しゅ、祝言なんて、いつでも問題ありませんから。そもそも、婚姻だってまだ……」

「いや、それはその、紘の気持ち次第というかな」

　気まずそうに返ってきた言葉に、紘はきょとんとしてしまった。目を丸くしながら士琉を見つめると、困惑したような眼差しが返ってくる。

（あ、れ？　そういえばわたし、士琉さまになにもお伝えしていない……？）

ふと思い至って、紘は愕然とした。

あまりにも相次ぐ事件の最中で気づいた想いだったからか、ついとっくに伝えたものだと思い込んでいた。否、おそらく似たようなことは口にしているが、やはりはっきりと言葉にして告げたことはない。

それは士琉も戸惑うだろう。

焦った紘は、自ら手を伸ばして隣の士琉の手を取った。

今日は例の革手袋はしていない。無防備な、素の手だ。手の甲に浮かぶ傷をそっと撫でると、士琉がわかりやすく身体を強張らせて身じろぎをする。

「い、紘？　どうした、急に」

思えば、こうして自分から士琉の手を取ったのは初めてかもしれない。

手を伸ばせば届く距離。そんな距離に士琉がいる。

その現在が、紘はとても幸せだった。

「ちゃんとお伝えできていなかったから……言わせてください、士琉さま」

「な、」

「わたし、士琉さまが好きです。──愛しています」

しん、と。

まるで水を打ったように、静寂が空間を支配した。

目を瞠り、こくりと息を呑んだ士琉を正面から見据えて、絃は続ける。

「士琉さまが想ってくれていた十年間、わたしは士琉さまのことを憶えていなくて本当に申し訳ないと思っているのですけど……。でも、あの約束は確かにずっと、わたしの心に残っていたんですよ。文も、わたしの宝物ですし」

ここに来るまで、恋が、恋慕が、どういうものか知らなかった。

けれど、あの結界のなかで想いを馳せていた相手はいる。

「そう思うと……わたしはもうずっと、士琉さまに支えられてきたのですね」

遠い遠い、在りし日の記憶のなかで絃と約束を交わしてくれた人。

毎月、文を送ってくれる人。

蓋を開けてみれば、いつだって絃が会いたいと思っていたのは同じ人物だった。

そんな相手が今、自分の夫となるべく目の前にいる。

それはとても不思議な心地だけれど、運命でも、必然でも、偶然でもなく、士琉が願ってくれたからこそ今が在るのだと思えば、愛しくて、尊くて。

大切にしたい、と思うのだ。

絃を深く求めて、絃を一途に想い続けてくれた、この世界で唯一の人を。

「わたし、今、とても幸せです。士琉さま」

どうにも面映ゆさを隠しきれないままはにかんだ、その瞬間。

「っ……ああ、くそ」

ふいに、らしくもない悪態をついた士琉に手首を掴まれた。

そのまま、思いきり引き寄せられる。自分が恋い慕う相手に抱きしめられたことに気がついたのと同時、耳元で吐息混じりの低い声が零れた。

「俺で、いいのか？　後悔はしないか」

「し、士琉さま以外の旦那さまを、わたしはもう考えられません」

猫のように擦り寄られ、絃はくすぐったく思いながら士琉の服を掴んだ。

最近気づいたが、士琉はときおり、こうして暴走することがあるらしい。感情が押し殺せなくなったときや、思いがけないことに直面したときが多いだろうか。

とりわけ絃に関することだと表れやすいようで、さすがに何度か遭遇していればいったい何事かと焦ることはなくなってきた。

どうしても、驚きはするけれど。

「俺はこう見えてわがままなんだ。手に入れたものは離してやれないぞ」

ゆっくりと身体を離した士琉は、こつん、と額と額を合わせながら言う。

「はい。どうか離さないでください」

「……覚悟のうえか。なら、いい」

今にも触れそうな距離。触れられる距離。

大好きな千桔梗によく似た士琉の瑠璃の瞳が好きだと、改めて思う。

紘は頬を赤らめながら、恥じらいまじりに笑みを咲かせた。

「士琉さま。大好きです」

「ああ……俺もだ。——ずっと、紘だけを愛している」

距離がさらに近づく。自然と目を瞑ってしまったのは本能なのだろうか。

優しく口づけられたその瞬間、紘は愛しさが溢れていっぱいになってしまう。

いつまでも、どこまでも、ただ優しい。

深いところまで慈しむようなそれに、紘はつい、泣きそうになる。

「泣かないでくれ、紘」

「泣いてません」

「そうか」

「泣いていても、悲しいわけではないので、いいんです」

「ん……。しかし俺は、君の泣き顔に弱いからな」

ふたたび口づけられたあと、士琉は紘を高く抱え上げた。

驚きながらも士琉の肩に手をつき、向き合うような形で見下ろす。千桔梗の青白い光を背に縁取られた士琉は、こちらを見上げながら「紘」と名を紡ぐ。

「ひとつだけ、訊いてもいいか」

「はい」

「――君はまだ、夜が怖いか」

紘は千桔梗の郷と繋がる夜空を見上げながら、ゆっくりと頭を振る。

答えに迷うことはなかった。

不思議と、そう訊かれるような気がしていたのだ。

「今はもう、怖いとは思いません」

「無理はしていないな?」

「はい。もちろん日々のなかには、恐ろしいことも、目を背けたくなるようなこともありますけれど……。少なくとも、もうこの夜に囚われたまま消えてしまうのではないかと怯えることはなくなりましたから」

――それに、と愛しい人と視線を絡み合わせながら、紘は微笑む。

「これからは、士琉さまが生きる刻に、わたしも生きていくことになるでしょう?」

「……ああ、そうだな」

月代に生まれたのに、夜に生きることを拒まれた。

その虚しさを、哀しさを、忘れることはできない。

けれど、紘はもうひとりではないから。

「俺と結婚してくれるか、紘」

「はい、士琉さま。よろこんで」
柔く、青く。月明かりの下、手を繋ぐ。
そうして誓い交わした口づけを見ている者は、誰もいない。
願わくは、いつまでも。願わくは、永遠に。
幸せな未来を描いて、想いを馳せる。
ふたりきり、千桔梗の光に包まれながら。

——桔梗　花言葉『永遠の愛』／『変わらぬ愛』

【完】

あとがき

こんにちは、琴織ゆきと申します。

この度は数ある書籍のなかから本書をお手に取ってくださり、誠にありがとうございます。本書を通じてあなた様との縁が生まれたこと、大変嬉しく思います。

さて、『水龍の軍神は政略結婚で愛を誓う』いかがでしたでしょうか。

出会い、繋がり、想いを交わす奇跡はなんとも尊いものですね。

紘と士琉、紘とお鈴、お鈴と千隼、士琉と桂樹――誰かが誰かを想う物語と謳っても過言ではない本作は、とりわけそう感じることが多かったように思います。

想いの根源がなんであれ、大切な相手がいるというのは温かいな、と。

実のところ本作は最終原稿に至るまで紆余曲折ありまして、なにかと頭を悩ませることも多かったのです。そのぶん思い入れが強く、こうしてあとがきを書いている今は少々……いえ、だいぶ淋しさを感じていたり……。

とはいえ、灯翠国で生きる彼らの人生はまだまだ続いていきますので、皆様にもどうか温かく見守っていただけたら幸いです。

この場をお借りして、お世話になった方々へ謝辞を述べさせていただきます。

前作の『春夏秋冬あやかし郷の生贄花嫁』に引き続き、装画を担当してくださったイラストレーターの桜花舞様。今作でもご一緒できると知ったとき、あまりに嬉しくて「嘘!?」と思わず叫びました。大好きなシーンの紘と士琉をこのうえなく美しく精緻に描いていただき、もう言葉にならないほど感動しております。大変お忙しいなか快くお引き受けくださり、本当にありがとうございました。

そして担当編集の三井様、井貝様をはじめとしたスターツ出版文庫編集部、ならびにスターツ出版の皆様。本作に限ったことではありませんが、皆様の温かいお力添えなくして、この物語は生まれていませんでした。また、特別連載の機会をいただいたりと、日々感謝の念に堪えません。至らぬ点ばかりではございますが、今後とも精進してまいりますので、どうぞよろしくお願いいたします。

また、校正様、デザイナー様、印刷所の方々、書店様、本書の刊行にあたりお力添えいただいたすべての皆様。

なにより本書をお手に取ってくださった読者様へ、心よりお礼申し上げます。

読後、どうかあなた様の御心にわずかでも温もりが届いていますように。

それでは、またどこかでお会いできる日を心待ちにしております。

琴織ゆき

この物語はフィクションです。実在の人物、団体等とは一切関係がありません。

琴織ゆき先生へのファンレターのあて先
〒104-0031　東京都中央区京橋1-3-1　八重洲口大栄ビル7F
スターツ出版（株）書籍編集部 気付
琴織ゆき先生

水龍の軍神は政略結婚で愛を誓う

2023年9月28日　初版第1刷発行

著　者　　琴織ゆき　©Yuki Cotoori 2023

発行人　　菊地修一
デザイン　フォーマット　西村弘美
　　　　　カバー　北國ヤヨイ（ucai）
発行所　　スターツ出版株式会社
　　　　　〒104-0031
　　　　　東京都中央区京橋1-3-1　八重洲口大栄ビル7F
　　　　　出版マーケティンググループ　TEL 03-6202-0386
　　　　　（ご注文等に関するお問い合わせ）
　　　　　URL　https://starts-pub.jp/
印刷所　　大日本印刷株式会社

Printed in Japan

ISBN　978-4-8137-1485-9　C0193

スターツ出版文庫　好評発売中!!

『鬼の若様と偽り政略結婚 ～幸福な身代わり花嫁～』　編乃肌（あみのはだ）・著

時は、大正。花街の下働きから華族の当主の女中となった天涯孤独の少女・小春。病弱なお嬢様の身代わりに、女嫌いで鬼の血を継ぐ高良のもとへ嫁ぐことに。破談前提の政略結婚、三か月だけ花嫁のフリをすればよかったはずが「永久にお前を離さない」と求婚されて…。溺愛される日々を送る中、ふたりは些細なことで衝突し、小春は家を出て初めて会う肉親の祖父を訪ね大阪へ。小春を迎えにきた高良と無事仲直りしたと思ったら…そこで新たな試練が立ちはだかり!? 祝言をあげたいふたりの偽り政略結婚の行方は――？

ISBN978-4-8137-1448-4／定価660円（本体600円+税10%）

『龍神と生贄巫女の最愛の契り』　野月（のづき）よひら・著

巫女の血を引く少女・律は母を亡くし、引き取られた妓楼で疎まれ虐げられていた。ある日、律は楼主の言いつけで、国の守り神である龍神への生贄に選ばれる。流行り病を鎮め、民を救うためならと死を覚悟し、湖に身を捧げる律。しかし、彼女の目の前に現れたのは美しい龍神・水羽だった。「ずっとあなたに会いたかった」と、生贄ではなく花嫁として水羽に大切に迎えられて…。優しく寄り添ってくれる水羽に最初は戸惑う律だったが、次第に心を開き、水羽の隣に自分の居場所を見つけていく。

ISBN978-4-8137-1450-7／定価693円（本体630円+税10%）

『夜が明けたら、いちばんに君に会いにいく～Another Stories～』　汐見夏衛（しおみなつえ）・著

『夜が明けたら、いちばんに君に会いにいく』の登場人物たちが繋ぐ、青春群像劇。茜のいちばん仲良しな友達・橘沙耶香、青磁の美術部の後輩・望月遠子、不登校に悩む茜の兄・丹羽周也、茜の異父妹・丹羽玲奈…それぞれが葛藤する姿やそれぞれから見た青磁、茜のふたりの姿が垣間見える物語。優等生を演じていた茜×はっきり気持ちを言う青磁の数年後の世界では、変わらず互いを想う姿に再び涙があふれる――。「一緒にいても思っていることは言葉にして伝えなきゃ。ずっと一緒に――」感動の連作短編小説。

ISBN978-4-8137-1462-0／定価638円（本体580円+税10%）

『君がくれた青空に、この声を届けたい』　業白（ましろ）いと・著

周りを気にし、本音を隠す瑠奈は、ネット上に溢れる他人の“正しい言葉”通りにいつも生きようとしていた。しかし、ある日、瑠奈は友達との人間関係のストレスで自分の意志では声を発せなくなる。代わりに何かに操られるようにネット上の言葉だけを勝手に話してしまうように。最初は戸惑う瑠奈だが、誰かの正しい言葉で話すことで、人間関係は円滑になり、このまま自分の意見は言わなくていいと思い始める。しかし、幼馴染の紘だけは納得のいかない様子で、「本当のお前の声が聞きたい」と瑠奈自身を肯定してくれ――。

ISBN978-4-8137-1463-7／定価671円（本体610円+税10%）

スターツ出版文庫　好評発売中!!

『今宵、氷の龍は生贄乙女を愛す』　蛙田（かえるだ）アメコ・著

大正と昭和の間にあった、とある時代にふたりは出会った――。養子として義両親に虐げられ育った幸せを知らない少女・唐紅和泉。龍の血を引くことで孤独に暮らす滝ケ原虹月。ふたりは帝の計らいで引き合わされ、お互いの利害一致のため和泉はかりそめの許嫁として、虹月と暮らすことに。でも彼は龍の血にまつわる秘密を抱えていて…⁉「虹月さまを怖いと思ったことなど一度もありません」「正式に俺の花嫁になってくれるか？」生贄乙女となった少女が幸せを掴むまでのあやかし和風シンデレラ物語。

ISBN978-4-8137-1437-8／定価704円（本体640円+税10%）

『交換ウソ日記アンソロジー～それぞれの１ページ～』

付き合って十ヶ月、ずっと交換日記を続けている希美と瀬戸山。しかし、ある日突然、瀬戸山からのノートに「しばらく会えない」と記されていて――。その理由を聞くことが出来ない希美。瀬戸山も理由を聞かない希美に対して、意地を張って本当のことを言えなくなってしまう。ギクシャクした関係を変えたいけれど、ふたりにはそれぞれ隠さなければいけないある秘密があって…。そして、ついに瀬戸山から「もう交換日記をやめよう」と告げられた希美は――。「交換ウソ日記」の世界線で描かれる嘘から始まる短編、他四編を収録。

ISBN978-4-8137-1449-1／定価726円（本体660円+税10%）

『僕らに明日が来なくても、永遠の「好き」を全部きみに』　夏木（なつき）エル・著

高３の綾は、難病にかかっていて残り少ない命であることが発覚。綾は生きる目標を失いつつも、過去の出来事が原因で大好きだったバスケをやめ、いいかげんな毎日を過ごす幼なじみの光太のことが心配だった。自分のためではなく、光太の「明日」のために生きることに希望を見出した綾は…？　大切な人のために１秒でも捧げたい――。全力でお互いを想うふたりの気持ちに誰もが共感。感動の恋愛小説が待望の文庫化！

ISBN978-4-8137-1447-7／定価781円（本体710円+税10%）

『この涙に別れを告げて、きみと明日へ』　白川真琴（しらかわまこと）・著

高二の凪は事故の後遺症により、記憶が毎日リセットされる。凪はそんな自分が嫌だったが、同級生と名乗る潮はなぜかいつもそばにいてくれた。しかし、潮は「思いださなくていい記憶もある」と凪が過去を思い出すことだけには否定的で……。どうやら凪のために、何かを隠しているらしい。それなら、嫌な過去なんて思いださなくていいと諦めていた凪。しかし、毎日記憶を失う自分に優しく寄り添ってくれる潮と過ごすうちに、彼のためにも本当の過去（じぶん）を思い出して、前へ進もうとするが――。

ISBN978-4-8137-1451-4／定価682円（本体620円+税10%）

書店店頭にご希望の本がない場合は、書店にてご注文いただけます。